O RISO DO OGRO

Do Autor:

A Travessia de Eva

O RISO
DO OGRO

romance

Tradução
Paloma Vidal

Copyright © Editions Gallimard, 2005

Título original: *Le rire de l'ogre*

Capa: Simone Villas-Boas
Foto do Autor: Catherine Hélie © Editions Gallimard

Editoração: DFL

2009
Impresso no Brasil
Printed in Brazil

CIP-Brasil. Catalogação-na-fonte
Sindicato Nacional dos Editores de Livros, RJ

P491r	Péju, Pierre, 1946- O riso do ogro/Pierre Péju; tradução Paloma Vidal. – Rio de Janeiro: Bertrand Brasil, 2009. 304p. Tradução de: Le rire de l'ogre ISBN 978-85-286-1375-9 1. Romance francês. I. Vidal, Paloma. II. Título.
09-0225	CDD – 843 CDU – 821.133.1-3

Todos os direitos reservados pela:
EDITORA BERTRAND BRASIL LTDA.
Rua Argentina, 171 – 1º andar – São Cristóvão
20921-380 – Rio de Janeiro – RJ
Tel.: (0xx21) 2585-2070 – Fax: (0xx21) 2585-2087

Não é permitida a reprodução total ou parcial desta obra, por quaisquer meios, sem a prévia autorização por escrito da Editora.

Atendemos pelo Reembolso Postal.

SUMÁRIO

Prólogo ... 7

PRIMEIRA PARTE

A excursão ao lago Negro (Alemanha, verão de 1963) ... 17
Um massacre (Ucrânia, janeiro de 1941) ... 31
Câmera escura (Alemanha, verão de 1963) ... 49
As crianças, não! (Ucrânia, julho de 1941) ... 75
Uma tempestade (Alemanha, verão de 1963) ... 89
A memória das mãos (Ucrânia, 1941) ... 97
Lento retorno (Alemanha-França, verão de 1963) ... 111
Batalhas íntimas (Kehlstein, 1944.../...1957) ... 121

SEGUNDA PARTE

A rainha Bathilde (Paris, primavera de 1964) ... 139
Turbulências (Paris, primavera de 1968) ... 169
Vocação (Vercors, outono-inverno de 1968) ... 183
Sangue e água (Paris, 1972) ... 205
Fissuras (Trièves, primavera de 1982) ... 223
A raposa (Trièves, verão de 1987) ... 247
Tarde demais! (Rodes, verão de 1999) ... 275
A última batalha (Vercors, verão de 2037) ... 283

Epílogo ... 295

PRÓLOGO

Um ogro morava numa região assolada pela guerra. Como essa guerra havia jogado todo mundo nas estradas e bandos de orfãozinhos erravam pelas planícies e pelas florestas, bastava o ogro andar um pouco ao léu, no meio das batalhas, dos assaltos e das pilhagens, para encontrar as deliciosas crianças a serem devoradas. Esses garotos perdidos, sem família nem lar, eram particularmente suculentos.

A guerra estava por toda parte. Durava há tanto tempo que as causas já haviam sido esquecidas. Não havia jamais uma vitória total, nem uma derrota decisiva. Lutava-se. Exterminava-se. Os lobos faziam o resto. Matar se tornara uma maneira de viver.

Primeiro os pais e os filhos haviam se transformado em guerreiros sanguinários. Pouco a pouco, a crueldade das mulheres e das crianças se igualara à dos homens. Pobres dos que esbarrassem num bando de crianças armadas ou caísse nas mãos de viúvas e órfãs!

Com o tempo, todos participavam da carnificina, depois acabavam vítimas de alguma abominação.

Um dia, em plena floresta, o ogro encontrou um menino e uma menina completamente perdidos. Pais mortos, cidade queimada, ninguém no mundo. Debruçando-se sobre eles, perguntou de maneira meliflua se não precisavam de ajuda e em seguida pegou suas mãozinhas com seus punhos gigantescos e os arrastou por um dos caminhos que não levam a lugar algum.

Ele ainda não estava com muita fome, mas sabia o prazer que sentiria ao mastigar vivos a menina e seu irmãozinho enquanto se retorciam.

O caminho terminava numa clareira. Entre as flores e a grama crescida, a água límpida de uma fonte escorria num tronco de árvore completamente oco. As crianças tinham sede, o ogro as deixou beber, mas sem largar sua mão, temendo ver sua refeição escapar. As crianças não teriam ido muito longe: estavam caindo de sono. Bruscamente, o ogro as empurrou para trás a fim de beber também, o que esvaziou momentaneamente a fonte. Depois se deu conta de que, assim como as crianças, estava cansado e decidiu fazer uma sesta. Ao acordar, descansado e disposto, comeria os pequenos com mais prazer ainda. Recostou-se confortavelmente numa árvore. As crianças dormiam profundamente, mas para não correr o risco de que fugissem, apertou-as bem forte contra seu peito, enlaçando o pescoço delas na cavidade de seus braços.

Com o braço direito, segurava com firmeza o menino e, com o esquerdo, a menina, apertando cada vez mais forte. Enquanto dormia, ele os sufocava, os estrangulava.

Quando acordou, os corpos minúsculos estavam inertes contra a barriga do ogro despeitado.

Por mais que os sacudisse, lhes aplicasse monstruosas pancadas, soprasse em suas narinas, não conseguiu revivê-los.

Sua decepção era imensa, pois ele só gostava de comer crianças vivas e vigorosas, apreciando como se contorciam, gemiam e depois se calavam.

Agora, essa carne lívida já não lhe dizia nada. Ficou sem apetite! Certamente não encontraria outras crianças perdidas antes do pôr-do-sol.

Foi então que percebeu uma moça sentada à beira da fonte, como se tivesse surgido da água.

O ogro a fitou, boquiaberto. Não era mais uma criança. Nem pensava em devorá-la, mas ela era realmente muito bonita.

— Se você quiser, posso revivê-los — ela declarou com um charmoso movimento de queixo em direção aos dois pequenos cadáveres.

— De verdade? — perguntou o ogro, disposto a acreditar no que quer que fosse.

— Claro, é fácil: preciso apenas observá-los muito tempo e conseguir ver algumas coisas.

— Mas que coisas? E como você vai fazer?

— Devo observá-los através deste fragmento de cristal — disse ela, colocando diante do olho uma pedra azulada e translúcida.

— E então?

— Se, ao examinar seus traços, conseguir, graças a meu cristal, ver distintamente toda sua vida, não apenas seu nascimento e sua infância, mas também a existência que eles teriam levado se você não tivesse sido tão idiota, então eles viverão novamente.

— Faça-o — implorou o ogro.

— Não é tão simples. Preciso ver os crimes que eles iriam cometer, o mal que iriam fazer ou descobrir, pelo contrário, a generosidade de que eram capazes. Se a imagem for nítida, eles viverão.

— O coração deles baterá?

— Sim.

— O peito deles se mexerá?

— Sim.

— Só de olhar através dessa pedra?

— Sim,

— E eu poderei...?

— Tudo o que você quiser.

— *Então, rápido, examine-os. Veja o que você tem que ver. Apresse-se, moça!*

A moça sorriu uma última vez, posicionou lentamente a pedra na frente do olho e pediu ao ogro que endireitasse as crianças e as mantivesse completamente imóveis. Seu olhar se pousou longamente sobre a menina e depois sobre o menino. O ogro percebia o olho muito aumentado da moça, mais não ousava se mexer, expondo os dois pequenos corpos o melhor que podia.

Todo tipo de expressão passou pelo rosto da moça. Ela franziu a sobrancelha, enrugou o nariz, contraiu o rosto. Teve um arrepio de desgosto e depois abriu a boca assustada. Mas não parou de olhar através de seu cristal.

O ogro começou a se inquietar. Sentia câimbra no braço e suas costas estavam começando a doer. A testa da moça estava toda enrugada. O ogro então reparou que as rugas se aprofundavam e se ramificavam em torno dos seus lábios.

Ainda era uma moça? Cabelos grisalhos caíam em torno do cristal mágico. Sua mão era a de uma mulher idosa e ela tremia enquanto deslocava a pedra cada vez mais rápido da menina para o menino, do menino para a menina.

De repente, o ogro teve a impressão de que suas presas respiravam de novo, que seus corações batiam levemente. Em seguida, os olhos delas se abriram. O ogro afrouxou o abraço. Tépidas, tenras, trêmulas, as crianças se ajeitaram, se mexeram. Mas, abaixando o braço, a anciã estava horrorosa. Lágrimas escorriam por rugas profundas. Uma expressão de horror retorcia sua boca, revelando gengivas podres e alguns dentes pretos. Seus olhos estavam injetados de sangue, seus cabelos brancos, seu corpo descarnado.

O ogro observou as crianças com espanto. Não estava mais com vontade de comer carne fresca. Pela primeira vez, o cheiro da carne infantil lhe provocava náusea.

O RISO DO OGRO {B}

Ele olhava fixamente para essa velha sentada na beira da fonte. Ela se tornara uma bruxa de olhos vazios.

Então o ogro soltou uma gargalhada. Era um riso louco, um riso imenso, cujo eco repercutia na clareira. Um riso que sacudia a árvore em que estava apoiado. As crianças aproveitaram para se liberar do abraço e dar alguns passos hesitantes, enquanto o ogro, semideitado, ria cada vez mais forte.

Ele arrancou um punhado de flores que enfiou na boca e mastigou, depois um grande tufo de grama e até mesmo de musgo, empanturrado com todo esse mato e estufado de tanto rir.

A anciã desaparecera. As crianças se afastavam lentamente sob os galhos. A floresta retumbava novamente com os barulhos de guerra e os gritos. O ogro continuava gargalhando.

Num caminho rochoso e limoso, as crianças cruzaram com um cavaleiro de armadura. Ele devia estar cavalgando há um bom tempo. Tinha um olhar ao mesmo tempo grave e sonhador. Seu cachorro trotava entre as patas do seu cavalo. A Morte e o Diabo o acompanhavam. A Morte cavalgava um velho pangaré e o Diabo... era o diabo! O cavaleiro passou, bem ereto. A morte aspirou um cheiro de crianças. O Diabo esboçou um sorriso. Logo tudo estava imerso no escuro.

PRIMEIRA PARTE

A excursão ao lago Negro
(Alemanha, verão de 1963)

Eu tinha acabado de fazer dezesseis anos. Era verão. Estava sozinho no compartimento de um trem seguindo em direção à Alemanha, onde eu devia passar várias semanas, na pequena cidade de Kehlstein, na casa de um correspondente que não me correspondia em nada.

Ao retornar a esse momento da minha juventude (a menos que não seja esse o momento que me persegue?), uma única imagem se impõe na minha lembrança, a de um caminho na floresta que atravessa a espessura dos pinheiros e dos abetos, até desembocar numa vasta clareira inundada de luz, e de um pequeno lago onde se desliza o reflexo rápido das nuvens.

Para atingir esse caminho, é preciso ultrapassar os últimos chalés de Kehlstein, com as paredes cobertas de afrescos edificantes, e em seguida as curvas de um caminho escarpado e sem sombra, até o limiar da floresta. É então que se descobre esse longo corredor vegetal ao fim do qual brilha a mancha dourada de uma saída. Na penumbra úmida, apressa-se o passo, impaciente de encontrar o brilho do dia e de rever o céu. Por fim, distinguem-se as águas do lago, tão calmas e tão negras em seu estojo verde-escuro. Sente-se confusamente que é impossível ir adiante.

Com a idade, entendi que esse caminho da floresta atravessa minha vida. É um eixo em torno do qual gira muito lentamente tudo o que me aconteceu. Uma passagem secreta que comunica a infância com a idade adulta, a guerra que não conheci e a paz que não apreciei o suficiente.

Nesse início dos anos 60, sou um menino francês que passa as férias na Alemanha, a fim de se aperfeiçoar nessa primeira língua estudada no ginásio. Ainda não é uma prática corrente. Precisei fazer uma longa viagem, passar solenemente as fronteiras, antes de encontrar a família do correspondente que um professor benevolente me ajudou a encontrar, e só receber notícias da França através das cartas de minha mãe que levam dias para chegar até mim. Somente um pouco mais jovem que a paz e eis-me entregue à minha própria sorte pela primeira vez!

Na Alemanha, as lembranças do desastre ainda pesam terrivelmente, mas ninguém as evoca. Suas sombras rondam a falsa serenidade do pós-guerra, em torno das ruínas e dos vestígios ainda visíveis da violência. Um véu de não-dito encobre a gentileza das pessoas e perturba a inocência aparente das coisas.

Meu correspondente se chama Thomas. Louro, jovial, transbordando de energia, dedica seu tempo todo ao esporte e às meninas. Simpático, mas mais incomodado ainda com a minha presença pela insistência de sua mãe em que ele responda em francês às poucas palavras que arranho em alemão. Ele teme a insignificante concorrência que posso lhe fazer com suas amiguinhas. Ficamos logo sem assunto. Nada a dizer um ao outro!

Eu sou moreno, particularmente reservado, mas também transbordo de uma energia que deságua toda nos grossos cadernos de esboços que nunca me abandonam. Uso quantidades de lápis, enquanto Thomas nada, escala, flerta, dança, joga tênis, bebe cerveja e conta ao ouvido das meninas histórias engraçadas

das quais não entendo nem uma palavra. Em geral, ele me encontra debruçado sobre a tepidez branca do papel, atento aos novos ruídos que chegam a mim, às vozes estrangeiras, aos odores da madeira, das pedras e de todas essas flores que existem em quantidade nas varandas.

— Então, o que você inventou hoje, *mein Franzose*? (Thomas nunca me chama de "Paul"!)

A pequena aldeia de Kehlstein, poupada dezessete anos antes pelas milhares de toneladas de bombas atiradas sobre a maioria das cidades alemãs, exibe o jogo de cubos de seus chalés de madeira e de suas casas amarelas, rosas ou verde-pistache, num vale risonho, em torno de uma fortaleza medieval e três igrejas barrocas, entre montanhas cobertas de florestas.

Sentado na cama, no quarto que designaram para mim, não desenho o que tenho sob os olhos: fontes, tílias ou velhos chalés. Deixo o lápis me levar e tenho prazer em sentir, na extremidade dos dedos, a ponta do leve cilindro errar sobre a página em branco. Sob o grafite surgem rostos fantásticos, cavados, desgrenhados ou corpos bizarros, com membros que parecem galhos. Blocos, garatujas, raspaduras, linhas leves ou carregadas, todo um mundo fantástico de pacotilha com minuciosos detalhes.

Thomas, como sua família, respeita essa mania. Ele administra minha tranqüilidade e se ocupa sem mim. Minha solidão é grande, sobretudo de tarde, quando desenho na varanda de madeira, cercado pelo cheiro enjoativo dos gerânios, ou mais tarde, sob a luz da lâmpada, quando o sol afundou de uma só vez atrás da montanha.

Por sorte, cheguei à Alemanha antes das férias escolares e, ao longo das manhãs passadas no ginásio com Thomas, fiz numerosos amigos. Para eles também, sou *der Franzose* ou o "desenhista":

um cara um pouco triste, fantasioso e vago, perfeitamente francês, portanto! Intrigados por meus desenhos, eles torcem o pescoço, franzem as sobrancelhas e tentam identificar formas, depois recuam sacudindo a cabeça: *Ja, ja... Schön! Aber, was ist das?*

Os dias passam. E eis que, num domingo de julho, me anunciam a famosa excursão ao lago Negro. Dizem-me que com esse calor o banho será delicioso. Evocam as margens desse pequeno lago nas alturas como um canto do paraíso. É um domingo depois da guerra, na Alemanha...

Um grande número de habitantes de Kehlstein, homens, mulheres, crianças e alguns velhos sobem a encosta rochosa assim que amanhece. Os jovens conversam ziguezagueando e escalando a toda pressa. Os pais avançam a passo de excursionista. Os homens usam chapéus decorados com pequenas penas, as mulheres, vestidos leves, e algumas voltaram a usar o tradicional *Dirndl*, com mangas bufantes e gola de renda sob um corpete preto. No pescoço das moças, gosto da fita de veludo com um pingente de prata.

As bolsas tirolesas estão cheias de garrafas de cerveja, pão e frios. Eu transporto também provisões de boca e cadernos na minha mochila.

Assim que os primeiros caminhantes atingem a floresta, vemos como se viram e fazem um aceno com a mão antes de se enfiarem na sombra gigantesca dos abetos. Os jovens cantam em coro com uma animação natural. Na França, são mais comuns os bandos de homens berrando canções indecentes.

Essa harmonia campestre e essa falta de fissura me deixam profundamente desconfortável. É para contemplar o vale ou para dissimular um embaraço inexplicável que fico atrás?

Antes de penetrar na floresta, eu me viro mais uma vez e descubro uma paisagem de conto de fadas, uma vasta bolha transparente em que cada coisa se parece com a imagem que uma criança tem dela. Prados pintados com lápis de cor. As capelas como brinquedos novos. Mesmo os bancos de madeira e os chafarizes têm uma perfeição que me fascina e me enjoa.

As meninas apressam o passo para me alcançar. Elas pronunciam o meu nome, "Pa-ôl", e falam comigo articulando lentamente as palavras, preocupadas em me dar mil detalhes sobre a natureza que conheço tão mal. Indagam também sobre a vida em Paris.

De repente, na penumbra do caminho da floresta, os cantos se interrompem. As pessoas falam mais baixo, depois se calam. Os rostos desses alemães têm uma expressão estranha e a inquietação me vence. O coração inexplicavelmente apertado, uma leve náusea. O que está acontecendo? É preciso continuar avançando sob essa abóbada negra? Mas não há outro acesso ao lago Negro. As meninas me deixaram sozinho. Escuto a respiração ruidosa dos homens mais velhos, que ressoa como dentro de uma igreja. No meio do caminho, meu mal-estar já atingiu seu ápice. Estou quase com frio.

Só me recomponho ao reencontrar o sol. A visão dos corpos das meninas, que a contraluz recorta diante de mim no tecido dos vestidos de verão, me acalma um pouco. Com alívio, descubro a clareira e o lago.

Sobre as águas escuras, a mancha vermelha de uma bola, cabeças, torsos, emergem entre os respingos. Rapidamente, sem pudor, os meninos tiram a roupa sob os galhos baixos, enquanto as meninas entram uma por uma numa cabana de madeira de um cinza prateado. Elas não demoram a sair, lindas e saudáveis, prontas para o banho, com os cabelos presos em tocas de borracha, e se deitam sobre toalhas coloridas.

Se todos parecem esquecer o vapor inquietante que pairava sobre a alameda da floresta, minha angústia permanece ao ver esse tranqüilo quadro. Impossível me deixar levar por essa quietude adocicada em companhia de seres humanos que imaginam que nada, a partir de agora, os ameaça. A guerra terminou há dezessete anos. Minha vida, toda a minha vida se desenrolou numa paz como essa? Paz pesada e opaca. Paz amnésica. Onde se escondem os velhos horrores, enquanto as pessoas riem, bebem e sonham deitadas na grama? Sou o único aqui a sentir um risco impreciso, um perigo? O único a temer que, escondidos no mato, olhos malvados estejam nos observando?

Todos esses rostos atormentados que surgem como fantasmas em meus cadernos são presa de que terrores? Que raiva os habita? O que senti ou pressenti nesse caminho da floresta quando todos fizeram silêncio?

Acomodo-me ao lado de Thomas e seus colegas, perto da margem, perto de uma fonte cavada num imenso tronco de árvore onde a água fresca corre em abundância, enquanto uma leve brisa dispersa as gotículas na luz. Thomas, muito contente, me avisa que está com fome e que acabou de colocar a cerveja para gelar. Ele empurra as meninas, ri muito forte e se joga no lago do alto de um pontão. Grandes explosões de alegria...

Logo começará o piquenique. Eu só capto alguns trechos do que se diz à minha volta em alemão. Mas me esforço para rir com meus colegas de corpos bronzeados e gotejantes, para esquecer as páginas enegrecidas do meu caderno de desenhos e me deixar levar por esse turbilhão de bem-estar e de apaziguante normalidade.

Na França, ensinaram-me que não se pode pular na água fria depois de comer. Mas os alemães não estão nem aí! Alguns pulam de boca cheia, salpicam e berram de alegria. De repente, todas as cabeças se voltam para o caminho que vem da floresta. Um grito explode: "Clara! Clara!" Quem é essa moça vestida de preto que faz essa tardia aparição na clareira? Ao que parece, todos a conhecem e ela exerce uma real fascinação sobre meus colegas.

Seu nome passa de boca em boca. Os olhares ficam fixados nela, que se aproxima calmamente. Alguns jovens a chamam. Ela se abaixa, diz algumas palavras e vem na nossa direção. Thomas, de repente muito excitado, se ergue e berra:

— Clara! Clara! Venha!

Ele faz grandes gestos cômicos.

Distingo cada vez melhor seus traços e sua postura tão diferente da das outras meninas de Kehlstein. Clara tem cabelos muito pretos, extremamente curtos, que destoam entre todas essas tranças e longas cabeleiras de um louro muito claro. Tem a leveza de uma jovem gata, as precauções de uma raposa. Está com uma camisa e uma calça corsário pretas, sapatilhas pretas. Mesmo a distância, ela parece ao mesmo tempo muito à vontade e recém-desembarcada de um outro país, de uma cidade longínqua, ou saída de um livro estrangeiro.

Uma pesada sacola de couro bate em seus quadris enquanto se aproxima. Depois ela se imobiliza, negra e magra, dominando nossos corpos arriados. Imediatamente fico impressionado com seus olhos de um azul intenso e translúcido, que ela dirige para nós com uma audácia muito alegre. Sorridente, ela escapa das mãos que a atraem. Como Thomas se faz de imbecil, Clara puxa amigavelmente seus cabelos. Ela acaricia as bochechas de algumas meninas, rouba rodelas de salsicha que logo devora e, depois, recusando-se educadamente a ficar conosco, se afasta sozinha e vai até um lugar mais selvagem da beira do rio, invadido por junco e capim cortante. Depois, para minha imensa surpresa, diante dos olhares que se desviam pudicamente, eu a vejo se despir completamente, camisa e calça jogadas entre os juncos, e em seguida deslizar nua, inteiramente nua, nas águas do lago, nadando com vigor para longe, muito longe, a pele branca logo dissolvida pelos reflexos ácidos. Gostaria de olhar para outro lado, mas não consigo desgrudar meus olhos dessa forma pálida que avança sobre as profundezas.

Quem é afinal de contas essa Clara?

Mais tarde, depois do almoço, uma grande sonolência estival toma conta dos corpos castigados pela água fria. Todo mundo bebeu muita cerveja. Está quente. Eu me afasto para desenhar, perto da fonte de madeira da qual ouço o fluxo contínuo. E esfrego e aperto uma vez mais o grafite sobre o papel, traçando os contornos de um corpo monstruoso. Um homem-árvore-pássaro com garras, bico, palmas e grandes olhos vazios numa pelagem de sombreados pretos e em seguida uma barca à qual acabo dando um aspecto de caixão flutuante.

De repente, misturando-se ao murmúrio dessa água que corria desde antes da guerra, que correu, límpida e viva, durante toda a guerra e correrá muito depois de minha partida de Kehlstein, percebo um clique mecânico. Levanto a cabeça e descubro essa moça chamada Clara, sentada à beira da fonte, sobre esse tronco de árvore cavado que serve de bacia para a nascente. Ela deve ter se aproximado discretamente. Aponta para mim a objetiva de uma pequena câmara que crepita. Os olhos estão dissimulados por essa máscara metálica. Dentes brancos de um sorriso sob o olho sombrio do visor.

Clara não pára de me filmar. O que ela quer comigo? A sacola de couro continha então uma câmera 8 milímetros. Agito o lápis para colocar meu tímido veto à captura de minha imagem, mas ela nem liga. Pior ainda, levanta-se e vem até mim sem parar a tomada. Nesse momento, ela parece querer filmar em primeiríssimo plano a barca que eu estava desenhando. Ela vai roubar meu desenho. Descobrir meus monstros.

Quando Clara tira por fim sua máscara, fixa sobre mim um olhar tão azul que não sei como reagir. Rindo com franqueza, como depois de uma boa brincadeira, senta-se a meu lado com naturalidade. Para minha surpresa, ela fala comigo num francês muito bom, com um acento leve e delicioso. Diante de tanto desembaraço, consigo relaxar. À beira desse lago fantástico, eu gostaria que os banhistas ficassem mergulhados durante cem anos num sono de conto de fadas. A água da fonte corre. As nuvens passam. Clara, que abraça sua câmera, fala em voz baixa:

— Me desculpe, caro francês, mas filmo sempre... todo mundo... e tudo o que vejo!

Ela já tem essa voz imperceptivelmente velada, um pouco rouca por momentos, mas doce. Debruça-se sobre meu desenho e vejo seu seio se agitar no decote da camisa.

— Eu sou Paul Marleau, moro na casa do...

— ...do Thomas, eu sei. E sei que você desenha sempre!

Ela agita seu pequeno aparelho cinza-claro munido de uma chave cromada para ativar o mecanismo.

— Minha câmera me acompanha aonde quer que eu vá — ela explica. — Ela vê o que meus olhos não vêem. É uma *Agfa Movex*. Foi meu pai quem me deu de presente...

Os olhos de Clara têm um efeito estranho sobre mim: como se um outro olhar, muito sério e muito velho, se dissimulasse no fundo dessa claridade azul, do outro lado de um espelho sem sua película metálica. É então que percebo, exatamente sob o olho direito dessa menina estranha, uma minúscula pinta bem escura, como um terceiro olho, como um olho de serpente ou a objetiva de uma câmera em miniatura dissimulada na pele lisa do rosto.

Ela acomoda seu aparelho no veludo vermelho do estojo de couro, estala o fecho metálico e depois, com uma espontaneidade que deveria dissipar meu incômodo, apóia os dedos sobre meu caderno de desenho.

— Posso, Paul? (Ela também pronuncia *Pa-ôl...*)

Mostro com gosto meus esboços. O ombro contra o meu, no silêncio ressaltado pelo murmúrio da fonte, ela começa a virar as páginas grossas com um arzinho atento e sério. Diante de alguns personagens, seu rosto fica grave, como um céu límpido subitamente coberto por nuvens. Mas nenhum comentário!

Clara perscruta sem se espantar esse caos de formas e rasuras, depois se ergue de um salto e me estende a mão com naturalidade:

— Um dia desses, se você quiser, traga seus desenhos e eu os filmarei...

Ela desaparece tão rápido que não tenho tempo nem de responder. Eu a olho se afastar, câmera a tiracolo, negra e leve, à beira do lago cujas águas têm cor de chumbo.

O fluxo da fonte tem algo de trágico. O sol desaparece. O vento começa a soprar. Minha solidão é esmagadora. O que podem meus desenhos diante de um sentimento de estranheza e de ruptura como esse? O que dizer? Com quem falar? Compreendo mal o que se diz à minha volta e o que consigo exprimir em alemão é de um simplismo que me consterna. Gostaria de abandonar essa clareira, voltar para o meu quatro o mais rápido possível, mas temo pegar o caminho de volta pela floresta. Nas margens, restam alguns banhistas tardios. Vejo Thomas sentado na extremidade do pontão, cochichando alguma coisa no ouvido de uma moça de maiô que ele abraça e tenta beijar. Não tenho certeza se invejo sua aptidão para o prazer.

— Até de noite, Thomas.

— Você não vai mais desenhar, *mein Franzose*?

— Vou para casa. Até mais tarde ou talvez até amanhã.

Ele parou de gracejar e percebo que alguma coisa o preocupa.

— Eu vi que Clara o filmou. Não pense que ela ficou interessada em você... Ela filma todo mundo.

Sem deixar de segurar firmemente os ombros de sua conquista loura, ele fala de Clara com uma mistura de interesse e despeito.

— Ah! Clara! — ele suspira. — Ela é assim, nossa Clara! Você ainda não a tinha visto? É uma solitária: ela passeia sozinha ou fica sozinha em casa com seu material de cinema. Ela filma tudo, qualquer coisa, qualquer um... Seu pai é o doutor Lafontaine, que cuida de todo mundo em Kehlstein!

Thomas pronunciou o nome de Lafontaine com um sotaque cômico. Eu me surpreendo:

— Lafontaine? Eles são franceses?

Thomas sacode a cabeça.

— Não! Não o La Fontaine de vocês! *O lobo e o cordeiro*, *A lebre*... *O corvo*... Aprendemos algumas fábulas no curso de francês. Eles se chamam "Lafontaine". São bem alemães, mas de origem francesa... Há muito tempo, a família deles foi perseguida na França. *Evangelisch*... como se diz em francês: protestantes? Mas não há muitos na região. Em Kehlstein, há mais católicos. Os Lafontaine são de origem protestante, mas eles não vão sequer ao Templo... Entende?

Nada disso me interessa muito. Só penso em partir, abandonar a clareira. Deixo Thomas com seus amassos e me dirijo para a beira da floresta.

Assim como os santuários construídos segundo uma orientação propícia à penetração dos raios do sol poente, o caminho da floresta é banhado, durante uma boa centena de metros, por uma claridade horizontal e dourada. Menos sinistro do que eu temia.

Lanço-me na densidade da floresta. Seria fácil alcançar um dos pequenos grupos que me precedem: pelo contrário, desacelero, como se temesse que sua presença pudesse fazer cessar a perturbação em que a aparição da moça da câmera me mergulhou. Bruscamente, à medida que o clarão dourado se atenua e a escuridão triunfa, uma discreta passagem à direita, entre os troncos comprimidos, chama minha atenção. Onde será que vai dar?

Não notara nada de manhã. Precisamente nesse lugar, no entanto, meu mal-estar havia sido mais forte. Precisamente ali as vozes se apagaram, todas, sem exceção.

Magnetizado por esse mistério, mudo de direção e me aventuro por uma senda minúscula. Avanço com cautela. Meus olhos têm que se acostumar à penumbra, mas é evidente que essa via estreita conduz a algum lugar.

Depois de alguns passos, penetro numa clareira minúscula, perfeitamente redonda, invisível do caminho da floresta. Uma capela vegetal. É um beco sem saída, um lugar maléfico.

Fico petrificado, com o coração acelerado. Um objeto brilha na sombra. Sem me aproximar, distingo um vaso de porcelana solidamente fixado com um fio de ferro ao tronco de um enorme pinheiro a dois metros do chão coberto de musgo. Um vaso decorado de branco, azul e detalhes dourados, contendo um magnífico buquê de rosas!

Tenho a sensação de violar um santuário, de ter descoberto o abrigo de uma comunidade secreta. Por que essas rosas? E essa porcelana elegante? E por que em plena floresta? Não se trata de rosas murchas, esquecidas, secas, mas de flores recentemente cortadas. E esse vaso, que estaria no seu lugar apropriado sobre uma chaminé, numa sala, ou sobre um piano, certamente está cheio de uma água clara. Quem pode ter colocado esse buquê? Que mão anônima?

Oferenda clandestina na umidade e no silêncio. Ao me aproximar, tropeço num amontoado de velhos buquês murchos, velhos ramos de rosas mumificadas, talos, espinhos, pétalas desbotadas jogadas no musgo como um monte de esqueletos. O contato com essa massa morta e com garras, em meio ao perfume potente das rosas ainda vivas, me arrepia. Tenho a impressão de ser observado, de que alguém fala baixinho, lá na frente, atrás das colunas pretas.

Tudo está tão longe. Definitivamente tão longe! E não experimento somente o distanciamento da França, de um lugar conhecido, de uma língua familiar, de minha mãe. Sozinho, nessa clareira secreta de uma floresta alemã, percebo que por muito tempo me sentirei longe de tudo. Paris não existe mais, nem Lyon, onde morei quando era criança. Eis-me condenado a permanecer numa Alemanha mental.

Na saída, tropeço nas raízes nodosas, depois me enfio na sombra cada vez mais espessa, até que avisto finalmente o vale de Kehlstein, cujas primeiras luzes estão se acendendo, umas após as outras, numa grande doçura malva e com a frescura de um alento inesperado. Na senda rochosa que desce pelo flanco da montanha, ultrapasso os últimos excursionistas, com pressa de ir me trancar no meu quarto para escoar litros de angústia num velho lápis. O desenho como uma sangria. A bílis ruim evacuada na ponta da grafite. Páginas cheias de rostos com caretas e olhos esbugalhados. Montão de lembranças que não me pertencem.

Reencontro as ruas de Kehlstein, mas devo ter perdido muito tempo, pois, na frente da Prefeitura, dou de cara com Thomas, sua nova amiga e três ou quatro meninos do ginásio que supunha muito atrás de mim no caminho. Como eles fizeram para chegar antes? Quanto tempo fiquei naquele santuário escondido, ao pé do altar improvisado, do monumento de fio de ferro, contemplando o vaso de porcelana e seu buquê de rosas?

Sinto sua hostilidade. A moça abraçada a Thomas murmura alguma coisa no seu ouvido. Eles balançam a cabeça. Fingem me ignorar e falam entre si em alemão e muito rápido. Procuro as palavras para expressar meu desejo de ir para casa: "cansaço", "desenho", "escrever para minha mãe"... Dão as costas para mim. Fecho os punhos. Luto contra a vontade de colocar calmamente minha mochila no chão, me aproximar de Thomas ou desse menino gordo que vi um dia dar um pontapé no cachorro dele e dar um soco na cara imunda deles. Mas Thomas coloca uma mão sobre meu ombro, num gesto quase afetuoso, e me diz sorrindo:

— Ah! *Mein Franzose*... Você quer ver coisas demais por aqui. Mas há coisas muito ruins. Não se deve ver tudo. Nem saber tudo. Depois do lago, você deveria ter voltado logo para casa...

É sua energia enorme que lhe permite se controlar, passar da cólera surda para essa jovialidade comunicativa. Ele me dá um tapa amigável, puxa um pouco a correia da minha mochila, depois acrescenta:

— É verdade que a Clara filmou você! Você está na câmera dela agora! Então você é um pouco de Kehlstein...

Um massacre
(Ucrânia, janeiro de 1941)

— Andemos pelo menos até a floresta.

Como nas noites precedentes, o primeiro lugar-tenente Moritz acabou de aparecer no vão da porta. Sua silhueta maciça se recorta sobre o retângulo ofuscante que se estende pelo piso de cerâmica e seus olhos esquadrinham a escuridão de uma sala de aula vazia, nessa escola transformada em hospital militar. Moritz adivinha mais do que distingue a presença do doutor Lafontaine.

— Por que não? — responde ele sem se virar.

Sua caneta arranha um pouco mais a página. Em seguida, ele a tampa, fecha seu caderno com encadernação de couro, que enfia no bolso interno do jaleco, se levanta e se prepara para sair. O tenente se surpreende:

— Você consegue escrever nesta escuridão?

— Ah! Mais luz! Mais luz! — ironiza amargamente o médico.

— Está bem, tenente, andemos até a floresta. Aliás, parece que os tiros cessaram. Fim das execuções! Ao menos por hoje...

— É estranho, mas eu não presto mais atenção nisso.

— Mesmo assim faz oito dias que eles fuzilam! Você está acostumado com as detonações. É sua profissão, meu velho.

— Você sabe muito bem que minha companhia não está envolvida nessas execuções. São os S.S.! São os comandos especiais que fazem esse trabalho.

O doutor Lafontaine aperta levemente o tecido do jaleco, como para se assegurar da presença do seu precioso caderno. Em seguida, limpa as lentes embaçadas de seus óculos com armação de aço com um lenço branco, enche e acende seu cachimbo e, numa nuvem de fumaça azul, com a haste entre os dentes, resmunga de novo:

— Trabalho sujo, tenente, trabalho sujo!

— Nossas unidades não têm nenhum contato com esses comandos, nem com os S.S. Eles chegaram depois de nós e se instalaram nas casernas abandonadas pelos comunistas. Estão à caça dos espiões, os bolcheviques que ainda estão escondidos por toda parte. Os franco-atiradores são muito numerosos.

— Os espiões? Os bolcheviques? Mas você sabe muito bem que são os judeus que eles estão matando! *Todos* os judeus. Um bando de gente se acotovela para apontar as casas judias às milícias ucranianas para que eles entreguem seus habitantes aos S.S.

— Não imaginava que houvesse tantos judeus aqui...

— Os ucranianos os detestam: acha que são culpados de misérias passadas, de penúrias presentes, de estocar, de esconder víveres... Nossa chegada lhes permite se vingar.

— Os judeus fizeram tudo isso?

— Todo o mal vem deles nessa terra, não é, tenente?

Homem bonito e magro, de vinte e sete anos, com os cabelos muito pretos, o médico dá um passo na direção do retângulo incandescente e se junta ao tenente Moritz, um rapaz gordo, de cabelo louro, quase branco, com a pele esmeralda, as faces brilhantes, as mãos enormes.

Sob o sol que esmaga essa quadra de escola, onde estacionam ambulâncias militares e onde soldados dão alguns passos com suas muletas, o médico ajusta impecavelmente sua gravata. Depois pergunta com tédio:

— A ordem de continuar nosso avanço ainda não chegou?

O tenente esboça um sorriso perplexo coçando violentamente a nuca. Parece um garoto chateado de ser interrompido em meio a uma competição esportiva encarniçada.

— Ainda não! Nossos exércitos devem coordenar seus movimentos! Você sabe que meus homens agüentam mal essa inércia. Ficam entediados. O calor os deixa exaustos.

Uma semana antes, vários regimentos da Wehrmacht atingiram Kramanetsk com uma facilidade incrível. Muito pó. Planícies intermináveis. Cidades desertadas. Mais ao norte, houve combates terríveis, inúmeros prisioneiros russos; mas, para esse corpo do exército, além de algumas ações e desses feridos aos cuidados de Lafontaine, a entrada foi fulgurante.

— E os exércitos comunistas, tenente, alguém sabe onde estão?

— As notícias são contraditórias. Dizem que os comunistas foram derrotados. Dizem também que estão se reagrupando em torno de Moscou. Que afluem, enchendo os trens. Que os combates serão terríveis. Dizem que vão surgir às nossas costas. Em todo caso, oficialmente, o assalto final é iminente. Vamos, Lafontaine, diga que em setembro estaremos em Moscou.

— Sim, embora as distâncias sejam assustadoras!

Em seu caderno, o médico acabou justamente de escrever: *Algo mudou... estamos na Rússia agora. Será que sou o único a ver essa inquietação que toma conta de nossos potentes soldados do Reich, essa angústia que substitui a euforia do começo, como se todos nós sentíssemos confusamente, à medida que nos internamos na*

Rússia, que não somos nós que penetramos no terreno, mas o espaço russo que se precipita sobre nós. A imensidão russa me apavora. Ela nasce, muito longe, atrás do horizonte. Vejo bem que ela vai dissolver os ânimos, deslocar as ilusões, desbotar o vermelho e o preto das bandeiras. Mas, diferentemente de um vento forte, o espaço que se joga sobre nós não balança as coisas, não açoita os corpos: apenas os torna minúsculos. Aqui, a imensidão é um riso monstruoso. Apesar da algazarra das lagartas dos nossos tanques, ouço o espaço russo rir. É diferente da guerra! Mas a quem dizer isso? Com quem falar?

Lado a lado, o médico e o tenente avançam pela rua principal de Kramanetsk, fervilhando de homens armados. Avançam sob a abóbada de uma canícula esmagadora. O sol começa a se pôr, mas a terra e as pedras acumularam o calor. Os óculos do médico ficam embaçados. O suor escorre pelo rosto do tenente.

No centro da cidade, as casas foram requisitadas pela Wehrmacht. Um verdadeiro engarrafamento de caminhões militares parados, com os capôs abertos, como monstros sedentos num sonho. Por toda parte onde há sombra, soldados estão imóveis, em pequenos grupos. Eles tiraram das casas mesas, poltronas, sofás e jogam cartas na rua ou dormem profundamente, com a boca aberta ao abrigo de pesadas cortinas arrancadas das janelas. Soldados deitados, sentados, entediados buscam a mais ínfima corrente de ar nas ruelas sombreadas ou sob os alpendres. Alguns carregaram um piano de calda até o meio de uma praça, depois o abandonaram, coberto de garrafas vazias. A maioria dos homens está sem camisa. Marcados pelo sol, seus rostos parecem de cartão. Todos os soldados aguardam a ordem de retomar a ofensiva.

Eles nem erguem mais a vista diante da passagem do tenente Moritz e do doutor Lafontaine, que, na sua calma amarga, decidiram andar até a floresta e passam entre o cheiro de gasolina, borracha queimada, óleo queimando, sopa rançosa.

Foi na França, alguns meses antes, que nasceu uma amizade entre o jovem médico Arthur Lafontaine e Walter Moritz. Ambos originários da pequena cidade de Kehlstein, primeiro se reconheceram vagamente, depois evocaram a terra natal e as pessoas de lá. Moritz com um prazer ingênuo. Lafontaine com a distância daquele que não faz questão de ter raízes. Eles não se parecem em nada. Descendente de uma antiga família huguenote, Lafontaine, um tanto orgulhoso de seu patronímico muito francês, pensava em se fixar em Munique, onde estava estudando medicina quando a guerra o surpreendeu. Antes de sua mobilização e da campanha da França, Moritz se preparava para retomar a serraria paterna, em Kehlstein.

Uma amizade pudica, mas sólida entre dois homens muito diferentes, pois a guerra e seus momentos de grande vazio contribuem para revelar afinidades mais secretas entre homens que nunca conviveriam em tempos de paz. Amizade de guerra. Amizade masculina e compacta. Esse laço estranho, que as mulheres e aqueles que não conheceram a guerra não conseguem entender, não tem nada a ver com a fraternidade das armas. É feito de uma estima discreta, da lembrança de ter se descoberto mutuamente na proximidade imediata da morte. Ter visto o corpo e o rosto do outro quando ele corria o risco de ser morto, quando ele mesmo se preparava para matar, quando via outros homens serem mortos, isso não se esquece. E depois se esquece. A amizade fica. Nudez de uma solidão exclusivamente masculina. Momentos inenarráveis, sem medida comum com os veludos macios da vida comum, feliz, que sempre ficou para trás, uma vida sempre prometida e perdida para sempre — mesmo se, mais tarde, quando se escapa do pior, finge-se reencontrá-la e ter prazer em acariciar seu veludo completamente puído.

Longe de Kehlstein, os dois amigos andavam hoje em Kramanetsk. Não precisam evocar seu vale natal, suas montanhas arborizadas. Nem falar dos invernos de lá e de toda aquela neve. Menos ainda da tradicional excursão ao lago Negro, nos domingos de verão, quando o calor é forte demais na cidade. No entanto, no bafo dessa noite na Rússia, eles pensam necessariamente no lago Negro. Revêem a senda escarpada que é preciso subir a pé, com a mochila nas costas, para alcançar o sombrio caminho da floresta, a clareira, a água fresca e a fonte cavada num tronco de árvore... Mas é na Rússia, em plena guerra, que eles caminham!

Como a cidade não é grande, as casas logo se tornam mais baixas e mais pobres. Os isbás parecem bem frágeis ao lado das centenas de tanques de assalto que os cercam. Um motorista está dormindo sob a sombra da torre blindada. Uma patrulha exausta volta para seu acantonamento, enquanto soldados ociosos cochilam na sombra.

Passam mulheres encurvadas, carregando recipientes. Seus maridos estão escondidos ou mortos. Somente algumas crianças russas esfarrapadas ousam se aproximar desses dois alemães uniformizados e segui-los a uma boa distância. Bruscamente, a grande aldeia de Kramanetsk se interrompe para dar lugar à floresta, depois a uma planície imensa.

Andam sem dizer nada. Lafontaine pára de vez em quando para reacender seu cachimbo. O tenente o espera coçando a nuca e contraindo o rosto sob o sol horizontal. Suas longas sombras se arrastam na frente deles. Estão prestes a ultrapassar as casernas quando, de repente, ressoam tiros. Um estrondo de explosões. Eles ficam imóveis. O silêncio retorna. Eles escutam. Em seguida, uma nova salva ensurdecedora.

— Ao que parece, as execuções recomeçaram — diz o médico. — Normalmente, seus famosos comandos especiais interrompem... seu trabalho ao pôr-do-sol...

O RISO DO OGRO

— Não diga *seus* comandos, por favor.

As crianças, excitadas, se precipitaram, assinalando a entrada da caserna aos dois homens uniformizados. Essa proximidade das execuções deixa a garotada nervosa, imitando as armas, com o indicador e o médio esticados, o anular e o mindinho dobrados, o polegar erguido como o percussor de um fuzil, e enchendo e esvaziando as bochechas numa explosão derrisória. Alguns fingem serem abatidos. Risos esburacados. Dentes pretos.

No recinto da caserna, dois edifícios de pedra disfarçam o lugar das execuções. A cada explosão, o médico fecha os olhos, aperta os maxilares. Mas a visão mesmo assim surge no interior de seu crânio. Um corpo humano atingido em cheio no peito ou na cabeça, que desaba sobre si próprio. Careta de sangue. Espasmo do morto contorcido. Já viu isso em outro lugar.

Aqui é, portanto, o oitavo dia que se fuzila em massa.

Na entrada da caserna, três ucranianos, barbudos, agachados no meio de suas armas pretas e de dezenas de garrafas, deixam a crianças treparem nas grades, mas, ao verem dois oficiais alemães, erguem-se esboçando uma vaga continência. Em seguida, abrem o portão para permitir que assistam ao espetáculo da execução.

Intrigado, o tenente Moritz está prestes a entrar, enquanto o médico continua imóvel e bate seu cachimbo apagado contra o salto de sua bota antes de seguir, sem convicção, seu colega. Os milicianos vacilam e gracejam, empurrando com o pé suas garrafas vazias.

Já lá dentro, Lafontaine se vira e avista todos essas caras de crianças esmagadas contra as barras enferrujadas.

É então que, a alguns metros apenas, surge uma estranha procissão. Mulheres magras e pálidas saem de um edifício. Avançam com pequenos passos rápidos, quase mecânicos, com as cabeças baixas, uma atrás da outra, com as mãos nas costas da precedente. Não estão usando nada além de leves farrapos, como pedaços de uma pele muito suja colados ao esqueleto. Rostos cinza de medo, olhos brancos, imensos. São minúsculas, essas mulheres, no meio dos soldados uniformizados que as alinham aos berros. No meio das ordens latidas, ouve-se apenas o roçar dos pés descalços sobre o chão. Lafontaine nota então uma mulher com um braço amputado. Um toco mal costurado, roxo, que ela estende apesar de tudo pateticamente em direção ao ombro da prisioneira da frente. Braço ausente. Mão fantasma.

Um outro grupo de S.S. chega a passos lentos. A missão cumprida, eles atravessam com uma indiferença completa a colônia das mulheres aterrorizadas. Estão vermelhos, suando em bicas. Alguns têm respingos de sangue em seus uniformes. Continências mecânicas.

— Vocês precisam se apressar se ainda querem atirar hoje... — grita um deles, mais vermelho que os demais.

Na imensa quadra, vários pelotões estão à espera, arma no pé, arma em punho, sob o sol que está se pondo, mas ainda queima, fazendo o metal das armas produzir um reflexo avermelhado. Diante deles, uma vala cavada ao longo da muralha. Dessa terrível sangria, emergem braços levantados, pernas tortas, corpos amontoados, uma pasta humana feita de roupa ensangüentada, carnes rosas ou esbranquiçadas, cabelos colados. É a vala da morte, o riacho petrificado dos fuzilados, cujas bordas são endurecidas e pretas.

Quando a coluna se imobiliza, paralela à trincheira, forçam-se as mulheres a ficarem de joelhos, com coronhadas, com chutes. Os gritos roucos dos S.S. acentuam seu mutismo e sua docilidade. Algumas desmaiam e são reerguidas, mas voltam a cair, a cabeça já no buraco à sua frente.

Nenhuma queixa, apenas um terror surdo.

Algumas apertam os braços em torno do peito. Outras têm convulsões ou tremem violentamente, mas estão para além dos gritos, já mortas.

Um S.S. atrás de cada mulher. A rotina.

Feuer! Explosões à queima-roupa, as cabeças que estouram, o sangue que jorra.

Feuer! Alguns S.S. atiram duas ou três vezes na nuca das mulheres e depois, metodicamente, os soldados pegam um grande ancinho e as empurram para dentro de um buraco já repleto de cadáveres. Usam suas botas para deslocar um braço fora de lugar, empurrar uma cabeça.

Nesse intervalo, os homens do pelotão verificam e recarregam suas armas. Eles se aplicam, um pouco cansados, como cavadores à beira de uma estrada do interior, antes de cessar o trabalho, ao pôr-do-sol.

Um oficial S.S. vem cumprimentar o tenente. Explica-lhe que são as últimas judias, que todos os maridos e pais foram executados, mas que eles têm que se encarregar dessas mulheres e das crianças, claro, que todos deveriam ter sido executados juntos, que as ordens são absurdas, mas que é preciso encará-las, e que restam ainda numerosos bebês, meninas e meninos, que os prédios da caserna estão cheios e que os milicianos encontram todos os dias, sim, mulheres judias, meninas judias, garotos judeus, enfiados em porões ou escondidos na floresta, no mato, estendidos nos campos, mas que é preciso acabar com todos os judeus, sim, limpar tudo!, ele diz, antes da ofensiva, mas a tarefa é muito pesada, embora as autoridades não percebam, estejam longe... Enfim, o oficial S.S. se queixa. Em seguida, com um beicinho desenganado, interrompe o que está dizendo, bate os talões e dá meia-volta gritando: *Feuer*!

Lafontaine, que se afastou recuando, está agora sob a sombra dos prédios.

Moritz ficou sozinho e acabou de constatar que os fuzileiros não são apenas S.S., mas há também soldados da Wehrmacht, que vieram assistir por ociosidade ao espetáculo e afivelam o estojo de sua pistola com um pequeno tapa sobre o couro preto. Lafontaine vê seu amigo voltar em sua direção. Uma expressão estranha deforma os traços de Moritz. Ele faz uma careta e sua boca está crispada como se fosse cair na gargalhada ou estivesse com dor de barriga. O tenente pensou em intervir. Mas eis que ele não reconheceu nenhum de seus homens. Pelo visto, os comandos propõem a alguns soldados que participem do massacre para se distrair nesse calor de forno e em meio ao zumbido de milhares de moscas.

— Esses soldados não tinham nada que estar aqui! — ele grita.

Mecanicamente, Lafontaine chapa a mão sobre o peito, apalpando o caderno, bem duro, bem chato, sobre o qual ele escreveu na véspera: *Desta vez, todos sentem perfeitamente que a guerra será longa. Front do Leste. O horror é paciente. Ele espera. Proporcional ao espaço. O horror está atrás da linha do horizonte. Do outro lado deste mormaço. Horror imenso e contagioso.*

Lafontaine gostaria de conservar o máximo de tempo possível esse abrigo da escrita. O caderno como uma pequena concha protegendo um último resto de doçura humana, a crença em alguma coisa humana. Como um esconderijo mental onde uma criança, a criança que ele foi, poderia se esconder. Cabana, sótão, floresta.

Escrever todos os dias algumas linhas. Ver tudo, enfrentar tudo, mas murmurar para si mesmo coisas essenciais e resistir com uma pequena escrita aos choques terríveis, como se resiste a essas grandes ondas que rebentam sobre nós sem conseguir nos derrubar, enquanto nossos pés enfiados na areia nos mantêm de pé. *Se eu voltar vivo desta guerra, se... e mesmo se eu não voltar, será que conseguirei preservar um pouco de mim mesmo, um fragmento de passado, uma chance de futuro, um fragmento de dignidade humana, uma migalha de sentido?*

Palavras, longamente mastigadas e remastigadas a cada dia e rabiscadas à noite. Mas, por quanto tempo as palavras podem abrigar? No fundo, o que ele teme acima de tudo não é perder seu caderno, mas a vontade de escrever, nem que seja uma linha, uma palavra, a última de todas. Ele pensa no momento em que o caderno será apenas um pequeno bloco morto. Uma coisa incômoda e vã que se joga sem arrependimento numa fossa, numa vala.

Diante dele, o tenente parece dolorosamente indeciso. *Moritz me impressiona por seu rigor, por sua coragem, mas me dou conta também a que ponto ele é indefeso. Ele só se preparou para se conduzir como soldado. Pronto para a guerra. Para as batalhas. Ele tem certezas comoventes que a guerra vai destruir. Está preparado para sofrer, mas não está preparado para não entender mais nada. Pobre velho Moritz! Feliz Moritz!*

De comum acordo, os dois amigos se dirigem para a porta do prédio pela qual as mulheres saíram. Ali também, os milicianos bêbados e as sentinelas S.S. os deixam entrar. Dentro, o cheiro é insuportável. Um cheiro de merda, de vômito, de medo, de sujeira e de agonia. Uma pestilência que quase asfixia. Uma substância flutuando, ao mesmo tempo azeda e violenta, que penetra pelas narinas e pela boca, mas também pela pele. Ao pé da grande escada cujos degraus o cheiro devora como uma torrente excrementícia, eles têm vontade de fugir, mas o médico sabe por experiência própria que é possível se acostumar. Ele se endireita, tira um lenço branco que coloca na frente da boca e do nariz e começa a subir até o primeiro andar.

O tenente o segue. Eles avançam com cuidado. Todas as portas estão abertas. Ao longo do corredor, na penumbra dos quartos com as persianas fechadas, um amontoado indistinto de crianças petrificadas e mulheres esquálidas.

Uma moça muito jovem, com os cabelos colados pelo suor, se debruça sobre dois bebês pálidos e nus, com a boca aberta, já mortos ou quase. Outras meninas, apavoradas, com os joelhos contra o busto, se balançam devagar sem se queixar. Há mulheres velhas, a face contra a parede arranhada por suas unhas. E, quarto após quarto, montes de crianças magras, exaustas, perdidas. Por toda parte o mesmo espetáculo. Lábios azuis, faces cavadas, negras olheiras. Como se nesse lugar a infância tivesse sofrido os efeitos de um envelhecimento fulgurante. Alguns garotos, mais resistentes, ainda brincam mecanicamente com pedaços de gesso, pontas de tecido, numa indiferença total aos corpos que os cercam, enquanto um jovem ucraniano com a cabeça raspada vai e vem entre eles, erguendo de vez em quando, com a ajuda de um bastão, um queixo que em seguida deixa cair de novo. Resta também um judeu muito velho, zarolho e louco, que não pára de esvaziar os recipientes cheios de imundícies.

Se houve em algum momento gritos de desespero ou de revolta, eles cessaram há muito tempo. Nada além de um grande estertor coletivo, quase uma dificuldade de gemer, tosses cavernosas, barulhos de gargantas e de peitos.

Por reflexo, Lafontaine se debruça sobre uma mulher que nina um bebê lívido. Coloca dois dedos sobre a carótida, depois se ergue, sem coragem de tirar essa criança dos braços dessa mãe, que se desvia e o nina com mais força ainda.

Constatando que o andar superior está igualmente superlotado, Moritz e Lafontaine descem as escadas e se precipitam na quadra onde inspiram uma grande quantidade de ar com cheiro de pólvora como para limpar os brônquios e a garganta. Mas impossível limpar os olhos dessas visões do inferno!

Diante do portão, há ainda mais milicianos, agora completamente bêbados. O sol já se pôs. Escondidas na sombra, as crianças russas berram obscenidades.

Em silêncio, o médico e o tenente voltam para o centro de Kramanetsk. Não falam sobre o que viram.

Cada um na linha de seu próprio devaneio de morte.

Lafontaine: "Em nome de Deus! Todas essas crianças, esses bebês, coitadinhos! Agonizam no lixo!"

Moritz: "Detesto esses comandos especiais! Os S.S. acham que podem tudo! Não quero meus homens metidos nisso. Soldados da Wehrmacht, não. O alto-comando certamente não está sabendo do que está acontecendo."

Lafontaine: "... Condições sanitárias horríveis. As epidemias muito rapidamente vão se espalhar! Sou médico... Fazer alguma coisa."

Moritz: "Essas mulheres, essas crianças, não são prisioneiros de guerra! Essas execuções não têm nada a ver com a ação armada. Sou um soldado. Os comandos se encarniçam sobre as mulheres, as crianças, os bebês!"

Lafontaine: "Claro, vão dizer que são apenas judeus. Que as ordens vêm de cima. Que aqui como em toda parte os judeus são a verdadeira ameaça... Seja qual for sua idade?"

Moritz: "Quantos pais de família entre meus soldados? Soldados que já não aceitam muito bem nossa imobilidade forçada. Se descobrirem esses massacres, o moral vai ficar ainda mais..."

Lafontaine: "... Avisar o comando. Dane-se se os S.S. ficarem furiosos!"

Moritz: "É impensável que eles matem para se distrair. Indisciplina máxima! Fazer alguma coisa. Avisar o Estado-Maior imediatamente..."

Os dois homens, no mesmo passo, animados pela mesma intenção, percorrem a coluna de tanques. Vão na contramão da tropa escura e poderosa, blindada e mecanizada ao máximo, mas paradoxalmente congelada no lugar.

Depois dos barracos dos leprosos, chegam aos prédios de pedra. Blocos cinza, janelas pretas. No térreo, salas iluminadas onde se amontoam os oficiais. Ouve-se música, um acordeão, cantos. Uma fogueira crepita entre os tanques.

Chegam ao Grande Hotel, cujos vãos envidraçados projetam retângulos de luz na escuridão do parque.

— Vou ao quartel-general — diz Moritz.

— Vou com você, Walter.

— Obrigado, Arthur.

Eles não se chamavam pelo nome desde a campanha da França. Por reserva, assim como por ironia, normalmente se chamam de "doutor" ou "tenente", ou então de Lafontaine ou Moritz. Em torno deles, sobre a escadaria de pedra, um monte de uniformes.

Por volta da meia-noite, o *Ortcommandant*, exasperado, responde que está fora de questão se meter com o que está acontecendo nas casernas.

— Isso é problema dos S.S.! — repete ele, fumando nervosamente. — Operação secreta! Comandos especiais! É a segurança da nossa retaguarda que eles preparam.

Moritz insiste, com uma voz surda, pálido de raiva.

— Mas, afinal de contas, de que segredo estamos falando quando qualquer um pode ir lá e participar das execuções! Matar mulheres por ociosidade! Uma indisciplina dessas é inadmissível!

Lafontaine intervém também, mais calmo, mais preciso:

— Na ausência de toda higiene, meu comandante, corre-se risco sério de doenças contagiosas, inclusive para nossos homens! E todas essas crianças, todos esses bebês, o que será deles? Não vamos fuzilá-los também, não é?

Para encerrar o assunto, o comandante promete que vai falar com o ajudante S.S., que está lá no Grande Hotel. Moritz e Lafontaine dizem que vão ficar esperando.

Moritz está exausto depois desse procedimento penoso. Pouco acostumado a uma situação como essa, sente-se pela primeira vez desenraizado, muito longe de tudo. Muito longe de Kehlstein, de sua terra natal e das sensações familiares. Ei-lo incapaz de reencontrar, simplesmente fechando os olhos, como sabia fazer até então, o cheiro característico da serraria paterna, esse buquê de aromas sutis que se intensificavam à medida que se aproximava dela: o cheiro dos troncos antigos amontoados e esbranquiçados na beira do caminho, das tábuas secando no alpendre, da madeira úmida e tépida perto do secador, das cascas, das aparas e sobretudo da serragem, espalhada por toda parte, como uma neve rosa claro, sim, todos esses aromas de antigamente no rangido das serras. Moritz está atormentado por um mal-estar cuja origem desconheceu.

Com a cabeça baixa, a testa franzida, Lafontaine mordisca a haste de seu cachimbo que não consegue acender e mexe no cascalho com a ponta de sua bota.

O tempo passa. Eles esperam.

Por volta da uma da manhã, um oficial superior de uma seção de *Waffen S.S.* sai batendo a porta do escritório do comandante e se afasta, com um ar furioso.

Ele acabou de confirmar a ordem de liquidar urgentemente todos os judeus. As mulheres e as crianças também. As ordens vêm de muito alto. É assim. O comandante ordena a Lafontaine, indignado, que volte imediatamente para sua enfermaria.

Mas Moritz é tenaz. Ele tem a obstinação das pessoas de Kehlstein: uma única idéia na cabeça, mas uma idéia que se aferra como o líquen à rocha. Ele defende sem descanso o moral de seus soldados que os espetáculos dessas ações só fará enfraquecer. Ele pede quase ingenuamente que um relatório seja transmitido ao *Feldmarschall* e que, assim que amanhecer, um pastor seja enviado junto das crianças abandonadas à sua própria sorte. Perturbado, o comandante aceita interceder uma última vez.

No meio da manhã, chegam finalmente as ordens, enquanto Lafontaine está na enfermaria curando os ferimentos graves de um destacamento que foi vítima de uma emboscada de franco-atiradores comunistas e Moritz passa em revista sua companhia.

Depois do relatório do pastor Jung enviado às pressas aos edifícios malcheirosos da caserna, uma reunião tempestuosa opôs os oficiais da Wehrmacht, os da S.S. e um capitão do serviço secreto, que é o homem de Berlim.

Moritz, que não foi autorizado a assistir à reunião, fica sabendo que ele deve se encarregar pessoalmente de que os soldados permaneçam confinados em seu acantonamento. Sob pena de prisão para os que infringirem as ordens.

— E quanto às crianças, meu comandante?

Então, com um desconforto ainda inexplicável, o oficial anuncia a Moritz que ele acabou de conseguir dos S.S. que uma seção de enfermeiros vá até lá. As crianças de menos de doze anos serão sistematicamente separadas das mulheres. E é o doutor Lafontaine que ficará encarregado dessa missão. Quando forem reagrupadas e sumariamente curadas, serão apanhadas por caminhões.

— Mas, quanto às crianças judias, não há nada a fazer! Arranje caminhões, tenente, e com alguns homens de sua unidade conduzam esses garotos aonde lhes disserem. Execução!

Depois dessa noite e dessa jornada exaustivas, Lafontaine, que gostaria de crer que sua gestão acabou, arranca o jaleco como uma pele murcha. A escola que ele transformou em enfermaria se encheu em poucas horas. Em meio ao bafo de fenol, ao cheiro adocicado do sangue seco e ao fedor amargo dos vômitos.
— Onde está Klara? — pergunta Lafontaine, quando milicianos ucranianos feridos o chamam em sua língua.
Mas essa mulher minúscula e sem idade, toda vestida de preto, que lhe deram como intérprete, não aparece há dias. O médico abre os braços em sinal de incompreensão, aparta com o pé uma bacia cheia de curativos sujos e se afasta. Ele designa três enfermeiros e escolhe o material necessário para cuidar das crianças. Na quadra, um caminhão o espera numa nuvem de fumaça.
Com uma rápida pressão dos dedos, Lafontaine verifica a presença de seu caderno. *Impressão de viver uma espécie de instante fatal: esse momento estranho em que as águas de um destino, antes de se dividirem, rolam ainda, numa confusão lamacenta, um passado já abolido e um futuro que estava ali há muito tempo... Não é de hoje que temo o pior. Toda uma vida que será necessário morrer. Toda uma morte que será necessário viver. Na extremidade dos meus braços, os gestos mecânicos do médico, os gestos derrisórios de um homem que leva meu nome, mas que, eu estou cansado de saber, só pode, no melhor dos casos, sobreviver. Ou então desaparecer... O que é quase a mesma coisa.*
Lá em cima, as crianças não esperam mais nada, nem cuidados, nem gestos médicos, nem alimentos. Abobadas, estão fora do

tempo. Outras mulheres se aproximam da trincheira. Já ninguém presta atenção nas salvas.

Lafontaine vai em direção ao caminhão sob cujo toldo os enfermeiros se abrigam contra o sol. Eles têm medicamentos, água, rações alimentares. Em outro lugar de Kramanetsk, o tenente Moritz tenta requisitar três caminhões onde amontoar as crianças, que ele conduzirá, evidentemente, aonde lhe ordenarem.

Tudo se move, tudo vibra. A batalha vai recomeçar.

Câmera escura
(Alemanha, verão de 1963)

Depois da excursão ao lago Negro, passo uma semana pastosa e sombria em Kehlstein. Chove todos os dias. Meus desenhos se acumulam e, de tanto responder aos comentários de uns e outros, meu alemão progride. Quando chove no vale, é como se a escuridão do mato descesse em pleno dia a encosta da montanha para vir se insinuar entre as casas, se enrolar em torno das cúpulas dos campanários e das torres das fortalezas.

A pequena cidade não está mais charmosa. As fachadas não estão mais acolhedoras, nem os vidros deslumbrantes, nem os cobres resplandecentes. Tudo fica sem graça e cheira a madeira úmida. Uma selvageria antiga emana do chão e das paredes. Sobe das fontes um vapor estranho e a lama logo se assemelha ao sangue. Chove. As silhuetas se tornam furtivas, as costas se curvam, as sobrancelhas se franzem, os olhares ficam dissimulados. Favorecidos pela umidade, pensamentos antigos saem de suas conchas e se arrastam deixando para trás rastros viscosos.

Quando chove dessa maneira, sabemos por fim a quantas andam as coisas. Compreendo confusamente que as pessoas aqui precisam de sol. O grande sol é cúmplice dos que só pensam em apagar rastros. As cores são um logro. Sol, sorriso dissimulado com um "como sempre" impostor. A mim, a chuva não incomoda. Pelo contrário, acho que torna as coisas mais exatas. Do meu quarto, olho toda essa água encharcar o cenário, os telhados que gotejam, o tempo que passa.

No verão, em Kehlstein, os jovens têm o costume de se encontrar por volta das seis da tarde, ao redor das quadras de tênis se o tempo está bom, diante da sorveteria se faz calor, mas no boliche se chove. Já que chove, lá pelo fim da tarde eu vou ao boliche Cadernos e lápis nos bolsos da minha jaqueta, encontro Thomas com seus colegas e suas namoradas, sentados em torno de mesas sobre um estrado que domina as pistas.

Se venho me misturar a todos esses falsos colegas, com o ar gentil de quem não compreende tudo, mas se esforça, é na esperança de que Clara acabe aparecendo. Penso em suas roupas pretas, seu corpo nu que observei de muito longe, seu peito, sua cintura fina, seus olhos azuis e sua pinta sob o olho. Penso inclusive na câmera como parte dela mesma.

No boliche, em meio à algazarra incessante dos rolamentos surdos, dos choques violentos, das carambolas, da música enfadonha, todo mundo fala alto e rápido demais para mim, mas eu tento, na medida do possível, me divertir ou me surpreender, enfim, desempenhar corretamente meu papel de fantasioso francês, um pouco estranho, mas não sem charme. Agrada-me agradar as meninas. E como Clara não vem, eu me distraio jogando boliche.

Nessa época, na França, esse jogo ainda era pouco difundido e fiquei surpreso ao descobrir em Kehlstein uma sala tão moderna, um ambiente tão "americano" numa pequena cidade que finge não ter mudado nos últimos cem anos.

Muito rapidamente, começo a gostar de enfiar meus dedos nos buracos profundos da bola, de levantá-la realçando meu bíceps, de pegar impulso e jogá-la com todas as minhas forças na direção dos pinos, contra os quais ela bate, empurrando-os e derrubando-os com um barulho de massacre oco que me satisfaz. Zás-trás! Como eu gostaria, na vida cotidiana, de me livrar dos pinos arrogantes. Zás-trás!

Quando volto para a mesa em que as cervejas se acumulam, entendo que as meninas estão se queixando da chuva. Elas gostariam que fizesse um tempo bom no domingo por causa da festa da cidade... Quase todo mundo participa dela em Kehlstein. Descubro que todos sabem tocar um instrumento e vão participar da fanfarra no grande desfile das corporações: os marceneiros, os sapateiros, os ferreiros.... Como antigamente, como sempre! Entre estandes floridos, rios de cerveja e *schnaps*!

As meninas falam da fantasia que vão usar. Traje tradicional durante o dia e, de noite, vestido de festa para o baile que acontecerá na grande esplanada, no interior das muralhas da fortaleza. Elas se agitam antecipadamente ao meu lado, se enlaçando e entoando melodias bem ritmadas com expressões pasmas sobre as banquetas. Não me perguntam se eu sei dançar, mas apenas se gosto disso! Fazem sinal então de se aproximar a duas outras meninas, mais velhas do que nós! Percebo então que não fazem mais cerimônia ao falar de mim, mas parece que é de maneira bastante presunçosa. Vejo-me de repente esperando confusamente alguma sacudidela sensual dessa festa que se aproxima.

Enquanto as duas meninas, a quem disseram que eu desenho o tempo todo, tentam abrir o caderno sobre o qual apóio horizontalmente minhas mãos, divirto-me tentando resistir, deixando-as levantar e torcer meus dedos um por um, e depois me fazer cócegas para que eu o solte. Faço durar o joguinho. Bebi cerveja no copo delas e minha excitação cresce proporcionalmente à minha leveza. Nesse boliche barulhento, em companhia dessas meninas, experimento de repente o desejo de me abandonar a alguma emoção simplória, a vontade de chafurdar numa vacuidade simplesmente prazerosa.

Thomas vem na nossa direção, com os olhos brilhantes, e me avalia com ironia. Devo admitir então que uma parte de mim, deixada sempre de lado, se parece com esse garoto alemão. Embriagado, sorrio para ele tolamente, cheio de uma cumplicidade toda nova, já que creio compreender nesse instante a maneira como ele gasta sua energia. Queda fácil! Como deve ser bom se deixar levar pelo que vem, gozar de uma grande paz inocente. Nada atrás de si: nada aconteceu! E milhares de ocasiões de prazer diante de si. O mundo é nosso! Sol sobre o mercado. Lógica da paz. Lógica feliz. Não há mais floresta escura. Nem caminho da floresta. Nem buquê de rosas frescas como o sangue. Nada além de promessa, juventude e um desleixo delicioso...

Afinal de contas, o que melhor do que ter dezesseis anos no início dos anos 60, na Europa? Tenho a intuição de que bastaria muito pouco para que se desenvolvesse em mim uma aptidão para a felicidade. Lápis abandonados. Páginas em branco. Cadernos fechados. Horas de solidão por fim encerradas. Finalmente é domingo!

E é nesse instante de leve atordoamento que Clara aparece. Vejo-a subir os degraus, enquanto atrás dela o grande jogo de massacre de pinos atinge seu alvo. O estojo de sua câmera parece entreaberto. Ela é capaz de ter fixado nosso doce quadro lamentável na sua película. Com que objetivo? Ao pensar isso, uma vaga vergonha me faz ficar sóbrio, mas Clara entra espontaneamente no clima: cerveja, risos e desejo de participar da festa.

Thomas acabou de pegar seu braço descoberto que agora mordisca e, com uma mistura de audácia e embaraço, a atrai para si. Começo a detestá-lo de novo. Mas Clara lhe dá um tapa sorrindo e se livra dele com uma doce firmeza.

No boliche, assim como na beira do lago, a presença dessa menina de preto, diferente em tudo dos jovens de sua idade, age sobre mim como um chamado para algo enigmático. No entanto, nenhuma gravidade visível emana dela. Ela está ali onde está. Ela passa. Não dá para entender nada...

Esquecendo tudo o que tinha me proposto a lhe dizer, se eu a reencontrasse, finjo nem percebê-la. Não lhe dirijo a palavra.

E quando ela vai embora, tão leve quanto chegou, é ela quem afunda seus olhos nos meus e me lembra, com o rosto adoravelmente inclinado, sua proposta de filmar meus desenhos. Um dia... na casa dela.

— De qualquer maneira, a gente vai se ver na festa... Voltarei à noite.

Essa partida de boliche me deixou tão exausto que durmo pesadamente, todo vestido, amassando folhas cobertas de rostos tão rabiscados que parecem rochas num manual de geologia.

Dois dias depois, acordo assim que amanhece, pois ao longe, na montanha, nos caminhos da floresta ainda mergulhados na escuridão, ressoa o som da tromba e depois do trompete. Apenas algumas notas perdidas no grande silêncio. Em seguida, uma pequena melodia, mais audaciosa, já alegre. O silêncio retorna. Músicos chegam das cidades vizinhas. Andam em direção a Kehlstein, encontram-se. Calorosos cumprimentos de cobre. Seguem viagem juntos.

Numa rua próxima, uma melodia de acordeão, a letra de uma canção. Uma bateria de tambor. E passos, raspagens, marteladas.

Ao abrir os olhos, vejo o céu azul nos buracos em forma de coração das minhas persianas. Um raio dourado acabou de me apunhalar. Os grãos de poeira já dançam na luz. O dia está lindo!

O sol sabe muito bem o que deve fazer: colorir imagens, arredondar os ângulos, engomar a inquietação. Na casa, percebo também em ínfimos atritos uma efervescência excepcional. Todos cochicham, se ativam, sobem e descem devagar as escadas. Portas rangem.

Quando entro na cozinha, tenho a surpresa de encontrar a família toda do Thomas, pai, mãe, avó e irmãs, com trajes de festa. Eles estão usando roupas tradicionais que parecem surpreendentemente novas e discretamente atualizadas. Todo um folclore de couro, chifre, veludo preto. Muito verde e vermelho. Aventais bordados de um branco brilhante. Renda. Argolas de prata. Um cheiro de água-de-colônia e de graxa que se mistura com o do café e dos brioches.

Estou ainda desgrenhado, com os olhos cheios de sono, e todos riem da minha surpresa com um orgulho ingênuo. As pessoas da casa (e toda Kehlstein, imagino) estão tomadas por um clima comportado e conformista. Entre essas cortinas com quadrados brancos e vermelhos, esses bordados sobre as paredes, tenho a impressão de estar na cabana dos ursos gentis que vão me levar ao encontro da Cachinhos Dourados.

Vejo muito pouco os pais de Thomas durante a semana, de tão ocupados que estão com seus negócios, uma empresa de obras públicas, cimento, andaimes, construção e sei lá mais o quê. Esses pais apressados dos outros dias, o pai, com terno cinza, óculos com armação dourada, aceleradas fulminantes com sua Mercedes, a mãe, gorducha e atarracada, que fala um francês impecável e trabalha também na empresa, eis que nesse domingo de verão se parecem àqueles personagens inocentes pintados sobre as fachadas. Em todo caso, é a festa de Kehlstein, todo mundo está alegre e eu estou decidido a aproveitar!

Estão à minha espera. Visto-me rapidamente com uma calça de pano e uma camisa creme de uma mediocridade contemporânea. E assim partimos "em família", cumprimentando à direita, à esquerda, vizinhos e amigos, também vestidos com as roupas festivas locais. Thomas está magnífico, um príncipe comparado comigo, calções de couro, jaqueta preta bordada de prata, botões que brilham e um esplêndido *edelweiss* de chifre incrustado na fita transversal de suas alças. Carrega o enorme estojo preto de seu acordeão. O pai brande um trombone de vara e as meninas, bem penteadas, têm coroas de flores. Eu os acompanho, as mãos nos bolsos.

As ruas já estão fervilhantes de gente. Parece o ensaio de uma opereta. Nesse grande galinheiro barroco, todos tagarelam e se parabenizam. Cruzo com as meninas do boliche, saias azul-claras largas, corpete preto e camisa com mangas estufadas... Um homem muito corado, chapéu de pluma, as alinha para o desfile. Toleram minha falta de experiência. Fingem não me ver ou me explicam, com orgulho, a significação de todos esses adereços coloridos.

A atmosfera esquenta. Últimos ensaios para a fanfarra. Címbalos ainda hesitantes. Todos em seu lugar. Cada um sabe o que deve fazer. É curioso, mas eu poderia jurar que numa noite os rostos se enfarpelaram com traços folclóricos, mais bronzeados, mais modelados, transformados de uma hora para a outra em carrancas com bigodes amarelos.

E aqui vêm eles! Estrépito de címbalos, bem regulares. Estão chegando! Um grande momento de alegria. Eu estou antes de tudo atordoado, surpreendido, incomodado de repente com tanta certeza. De onde vem esse júbilo de pertencer a uma tradição vinda do fundo das eras, fora da História, fora do Tempo? Permitir-se uma ponta de ironia, manifestar perplexidade ou uma certa distância, seria como manchar de tinta a camisa imaculada de uma moça. Desejando me divertir, faço um esforço para não ficar à margem. À sombra de uma tília, com o crânio triturado entre dois pratos de címbalos, assisto ao desfile esfumado das cores vibrantes e dos corpos que se esforçam para não perder o passo.

Bem mais tarde, reencontro Thomas, com a boca cheia, gola aberta, suando em bicas sob a grossa jaqueta preta, no meio de meninas de saias azuis com as coroas desfeitas penduradas. Algumas me lembram brinquedos vivos. Bonecas de tamanho natural, que imagino deitadas numa caixa transparente. Estão tão excitadas com a comunhão em volta, que eu lhes interesso muito menos. Sigo-os de estande em estande, de albergue em albergue até a noite, da qual espero, absurdamente, uma pequena revelação.

Meus colegas estão muito bêbados para subir no pau-de-sebo. Eles tentam assim mesmo, escorregam, caem. Eu os espero, com os cotovelos apoiados na balaustrada da ponte, os olhos perdidos na corrente. Imagino que a água fresca da fonte do lago Negro se une a essa ebulição glauca, jogando-se no rio e correndo sob mim para ir se perder ao longe.

Enquanto andamos um pouco fora de Kehlstein, Thomas bate no meu ombro e me mostra um chalé austero com as janelas estreitas. Diferentemente dos chalés das redondezas, ele se dissimula atrás de uma cerca viva bastante alta, enquanto os outros revelam orgulhosamente o jardim, a grama bem verde, a decoração, os ornamentos e o seu interior, onde o olhar pode mergulhar sem constrangimento desde o pôr-do-sol.

— Está vendo, Paul, é a casa do doutor Lafontaine — murmura Thomas. — É aqui que Clara mora... A gente não vai com muita freqüência, pois sua mãe é um pouco... (Thomas leva seu dedo à têmpora). E o doutor não vem nunca à festa. Mesmo num dia como hoje, ele é capaz de ir atender alguém em plena montanha.

Ele é assim! Nem precisa chamá-lo. Ele volta para ver seus doentes até que estejam curados... Ou mortos, é claro!

Eu olho então uma janela que dá para a varanda, munida de cortinas brancas. Será a de Clara?

— Clara vem freqüentemente com a gente — continua Thomas. — Mas ela também gosta de andar sozinha. Como disse a você, ela filma tudo. Você teve a sorte, *mein Franzose*, de que ela o convidou para filmar seus desenhos. Mas sabe, no fundo, a gente nunca sabe muito bem o que a Clara quer.

O olhar de Thomas se torna vago, quase preocupado. Um tique que eu ainda não tinha percebido deforma sua boca. Percebo desprezo, uma tristeza escondida, quando ele acrescenta, muito baixo, como se falasse consigo próprio:

— Sim, Clara, ela não é como as outras... Vamos, venha. Já está quase na hora do baile.

E ele me arrasta até o centro barulhento de Kehlstein. Em meio à sua confusão e sua embriaguez, acredito detectar o esboço de uma efêmera cumplicidade masculina, afetuosa e cinzenta.

Torrentes de luz, de música e de gritos descem pelos degraus das tavernas. Imensas mesas de madeira chegam até o meio das ruas. Montanhas de salsichas, choque de canecas. Belas garçonetes passam com um barril de *schnaps* a tiracolo.

Eu me dou conta que também bebi uma quantidade razoável de cerveja. Mas não estou passando mal. Pelo contrário, o desejo de me deixar levar pelo que vier está mais forte do que nunca, como se essas festividades tivessem vencido a minha reserva. Todo o vale está mergulhado numa bela sombra azul e a fortaleza é uma cadela preta e gigantesca arriada no coração da cidade, uma velha besta que arqueja e agoniza antes de se abater sobre o flanco, esmagando cúpulas, chalés e todos os habitantes fantasiados e desalinhados que cantam e não desconfiam de nada. Tochas foram acesas sobre os muros: lá em cima, o grande baile vai começar. É preciso subir as ruelas inclinadas, depois os degraus e atravessar a ponte levadiça para chegar até a velha praça de armas onde orquestras vão tocar até o amanhecer.

Clara, que não aparecera durante todo o dia, sai da sombra. Estava esperando por nós pacientemente, sentada sobre uma mureta, com as pernas balançando. Percebo que ela não trouxe sua câmera. Falamos em meio à escuridão das muralhas e ao sussurro da hera, depois penetramos no recinto da fortaleza.

É nesse momento que vai ocorrer um dos incidentes mais cômicos da minha juventude, episódio cômico e tocante, cheio do frescor desse tempo.

Quando estávamos nos dirigindo para o baile, Thomas pára de repente e, com um ar de conspirador, se dirige a nós:

— E se fôssemos pela passagem subterrânea?

— Que passagem subterrânea?

— A passagem secreta! A caverna dos horrores! — exclama ele com uma mímica grotesca que se pretende aterrorizante.

Clara esboça um gesto charmoso, divertido ou cúmplice, depois se desvia em direção a um monte de ruínas.

Penetramos na passagem subterrânea por uma brecha invisível entre dois blocos de pedras recobertas por plantas altas. A escuridão é profunda, embora brechas deixem passar a luminosidade das lanternas que vacilam ao longe. Thomas está contente. Justo antes de nos enfiarmos entre os blocos, vi seus dentes. Mais de uma vez, descendo a escada em ruínas, tropeçamos. Em seguida, sob nossas solas hesitantes, o chão se torna plano.

Mesmo numa escuridão como essa, os olhos conseguem se acostumar. Uma vaga claridade irradia-se pelas fendas, pelos buracos. O sol deve ter batido tanto sobre a abóbada de pedra que reina uma tepidez surpreendente. Os três avançamos tateando lado a lado. Nossos ombros se tocam, seguramos furtivamente uma mão, um cotovelo... Nesse negrume, uma gota de ouro suspensa: a saída.

Ao contrário da angústia experimentada oito dias antes, dessa vez tenho uma sensação de bem-estar e evidência. No caminho que conduzia ao lago Negro, pensei confusamente: "É exatamente aqui que reside o horror e o enigma... Não entendo nada, mas é aqui." Nessa passagem subterrânea derrisória, me vem esta idéia engraçada: "É num lugar exatamente como este que preciso permanecer no futuro, sim, fugir para um ventre completamente estrangeiro, um velho subsolo, uma dobra do mundo... Aqui, eu me sinto bem, na companhia de um correspondente que não me corresponde e de uma menina 'que não é como as outras'!."

Mais tarde, cada que vez que me encontrar, por acaso, num quarto de hotel perdido no concreto de uma cidade estrangeira ou num trem noturno falando apenas com desconhecidos, reconhecerei a pequena exaltação da passagem subterrânea de Kehlstein. Esse prazer de não estar em lugar algum, de não me sentir "em casa", de estar de passagem, sem laços.

Mais tarde, na minha vida, eu passaria por outros ínfimos naufrágios com a impressão de estar tudo bem. Mas, aos dezesseis anos, ainda não sabemos como esse instante se cristaliza e se torna uma maneira de sentir.

Clara, Thomas e eu continuamos avançando, mas na escuridão se percebem também respirações retidas, tecidos roçando, exalações. Muito perto de mim, uma mulher geme, uma outra abafa uma risadinha, enquanto homens resmungam e murmuram. Minhas têmporas palpitam, estou perturbado, mas não ouso dizer nada. Essa clandestinidade sensual se concilia afinal de contas com a sensação agradável de flutuar no escuro.

É então que no cerne desse mal-estar agradável acontece o episódio cômico: eu abraço bruscamente a cintura de Clara na qual acabei de roçar. Coração agitado, ventre contraído. Não consigo acreditar que coloquei meus dedos na cavidade de sua lombar, que estou sentindo a suavidade de sua cadeira na minha palma. Não só ela não se solta, como seu ombro parece se colar ao meu e, ao contrário do esperado, sua mão segura minha cintura e avançamos, assim abraçados, em direção à saída da passagem subterrânea.

Para o rapazinho que eu sou, esses últimos metros são uma longa marcha triunfal nas trevas. Quando o ventre da grande cadela me expulsar, sei que não serei mais o mesmo. Terei ousado. E terei conseguido! A respiração de Clara está muito próxima dos meus lábios. A passagem está quase chegando ao fim. Subimos em direção à luz. Mas ali, estupefato, descubro que, enquanto eu abraçava Clara, Thomas fazia exatamente a mesma coisa, segurando-a ternamente pelo pescoço. Insuportável! E o cúmulo é que Clara, com uma inocência soberana, segurava também Thomas pela cintura. Incidente ridículo talvez, mas só muitos anos depois o riso irromperá. Com dezesseis anos, uma raiva glacial toma conta de você, um grande despeito triste.

O olhar surpreso de Thomas se cruza com o meu atrás da nuca de Clara que, tranqüilamente, continua sua caminhada, com um garoto em cada braço. Por decepção ou por ciúme, eu poderia abrir mão, soltar a cintura tão fina, me afastar de seu calor de garota. Em vez disso, eu a aperto, desafiando o outro machozinho. Terrivelmente incomodados, nos olhamos de cima a baixo. Clara não está nem aí, ela abraça os dois.

Acredito ler, então, nos olhos de Thomas, no seu queixo agressivo e seus lábios finos, a proclamação de sei lá qual prioridade

("Você vai largá-la, seu francesinho imundo! Essa menina está no meu território!"). O que me dá a audácia de não ceder? Provavelmente essa impressão furtiva e totalmente nova de disponibilidade, de não-pertencimento. Eu mantenho com temeridade o corpo de Clara contra o meu.

Tenaz, Thomas se agarra mais ainda. Todos dois grudados à nossa presa, damos alguns passos em direção aos dançarinos. Enquanto Clara, indiferente ao conflito mortal que suscita, parece cativada pelos barulhos da festa. Nós a seguramos. Nós lutamos. É um combate. Uma questão masculina e grotesca que vai acabar mal. Mas de repente, com um desembaraço desconcertante, Clara se solta de nós e sai correndo, deixando-nos plantados como dois idiotas deslumbrados. O objeto de nossa disputa acaba de ver na pista de dança uns garotos que ela conhece. Seu círculo se abre. Eles a acolhem, a abocanham, a envolvem, a engolem. Ela é deles!

Com os tornozelos enfiados no mato crescido, os braços caídos ao longo do corpo, taciturnos, Thomas e eu somos dois fantoches ridículos, condenados a uma paz rabugenta.

Muito mais tarde, emburrados e muito cansados, nos encontramos cara a cara com Clara, muito alegre, que parece ter esquecido tudo. Dirigindo-se apenas a mim, ela solta antes de ir embora:

— Paul, venha até minha casa amanhã depois do almoço, se quiser, para eu mostrar a você alguns filmes que fiz sobre coisas que dizem respeito a Kehlstein... E não se esqueça dos seus desenhos... Boa-noite, meninos!

No dia seguinte, encontro facilmente o caminho do chalé dos Lafontaine. Assim que saio de Kehlstein, deixo a estrada depois da ponte, subo a ladeira, contorno a cerca viva, empurro uma portinha discreta e penetro num jardim copioso e florido. Diferentemente dos demais jardins da cidade, as plantas aqui parecem largadas a um abandono sabiamente organizado, a uma leve desmesura. Corolas tão numerosas que todas se tocam e formam pesados cachos coloridos e perfumados. Sem ser um conhecedor, fico impressionado com tantos tipos diferentes. Ramos estufados de pequenas rosas brancas, rosas de um amarelo profundo, com pétalas cobertas de rebarbas de um vermelho sangue, rosas de infinitos tons de rosa e rosas vermelhas altas, com espinhos como punhais, com um cheiro estonteante. Poderia jurar que são as mesmas que vi na floresta. Não consigo evitar me aproximar desse vermelho profundo, teatral, quase preto. As pétalas fechadas sobre si mesmas como sobre um segredo. Milhares de pálpebras cerradas, de lábios fechados, severos, sensuais. Jardim de rosas viúvas, de rosas órfãs, de rosas de ninguém...

O que está acontecendo aqui? A porta do chalé está aberta, chamo Clara, mas não obtenho resposta. Só chegam até mim as notas de um piano. Notas claras, cheias de uma alegria um pouco monótona, de um contentamento austero. Então, guiado por essa música, subo a escada bastante íngreme, coberta de um tapete que amortece o barulho dos meus passos.

No primeiro andar, apoiada no parapeito de madeira clara, com o queixo sobre o punho, Clara me olha com ironia. Ela faz sinal para que eu a siga, empurra uma porta e é como se as notas tentassem fugir, sacudindo nossas orelhas enquanto passamos, sem emergir de uma vez de seu ataúde, mas se contentando em correr sem sair do lugar sobre a pequena escada horizontal de degraus pretos e brancos.

Sentada ao piano, uma mulher nos dá as costas. Ela toca, marcando o compasso com a cabeça e o busto, com uma vivacidade e uma espécie de entusiasmo triste. Fuga, fuga, fuga, mas uma grande imobilidade dos objetos e das plantas.

— É o francês do Thomas, mamãe, vamos ver filmes — grita Clara.

E quando me aproximo para cumprimentar sua mãe, ela me faz um sinal para não perturbar esse fervor e me leva para o seu quarto. Afinal de contas, o que me interessa é ficar sozinho com Clara. Tendo notado a pasta de desenhos debaixo do meu braço, ela a pega de mim e a atira sobre a cama. Tudo é branco no seu quarto: as paredes, as cortinas, o tapete, a pequena poltrona abraçando uma guitarra. Ou melhor, preto e branco, pois as paredes estão cobertas de fotos recortadas de revistas, como se o mundo e seu espetáculo tivessem impregnado essas paredes claras, depois ressumado em pérolas cinza para gotejar em milhares de negativos. Se eu me aproximasse, veria corpos, rostos, esqueletos, arames farpados, fuzis, muros, animais, soldados, tanques, multidões, sorrisos, crianças, nuvens... E sobre um dos negativos coloridos, a mancha vermelha de um vestido e o sorriso de uma loura carnuda com um decote provocante. Eu me inclino.

— Você sabe que ela se matou no ano passado — Clara me diz. — É a Marilyn Monroe! Olhe seu corpo, sua pele, seu cabelo. A gente vê a infelicidade no seu sorriso. Dizem que ela tomou comprimidos...

Que contraste entre a silhueta felina e bastante austera de Clara e essa carne de boneca hollywoodiana seminua, com seu vestido escarlate. Estabelece-se, no entanto, uma analogia enigmática entre esses dois seres dos quais me sinto de repente muito longe.

No seu quarto, tão mais espaçoso do que aqueles onde dormi desde pequeno, noto o retângulo branco da tela sobre seu tripé metálico e, um pouco recuado, rutilante e solitário, o projetor com suas correias e bobinas. Sobre a escrivaninha, um monte de material de montagem e toda uma espuma de película.

Muito à vontade, Clara se senta sobre o tapete, se apóia na cama e fala comigo enquanto desamarra os laços pretos de minha pasta de desenhos:

— Minha mãe passa o tempo quase todo tocando piano... Ela sonha, ela está um pouco ausente...

— Ela é música?

— Quando ela era nova, antes da guerra, era professora de piano. Mas há muito tempo que não dá aula, só toca em casa, para ela mesma... Meu pai faz questão de que ela toque o quanto desejar. A música lhe faz bem. Mas muito mal também! Ouvimos sempre as mesmas melodias: Bach!

Mas como Clara pronuncia "Barr...", eu franzo as sobrancelhas. Ela cai na gargalhada:

— Ah, sim... *Bak*! *Bak*! É verdade que vocês dizem assim em francês!

— E o jardim? Todas essas rosas?

— As rosas são do meu pai. Quando ele não está com seus doentes, está com suas rosas, ele poda, jardina. Freqüentemente até o anoitecer.

— E você, Clara?

Ela sorri, coloca uma mão amigável sobre meu joelho.

— Bom, eu... é outra história — ela me diz, abrindo minha pasta de desenhos.

— Você filma...

— Por enquanto, sim. Estou à procura. Como você, talvez, com seus lápis?

Fico um pouco chateado pela velocidade com que ela passa meus desenhos, que arrumei durante longas horas. Imagens de um jogo de carta, baralhado entre seus dedos. Desfilam então árvores com galhos que parecem garras, a casca esburacada de olhos estranhos, cabeças disformes cuja cabeleira é feita de animais babões, insetos ou outras cabeças, monumentos cujas pedras estilhaçadas lançam raízes e objetos esboçados ao acaso, alterados e reciclados, animados com intenções surpreendentes.

Vejo que Clara se demora justamente na barca que eu estava desenhando à beira do lago Negro, no momento preciso em que ela me filmava.

— Você vai ver — ela me diz bruscamente.

E, abandonando meus esboços, Clara puxa a cortina e depois coloca uma bobina no projetor, que começa a ronronar. Sobre o retângulo incandescente cercado pela penumbra, aparece essa barca estranha, filmada de tão perto que os traços do lápis ficam espessos como cordas, enquanto meus dedos, como os de um monstro, passam, repassam e escurecem a frágil embarcação. Depois uma outra barca, essa bem real, flutua sobre as águas negras, no meio dos juncos. Reconhecem-se em seguida fragmentos de um corpo adormecido: orelhas, dedos do pé, narinas, coxas, nucas, mas sobretudo pálpebras fechadas e lábios imóveis. Nudez brilhante de sol, gotículas peroladas sobre as carnes nuas que parecem imobilizadas por esse sono de conto de fadas. Depois vemos a barca real que começa a se encher de água e afundar. Planos que se alternam com os olhos fechados, os sorrisos sonhadores. Enfim, o naufrágio. Uma rápida visão de minha barca-caixão, e mais nada, a pequena bobina gira vazia, minúsculo pedaço de película batendo no ar com cheiro de poeira quente.

Acho o filme esquisito, mas sem esperar uma palavra minha, Clara coloca uma outra bobina no aparelho. Um mergulho em Kehlstein num dia de chuva e bruma. Cúpulas, chalés e a torre da fortaleza absorvidos por uma noite vaporosa. Muralha desabada. Primeiro plano de seteiras que parecem órbitas vazias. Primeiro plano de fissuras que parecem ferimentos. Portas blindadas e enferrujadas, grades tortas, ganchos assustadores emergindo do mato. Depois uma sucessão rápida de personagens pintados nas fachadas

das casas, sorridentes, brandindo foices ou cachos de uvas. Cabeleiras louras, buquês, *fade-out* branco. *Contre-plongée* brutal na fortaleza. Ameaça difusa. Vemos então passar em acelerado habitantes de Kehlstein surpreendidos pela câmera de Clara, esboçando um gesto e um sorriso de desagrado. Eles se tornam sombras, espectros e surgem de novo ferrolhos, barras, anéis de ferro. O filme escurece, mas tenho a impressão de ver o longo corredor do caminho da floresta. Mancha de luz como a pequena extremidade de uma luneta. De repente, a câmera se demora num grande chalé com portas e persianas fechadas no meio de um jardim devorado por ervas daninhas. Uma caixa de correio arrombada. As cordas de um antigo balanço pendendo no vazio... E uma via de estrada de ferro que a câmera segue, carris e trilhos, até o escuro de um túnel.

A tela está vazia, mas eu ainda tenho os olhos pregados nela. Emanava da montanha uma impressão de sufocação e de segredo. Permaneço agachado, mudo, nesse quarto com as cortinas fechadas, com esse cheiro de poeira quente e de bichos carbonizados. Para quebrar o silêncio, já que Clara também permanece calada, pergunto:

— Esse chalé abandonado fica em Kehlstein?

— Sim, é a casa de uma família daqui, uma família como qualquer outra, mas que foi destruída num só dia! O pai, as duas crianças, a mãe, aniquilados. Ninguém mais quer ouvir falar desse acontecimento... Ninguém mais ousa se aproximar desse lugar. Mas, você viu, o mato cresce.

— Isso aconteceu há muito tempo, durante a guerra?

— Não, foi há dois anos apenas — diz Clara. — Mas você tem razão, é um pouco uma continuação da guerra. Talvez você, Paul, compreenda que a guerra continua a agir, mesmo que a paz tenha retornado. Como se diz em francês? Sabe, as bombas que não explodem logo...

Mesmo falando muito bem minha língua, quando Clara me conta alguma coisa, ela folheia seu dicionário para encontrar a palavra no momento preciso em que seu pensamento requer. Triunfante, ela ergue a cabeça exclamando:

— ... Efeito retardado! É isso, a infelicidade com efeito retardado.

— Entendo, Clara.

Mas ela não desconfia a que ponto... Ainda não lhe contei sobre a morte do meu pai, o assassinato, sim, o misterioso assassinato do meu pai, que ninguém, nem mesmo minha mãe, sabe se deve ser relacionado com suas atividades na Resistência ou com seu envolvimento com os acontecimentos da Argélia...

Não ignoro nada, portanto, sobre as bombas silenciosas, nem sobre a tristeza correndo pelos dias tranqüilos como um riacho sob a neve. É como se Clara e eu nos encontrássemos de repente à beira de um precipício e forçados a pular juntos, de mãos dadas. Talvez para tornar essa cumplicidade nascente mais intensa, digo:

— E as rosas vermelhas, Clara, esse vaso que vi na floresta, perto do lago Negro, elas vêm do seu jardim, evidentemente...

— Sim, do jardim do meu pai... Ele possui dezenas de variedades de rosas. Mas o que você ignora é que existe uma relação entre essas flores da floresta e o chalé abandonado que eu filmei. É a mesma história, uma história de Kehlstein, uma história da Alemanha. Mas ninguém quer ouvi-la.

— Mas, por quê?

— É uma história de morte e loucura. Vou contar a você, Paul, você vai ficar sabendo...

O silêncio é tal que as notas do piano deslizam sob a porta até nós, transportando, como as formigas, as migalhas de uma cantiga.

Prendo minha respiração enquanto Clara pega impulso para começar o seu relato. Pulamos no precipício...

— Há dois anos, ao pé da árvore à qual o vaso está amarrado com um fio de ferro, um homem de Kehlstein ficou louco. Era um domingo de verão. O dia estava muito bonito e muito quente e famílias inteiras subiam até a clareira para tomar banho. Nesse dia, estava tão abafado no vale que até meu pai veio e minha mãe abandonou seu piano. O homem se chamava Walter Moritz. Era filho do dono da serraria e amigo do meu pai. Durante a guerra, ele era primeiro lugar-tenente e meu pai, médico militar. Vários anos depois de seu retorno da Rússia, Walter se casou com uma moça de Kehlstein. Eles tiveram dois filhos, um menino e uma menina.

"Nesse domingo, no caminho do lago, as mulheres andavam na frente, entre elas a mulher de Moritz, sua irmã e suas amigas. Elas carregavam cestos, colhiam morangos. Walter Moritz andava mais lentamente, de mãos dadas com seu filhinho e sua filhinha. Eles foram vistos pegando o caminho escuro. No entanto, nunca se juntaram às mulheres à beira do lago. O tempo passou e todos começaram a se inquietar. Refizeram o caminho gritando "Walter" e o nome das crianças. Os banhistas estavam surpresos. Os jovens revistavam as moitas. A Sra. Moritz chorava, cercada pelas mulheres.

Lembro que assim que soube que Walter e seus filhos haviam desaparecido, meu pai ficou muito pálido. Ele não vestira seu traje de banho. Estava até com os sapatos de caminhada que usava para ir visitar seus doentes. Sem uma palavra, deixou minha mãe e eu sozinhas e se dirigiu para o mato, de onde vinham os chamados.

A noite já caíra há muito tempo quando Moritz e seus dois filhos foram encontrados. Alguns homens haviam subido com lanternas. Meu pai tinha se enfiado na densidade da mata à procura de seu amigo. Ele tinha se ferido com galhos. Mas não foi ele quem descobriu Moritz nessa minúscula clareira quase perdida.

O RISO DO OGRO {69}

Walter estava sentado ao pé da árvore, com os olhos abertos, o olhar vago e um ricto esquisito. Ele segurava seus dois filhos pelo pescoço. A menina na cavidade do braço direito, o menino na cavidade do braço esquerdo. As crianças pareciam dormir. Bem apertadas contra o pai. Como se diz em francês?... *sich schmiegen...*, isso: "agachar-se", agachados, como se estivessem com medo da noite. Mas não estavam dormindo: estavam mortas! Viram imediatamente que Moritz as estrangulara. Ou talvez as apertara tão forte que as sufocara.

Dali a pouco, todas as lanternas apontaram para esse homem petrificado que respirava muito forte pela boca. Todo mundo via que ele estava maluco. Meu pai finalmente chegou das sombras, na claridade das lanternas. Soube que foi ele, apenas ele, que conseguiu desfazer o gancho dos braços ao redor do pescoço das crianças, foi ele que conseguiu fazer com que seu amigo se levantasse, depois de murmurar-lhe algo ao ouvido. Embaixo, em Kehlstein, todo mundo estava à espera. Minha mãe tinha voltado para casa, exausta, perturbada. Eu esperava com as mulheres que cercavam a Sra. Moritz e o velho da serraria, que havia se juntado a nós com suas muletas. Quando vimos no topo do caminho essa tropa negra que descia lentamente, com o feixe das lanternas dirigidas ao chão, compreendemos que as buscas haviam acabado, mas como ninguém gesticulava para nos acalmar, pensamos que um drama havia ocorrido. Eles demoravam em se aproximar. Vários homens mantinham Moritz de pé, com as pernas bambas, apavorado. Outros levavam as crianças mortas nos braços. No silêncio, ouviam-se os pés raspando no chão. Meu pai se manteve longe, atrás de todos.

A Sra. Moritz berrou perto de mim. Tive um sobressalto. Depois foram só gritos, choro, uma grande confusão. Alguns queriam amarrar Moritz. Outros começaram a espancá-lo. Vi os corpos das crianças deitados sobre a mesa de uma taverna pouco antes que colocassem sobre elas uma capa. Vi a Sra. Moritz partir correndo em direção ao rio...

Terrível noite em Kehlstein! Meu pai se encarregou de tudo. No dia seguinte, uma ambulância levou Moritz para um hospital psiquiátrico muito longe daqui. A Sra. Moritz não se afogou, pois foi retida, mas alguns dias mais tarde escapou e ninguém nunca mais a viu. Aliás, ninguém realmente se preocupou: depois de algumas semanas, não suportavam mais falar daquela loucura, daquela morte. Um imenso silêncio caiu de novo sobre Kehlstein. E cada um se esforçou para retomar suas atividades. Os donos de tavernas serviam suas cervejas, os jovens andavam de bicicleta, os carpinteiros faziam suas carpintarias...

O grande chalé que você viu no meu filme, com as persianas fechadas e mato por toda parte, foi construído pelo velho Moritz, não longe da serraria, enquanto seu filho lutava na Rússia, como se isso pudesse fazê-lo retornar da guerra... Pode-se dizer que funcionou, já que Moritz e meu pai voltaram para Kehlstein depois de meses de sofrimento. Eles recomeçaram a viver. Meu pai como médico. Moritz na serraria. Mas você vê, Paul, ainda havia tristeza... com efeito retardado, não é?

— Então, Clara, é seu pai que vai encher esse vaso na floresta? Para ele, deve ser terrível...

— Sabe, Paul, no fundo eu não conheço realmente meu pai, embora ele tenha cuidado muito de mim. E minha mãe, sempre perdida na sua música, é também uma desconhecida para mim... Mas um dia contarei tudo isso a você...

Já eu gostaria de poder dizer a Clara que meu pai, quando eu tinha doze anos, foi apunhalado, em plena Paris, no jardim de Luxemburgo. Mas não tenho mais forças para chafurdar na tragédia. Levanto num pulo para abrir a janela e me precipitar na varanda. É noite. É verão. Ainda está claro. Inspiro profundamente. O perfume das rosas chega até mim, misturado a um cheiro de lodo que sobe provavelmente do rio bem próximo.

Nesse meio-tempo, Clara foi colocar na sua vitrola um 45 rpm que escolheu entre todas as capas espalhadas no chão e, enquanto ela se junta a mim na varanda, fresca e disponível como se nada de assustador tivesse sido dito, estoura no quarto uma violenta música de rock, com guitarras, bateria descontrolada e essa voz de anjo selvagem, inconfundível! Depois do nosso silêncio, perturbado apenas pelo piano materno, essa música eufórica e brutal, que Clara colocou em sua potência máxima, parece abalar, revirar, afundar tudo. Rock'n'roll! Apoiada no parapeito, sobre centenas de roseiras, Clara está bem próxima de mim. Ela acompanha a batida com a cabeça, mexe os ombros no ritmo e bate com sua palma na madeira da varanda. Rock'n'roll! Eu encaro essa menina surpreendente. Meu torso está quase tocando seu peito. Vejo de muito perto a pinta preta sob seu olho direito.

— Vocês conhecem isso na França? É Elvis! Meu defensor! Ele faz as notas de Jean-Sébastien fugirem! Sua guitarra elétrica me protege do piano bem temperado... Eu coloco forte desse jeito para que minha mãe pare de tocar e vá finalmente descansar. Ouço rock'n'roll também quando monto meus filmes. Tenho outros discos. Gosto disso.

— Eu também.

Na França, nessa época, é o rock que acompanha o otimismo da juventude, e vários colegas meus do ginásio sonham em formar um grupo com um cantor, duas guitarras, um baixo e uma bateria. Minha tentação seria a bateria, é claro: bater em caixas, fazer ressoar os tambores... Mas nunca fui ainda às boates onde se reúnem os primeiros grupos de rock e mal conheço o nome dos cantores americanos.

A animação de Clara é contagiante. Eu realmente gostaria que acontecesse alguma coisa entre mim e ela.

Depois da festa, fui assaltado por vontades novas. Tenho necessidade de sair da minha reserva sombria, da minha amável discrição, de torcer o pescoço da minha timidez!

Como gastar minha energia? Descubro algo que poderíamos chamar de prazer de viver. É um sentimento confuso ainda. Eu precisaria tomar uma iniciativa.

É aqui, no território de Kehlstein, que começo a mudar. Eu gostaria de... eu gostaria de continuar desenhando, pintar monstros e maravilhas, ler, escrever, descobrir! Eu gostaria de... me encarregar do passado com seus dramas, seus horrores, seus enigmas. E dançar rock! Por que não? Tocar bateria! E criar novas obras de arte e fazer filmes, abrir meus braços para os tempos que estão mudando... E... sim... gostaria de ter Clara em meus braços!

Dessa vez, é minha barriga que toca a sua. A música nos envolve e nos eleva. Como se fôssemos dançar, como se dançássemos sem sair do lugar, em sintonia. Meu coração palpita como se eu fosse morrer e é delicioso saber que não vou morrer.

Mas, no instante mesmo em que o 45 rpm chega ao fim rangendo, vejo surgir atrás de Clara, na aléia do jardim, nosso querido Thomas, segurando sua bicicleta:

— Bem que eu sabia que ia encontrar você aqui, *mein Franzose*! Estava à sua procura! Oi, Clara! Posso subir?

Thomas logo se torna um estorvo, profanando esse quarto de menina, com sua voz grossa e seu cheiro de suor. Ele explica a Clara, em alemão, um monte de coisas incompreensíveis. Eu me sinto cada vez pior. De raiva, aperto meu lápis e uma velha borracha no fundo dos meus bolsos. Por despeito, reduzo a borracha a migalhas e quebro o lápis em dois. Tento me concentrar nessa dor viva das lascas rasgando minha palma. Quando retiro minha mão crispada sobre os restos de lápis, um pouco de sangue escorre das minhas falanges e fico plantado, nessa varanda absurda, com o punho cerrado, enquanto os outros dois, que parecem brigar, não prestam mais qualquer atenção em mim.

Sim, para mim, é em Kehlstein que um novo código veio perturbar o anterior. Esse sangue, essas rosas vermelhas da floresta, o rock, a passagem subterrânea, as crianças estranguladas, os sorrisos pintados nas paredes, a morte, a loucura, as fugas de Bach, a clareira e essa barca que afunda nas águas negras, mas sobretudo os olhos de Clara... tantos signos distribuídos na grade nova.

Quando finalmente anoitece, contento-me em me esgueirar discretamente, depois de recuperar todos os meus desenhos abandonados num canto do quarto. No jardim escuro, cruzo com um homem. Magro, com os cabelos curtos e grisalhos, uma maleta na mão, parece exausto, mas se recompõe ao me ver. Nós nos cumprimentamos. O doutor Lafontaine, suponho?

Sei que logo voltarei à França. Perto do lago Negro, na clareira, a fonte continuará a correr. Tudo continuará a correr como a água sobre a rocha, a areia entre os dedos.

Estou sentado numa barca que não sei se é sombria, se vai afundar ou se já está se deslizando em direção ao que virá a seguir.

As crianças, não!
(Ucrânia, julho de 1941)

Na boléia barulhenta do caminhão que roda em direção às casernas, a cabeça do doutor Lafontaine, sentado ao lado do motorista, acaba se chocando contra a esquadria metálica da janela aberta. Dois dias e duas noites sem dormir. As vibrações violentas metralham suas têmporas, mas ele permanece nessa letargia alguns minutos, pálpebras de chumbo, as mãos em cruz sobre o peito. Antes de partir, fez questão de se barbear com cuidado. No espelho pendurado na janela, viu os olhos com olheiras, tristes, perdidos atrás de uma máscara mortuária de espuma branca.

O motor ressoa, as marchas estalam. As mãos crispadas sobre o volante, o motorista observa Lafontaine com uma expressão de desprezo e cospe pela janela. Um ar abrasador engolfa a cabine, enquanto garotos correm perto dos grandes pneus pretos, numa nuvem de poeira e fumaça.

Quebrado de cansaço, Lafontaine não dorme. Não consegue dormir, mas se abandona um instante, com o corpo leve, o coração pesado, como uma presa insignificante entre as mandíbulas de um tigre de guerra. Do fundo de seu devaneio anestesiado, pensa nas crianças esquálidas, doentes ou mortas, que deve encontrar, juntar, cuidar na medida do possível. Para salvar quantas? Ele revê também as mulheres andando em fila em direção ao fim. Revê a cova, os corpos amontoados, os gestos congelados na lama ensangüentada.

Sua angústia a respeito das crianças judias é acrescida ainda por uma inquietação inexplicável em relação a Klara, sua pequena intérprete que sumiu há vários dias. Aos rostos infantis tão sérios se mistura sua carinha amarrotada e desdentada. Lafontaine tem um pressentimento. O que aconteceu com Klara? Ele acabou apreciando a companhia dessa mulher quase anã, de uns quarenta anos, mas que, com seu tamanho de criança, parece sem idade. Poderia ter tanto doze como cem anos, de tão lívida e fraca que era. Prematuramente gasta, de tanto que a usaram. Uma boca com os dentes arrancados ou estragados, uma boca que não sabia mais sorrir. Cabelos pretos e duros, um tudo insólito sobre essa testa branca enrugada pela dedicação. Com as têmporas doloridas, Lafontaine pensa nessa companheira insignificante. Onde ela se escondeu? O que fizeram com ela? Pobre pequena Klara!

Desde o dia em que a conduziram à enfermaria, ela se acomodou à sombra de Lafontaine. Sempre grudada a seu jaleco, mas ágil, discreta, seguindo-o por toda parte sem nunca incomodá-lo. Lafontaine falava devagar e Klara traduzia suas palavras aos milicianos ucranianos feridos e aos ajudantes de enfermaria russos, gritando alto e com uma pressa aterrorizada, as sobrancelhas franzidas, as mãos batendo no ar abrasador.

Ao chegar diante das grades, Lafontaine sabe que precisará sair de seu torpor, se recuperar, mas pensa ainda nas coisas terríveis que Klara lhe contava de noite, entre um paciente e outro, entre as rondas, isolados numa sala de aula desalojada. Ele, com os joelhos comprimidos numa carteira de criança, seu caderno sobre a madeira usada. Ela, agachada sob a janela, enquanto o sol não acabava de se pôr, antes que a noite se instalasse, sufocante.

Pois Klara insistia sempre em ficar a seu lado. Na primeira noite, ela chegou até a dormir no chão, num canto, assegurando que podia ficar assim, enrolada como uma bola, esperando o amanhecer. Insone, Lafontaine incitou-a a falar e a escutou. Palavras rápidas, palavras acossadas, num alemão que tinha algo de infantil. O que Klara contava, noite após noite, era sua vida. As atrocidades eram evocadas no mesmo tom, com a mesma impassibilidade aparente que os detalhes mais insignificantes. Um longo pesadelo tranqüilo...

Um dia, dizia ela, chegara a Kramanetsk com seu pai, um velho negociante alemão que realizava pequenos negócios entre a Ucrânia, a Polônia e a Alemanha. Vendia relógios, jóias, um monte de bugigangas, nos mercados, nas feiras, nos albergues ou onde o deixavam instalar seu bricabraque.

Devia ser no começo do século, pensava Lafontaine. Esse velho senhor, com essa menina que o acompanhava em todos os seus deslocamentos, essa Klara minúscula que não tinha mais ninguém no mundo além desse pai espertalhão, jovial, charlatão, mentiroso. Era o que Lafontaine acreditava compreender, ou melhor, o que imaginava. O velho cheirava a fumo e álcool. Sempre com um chapéu preto apertado sobre o crânio. Assim que escurecia, Klara se refugiava num canto do quarto do albergue, pois embaixo todos começavam a gritar muito alto e a beber muita vodca. Imóvel, com os olhos abertos no escuro, ela esperava que seu pai subisse de volta, bêbado ou acompanhado de alguma mulher gorda rindo às gargalhadas.

E eis que uma manhã — devia ser em torno de 1910 — o pai, que no meio da noite desabou atravessado na cama, todo vestido, não acorda. Klara coloca os dedos sobre as bochechas mal barbeadas, puxa-o pelo colete. Os olhos abertos, a boca aberta como se fosse falar. Está morto. Klara passará toda sua vida de cão nessa pequena cidade desconhecida de Kramanetsk. Órfã. Criança selvagem. Criada magra e solícita. Usada, maltratada. E logo bilíngüe, ou quase. Depois se casou com um velho russo que, igualmente bêbado e violento, morreu também. A pequena esposa torna-se órfã de novo, mas uma órfã já viúva. Primeiro vêm os anos conturbados da Revolução, durante os quais, indo com qualquer um, dá à luz várias vezes crianças natimortas. Depois a fome, da qual Klara guarda uma lembrança obsessiva.

Klara fala sempre sem emoção aparente, mas em sua voz, seu olhar ausente, estão gravadas as cenas que se inscrevem por sua vez na memória de Lafontaine, inclinado, com a proximidade da alvorada, acreditando só no pior... É dos grandes períodos de fome que ela quer falar. Há oito ou nove anos, o Estado soviético roubava até o último grão dos camponeses da Ucrânia. Requisições. Buscas impiedosas. Klara conta ao médico tudo o que viu. No seu alemão de menina, ela evoca as crianças desnutridas, suplicantes, ladras, que batiam nas mais fracas para lhes subtrair um pouco de alimento. Cada um por si! E era a mesma crueldade numa área de várias centenas de quilômetros. Era assim em toda a Ucrânia. Em torno dos cemitérios, encontravam-se corpos cuja carne havia sido raspada, como por um carniceiro. Homens em bandos, vindos de outras cidades, espreitavam os órfãos, os espancavam, os levavam. E crianças selvagens, das quais se dizia que estavam gordas porque estavam inchadas, mas era uma falsa gordura envenenada. Sim, Klara vira isso, todo mundo aqui vivera esse tempo. A fome na Ucrânia.

Os homens armados, os camponeses dos comitês revolucionários e os *komsomols* procuravam esconderijos por toda parte, desmantelavam tetos, desmontavam camas. Não deixavam nada de pé. Por três grãos escondidos numa bainha, levava-se um tiro na cabeça! Havia sem dúvida um Plano terrível. E quando há um plano, as pessoas não contam. Principalmente se for um plano concebido muito longe, pelos que estão no poder.

Klara relata ainda que um de seus "maridos" de então era coveiro. Ganhava até um pouco de dinheiro, sempre que jogasse na fossa comum, todos os dias, sua quota de cadáveres ou de moribundos, que diferença faz?... Esse "marido" foi fuzilado. Dizem que vendia potes de carne humana. Klara mesma comeu. Ele dizia: "Coma". E ela comeu. Sem isso, não teria sobrevivido. Depois um outro homem se encarregou dela, ou melhor, a tomou como empregada. Klara atravessara tudo isso sem se queixar. Ela vira tudo isso.

As cenas que ela descrevia deixavam Lafontaine estupefato. Quando amanhecia, ele estava com dor de cabeça. Tinha certeza de que Klara falava a verdade, mas sofria por não poder imaginar o horror humano numa tal escala. Imaginamos o calvário de um homem após outro, não em massa. Se o sofrimento é maciço, torna-se abstrato. O humano em geral, o humano exterminado em massa escapa à nossa compaixão. Em seu diário, o médico anotará: *Por que, diante da desmesura do mal, nossa capacidade de emoção se paralisa? Assim como nossa consciência não registra as percepções pequenas demais, não conseguimos conceber o mal quando ele é excessivo... Imaginação enferma! Imaginação morta! E o imenso nojo de nós mesmos. As abominações se dessecam em cifras: feridos, mortos e datas...*

O caminhão atravessa as grades da caserna. Dessa vez, os S.S. estão por toda parte. Um imenso nervosismo. Mesmo do lado de fora, Lafontaine logo percebe o cheiro pestilento da agonia. Hostil à vinda de um médico nesse lugar de detenção e execução, um coronel S.S. demora uma eternidade para examinar a ordem de missão vinda do alto-comando. Mas Lafontaine está bem decidido a entrar, subir e organizar a desinfecção, os cuidados, a reidratação, a nutrição das crianças. Ele arranca o papel das mãos do oficial e exige que ajudem seus enfermeiros a descer as caixas e as garrafas de água.

Curiosamente, o mau cheiro o atinge menos violentamente do que da primeira vez. Ele percorre todos os quartos, passa por cima dos corpos atolados nas espessas poças coaguladas. Começa a fazer a triagem dos mortos, dos moribundos, dos casos sem esperança. Organiza o espaço, faz abrir as janelas e pede que se limpe a fundo uma grande sala para acolher as crianças.

Mas é preciso que o doutor Lafontaine comece a separação entre as meninas consideradas já mulheres e as garotas que parecem ter menos de doze anos. É preciso que ele decida. Separados os bebês, sobram muito poucos meninos. Isolar e juntar as crianças equivale a reagrupar as meninas! Mas para isso é preciso tomar uma decisão baseada na aparência, arbitrar sobre a infância. Traçar uma linha assassina entre todos esses pequenos corpos. Só de olhar um rosto definhado, de um tamanho pequeno, é preciso separar não apenas mãe e filha, mas duas irmãs. Uma que será conduzida para o lado das "crianças" e outra que será empurrada para a colônia das mulheres a serem abatidas.

A chegada de Lafontaine e dos enfermeiros sacudiu o torpor. Gritos fracos, súplicas, estertores, mãos que se estendem. E é numa urgência e numa solidão pavorosas que Lafontaine, sonâmbulo e determinado, assinala certas crianças aos enfermeiros. "É para o bem delas — repete para si mesmo —, vamos curá-las." Ele se inclina, ausculta.

— Ficamos com aquela e... com esta! Não, essa menina, não: está raquítica, mas tem pelo menos quinze anos! Levem-na, rápido!

Olhar clínico, frio, na urgência desesperada. Chega ao ponto de abrir, ele próprio, as mãos das mães que seguram suas filhas com a última energia. Um dedo, depois outro, depois a mão inteira. Lafontaine desfaz esses últimos laços familiares. Separa os últimos abraços, excedido por essa responsabilidade, mas quase aliviado quando um brutamontes ucraniano pega nos braços o corpo de uma mulher aterrorizada, a levanta e a leva como um pacote, enquanto a criança que tiraram dela fica.

Nesse meio-tempo, no quarto ao lado, o assoalho foi lavado e desinfectado. Desaparafusaram e abriram as janelas. Deitam-se os menores sobre mantas. E acomodam-se aqueles que o médico, soberano, decidiu que eram crianças.

Lafontaine está impaciente para cuidar, alimentar, fazer curativos, mas sobretudo para ver chegar os caminhões. Ele é um pobre deus com olheiras que acredita poder prolongar essas vidas que vacilam. "Esta! aquela!" E em seu espírito os pequenos esqueletos ucranianos de que lhe falava Klara se confundem com essas crianças maltratadas. Grandes olhos vazios. Sujeira. Gestos exaustos. Repete para si mesmo que é um médico, que seu único dever é salvar vidas, ou ao menos aliviar o sofrimento, preservar a infância.

Uma vez prodigalizados os primeiros cuidados, Moritz não poderá se demorar, pois os homens dos comandos especiais não permitem serem privados de suas presas. Ficam à espreita. O pacto é certamente precário. Lafontaine se esforça para não trapacear, ficando com crianças das quais se poderia afirmar que têm mais de doze anos. Como se sua submissão pudesse garantir um tratamento melhor para essa pobre gente. Mas dá para ver perfeitamente que é o fim. Em Kramanetsk, as ordens de recomeçar a ofensiva devem ter chegado. Os pelotões de execução aceleram o passo.

Enquanto Lafontaine, nessa enfermaria improvisada, passeia seu estetoscópio por uma pequena caixa torácica ou apalpa um punho em busca do pulso, podem-se ouvir os passos das mulheres na escada de pedra, os golpes e o choro. Antes que o silêncio recubra a queixa confusa.

Vestido com esse imenso jaleco que desce até as botas, Lafontaine se ergue, anjo espreitado pela melancolia, que gostaria de se crer capaz ainda de cobrir com suas asas algumas minúsculas vidas.

As crianças estão estranhamente calmas. No momento em que as mães desaparecem, o médico e os enfermeiros se tornam mais ativos. O ar com cheiro de pólvora que penetra pela janela aberta expulsa os miasmas.

É então que se produz o impensável. Perturbado já pela falta de sono e o fastio da tarefa, Lafontaine faz uma descoberta inquietante: no meio de um grupo de crianças imóveis, a menina que acabou de erguer a cabeça não é uma menina, é Klara! Seu pequeno rosto está intumescido, mas seus dois olhos imensos fitam o médico com o qual, durante várias noites, tentou falar. Nesse momento, Klara está muda e petrificada como todos os que a cercam. Crianças cobertas de infecções e de dejetos, de modo que algumas parecem mais velhas do que ela. Como fez para escapar à triagem? Foi ele quem cometeu o erro? Esse pequeno ser usado, discreto, inofensivo deve ter sido denunciado como judeu e preso.

Lafontaine se encaminha na direção de sua intérprete da véspera, presa de uma perturbação imensa misturada a uma raiva surda. Suas botas abrem passagem entre os corpos. No momento em que acabara de encontrar um ar de sossego na companhia das crianças escolhidas por ele, essa maldita mulher tinha que vir introduzir na sua seleção uma imperdoável desordem.

Presença incongruente, presença proibida. Eles vão perceber! Eles vão achar que o médico está tentando esconder uma mulher judia. E nada menos que sua intérprete! Ele inclina seu cansaço indignado sobre essa mulher que o encara. Agentes S.S. passam no corredor. Os enfermeiros ainda não perceberam nada.

Mudo também, Lafontaine força Klara a ficar de pé. Ele a segura pela axila e atira esse peso pluma para fora do grupo de crianças com as quais tentava se confundir. Ele a aperta muito forte. Ela faz uma careta, mas não emite nenhum som. Ele aproxima de si esse bloco de medo, transformado num pedaço de pano preto. Como se esse corpo colocasse em risco o projeto de salvamento para o qual está dando tudo de si, empurra Klara em direção à porta aberta, a segura e a obriga a andar.

Os S.S. o olham descer a escada com Klara, que ele coloca na fila das mulheres que vão morrer. Ele tem o ar concentrado de um arquivista que realiza uma classificação delicada. Klara é quase pequena demais para pôr suas mãos sobre os ombros da prisioneira à sua frente. Lafontaine revê então a mulher com o braço mutilado, com seu coto erguido, e depois vai se juntar às crianças. Que todos esses garotos vão embora e logo! Que os levem embora!

Depois da evacuação brutal nos caminhões de Moritz, Lafontaine ficou sozinho no primeiro andar do prédio de pedra. Abandonou-se sobre uma cadeira oscilante, perto do material médico reluzente que de pouco serviu e dos lençóis amarrotados sobre os quais não há mais nenhum corpo deitado. A janela está aberta sobre a caldeira do céu. Embaixo, ouvem-se as tropas que se juntam. Mais longe, o estrépito dos tanques e o rangido das lagartas que se põem de novo em movimento. Motores que tossem e depois arrancam. Zumbido nervoso das motocicletas.

O médico deveria voltar ao seu posto, reorganizar a enfermaria em função do movimento do exército, mas não consegue mais se mexer. Aonde será que Moritz levou todas essas crianças? Enfim, as poucas que restavam, as que ainda conseguiam ficar em pé, essas garotas magras e febris que, pequenas mães fantasmas, levavam nos braços bebês inertes.

Lafontaine arranca seu jaleco e o joga no meio da sala. O ar abrasador traz um cheiro de carniça e de gasolina. Bem perto dali, a Wehrmacht se agita. O assalto recomeça. Derrisório avanço alemão, confrontado à imensidão russa e ao número desvairado de vidas a serem sacrificadas.

Quando Moritz chegou com os três caminhões vazios, todas as crianças precisaram descer imediatamente, qualquer que fosse seu estado. Os comandos especiais não interferiram. Quanto a Lafontaine, estava dividido entre a pressa de ver todo mundo deixar aquele lugar, inclusive ele, e a necessidade mecânica de continuar curando para não pensar.

Abatido sobre sua cadeira, a testa entre as mãos, Lafontaine se dá conta confusamente que Moritz estava com um ar estranho e um olhar fugidio enquanto os caminhões iam se enchendo. "Klara poderia estar entre eles — ele pensa também... — Quem teria percebido? E depois? Quem sabe o que teria acontecido? Quem sabe o que mais essa mulher incansável teria inventado?" Os soldados a teriam levado, exatamente como as outras crianças...

Os comandos já devem tê-la executado a essa hora. Não se ouvem mais tiros. Será que ela teve forças de afrouxar suas mandíbulas, de articular uma última palavra? Em russo? Em ucraniano? Em alemão? Lafontaine se lembra da maneira furiosa como a ergueu pela axila, leve e submissa, antes de expulsá-la, como um sabiá que entrou acidentalmente num quarto e que seguramos um instante com toda a força, para depois devolvê-lo a seu destino de sabiá, na direção da floresta cheia de caçadores.

Pela janela, ele pôde observar os soldados com as crianças. Gente muito jovem. Alguns casados e pais de família, como

Moritz fizera questão de lembrar ao comandante. Tão distantes de casa, e apesar da urgência brutal de sua tarefa, eles não maltratavam esses judeus da Ucrânia. Revelava-se em seus gestos, embora cruéis, um certo hábito de pegar crianças no colo. Eles voltavam para esses rostos cansados olhares perturbados, quase infantis também. Um deles tomou inclusive alguns segundos para ajeitar um curativo desfeito. Pobre gesto, paternal e perdido, na massa violenta dos gestos de guerra...

Lafontaine não interveio. Dobrado em dois na sua cadeira, sente seu caderno contra o peito. Compreende que tudo acabou, que o que ele temia está acontecendo, aconteceu. Sim, a partir de agora, a simples idéia de escrever nesse caderno lhe é insuportável. Palavras, frases, páginas brancas. A escrita, que idiotice! Uma melancolia insidiosa o invade.

Quando se ergue, um homem alto e magro, com uma cabeleira branca, está de pé na sua frente. Nariz potente e brilhando sob a luz, uma testa grande, olhos vivos e esse sorriso estranho, como se distinguisse alguma coisa distante escondida na proximidade, ali, no mau cheiro e no calor do vazio.

— Oh! *Herr Pfarrer*, você estava aqui... — murmura Lafontaine, abandonando seu devaneio exausto.

Reconhece, então, o pastor Jung. Foi o homem que fez um relatório sobre as crianças, que interveio junto com Moritz e Lafontaine, que confirmou o estado terrível das crianças e a perturbação dos soldados. Lafontaine não gosta desse homem que observa seu próximo com desprezo e piedade, dirigindo-se a todos com uma severidade um pouco entediada, como se ele, Jung, escorado de uma vez por todas na poltrona de sabe-se lá qual certeza, soubesse perfeitamente do que os seres humanos são capazes. Lafontaine está persuadido de que Jung experimenta um sombrio prazer em vê-los ir cada vez mais longe no horror, descer mais na abjeção. Isso deve confortá-lo em suas convicções irônicas no que concerne ao Mal e ao que ele chama de fé. Oferece-lhe a oportunidade de fazer sermões grandiosos.

"Ao menos, o que eu escrevia", pensa então Lafontaine, "não se preocupava com nenhuma verdade. As frases podiam se contradizer, se dilacerar. O que eu gostava nesse caderno era que um volume tão pequeno pudesse condensar tanta ambigüidade!"

Por ora, ele ignora ainda o que Jung acabou de descobrir. Nessa grande agitação militar, o pastor percebeu que os caminhões de crianças se dirigem não para os fundos, mas para a floresta. Compreendeu que crime estava sendo preparado. É por isso que esboça esse estranho sorriso marcado por um desespero que não é o dele, mas aquele pelo qual, segundo ele, a humanidade deve passar. Para qual expiação? Para que salvação?

Jung está prestes a colocar a mão sobre o ombro do médico, mas se contém e se contenta em deixá-la sobre o respaldo da cadeira.

— Você vai mal, *Herr Doktor* — diz ele secamente, mas com uma voz que não consegue deixar de seduzir. — Você está exausto. Vimos coisas muito feias, mas diga a você mesmo que foi Deus quem escolheu as provas que envia a nós, e particularmente a nós, alemães!

Jung fica diante da janela. Sua cabeleira branca capta toda a luz. Ele deve avistar as colunas verde-acinzentadas que abandonam Kramanetsk, todos esses homens que partem para o leste, para a morte. Por um automatismo de pregador religioso ou quem sabe para preparar Lafontaine para o pior, declara:

— Ah! *Herr Doktor*, deveria saber que Deus não pode se manifestar profundamente em nós sem nos destruir previamente! Isso é a Cruz! O sofrimento verdadeiro! Uma destruição interior... Nosso grande Martin Lutero explica isso melhor do que eu... Ele diz num sermão que somos todos tão tolos e pretensiosos que não queremos aceitar os sofrimentos que escolhemos. E denuncia nossa arrogância! Isso equivale a prescrever a Deus a medida de sua ação. Ora, Deus só quer agir em nós de maneira surpreendente. Compreende, *Herr Doktor*? Somente quando nossa arrogância e nossa inteligência tiverem sido destruídas é que a Salvação será possível. Medite sobre isso, *Herr Doktor*!

Depois desse arroubo, Jung se vira lentamente. Lafontaine surpreende o sorriso repugnante de satisfação e um sinal de conivência que parece se dirigir apenas a Deus. Tudo nele se contrai de novo. Ele bem que se veria precipitando o santo homem pela janela! Entre o sermão que acabou de escutar e o que ele mesmo tentou escrever, noite após noite, o contraste é tão violento que ele poderia voltar a gostar um pouco mais de seu caderno.

Como falar de Deus nessas circunstâncias? Há bastante tempo que Lafontaine vive na convicção quase física da ausência de Deus. Se fosse absolutamente necessário que ele dissesse alguma coisa sobre Deus, o que diria? Lembra-se então do que um ferido grave que se esvaía em sangue no meio de outros moribundos lhe murmurou: "Sabe, doutor, se eu fosse o Deus todo-poderoso, o Deus imortal, francamente, eu teria vergonha só de ver o que está acontecendo com caras como eu, além de todo o resto. Acho que entraria na minha Criação, me encolheria, desapareceria, sim, morreria de vergonha!" Bela lição de teologia.

E se Lafontaine tivesse que voltar a seu caderno, ele sabe que escreveria alguma coisa muito próxima desse credo furioso: *Sim, o mundo não passa do esforço que Deus faz para aniquilar a si próprio, horrorizado com sua própria criação... O mundo, com tudo o que nele acontece, não passa da contorção suicida de Deus, que tenta estragar um pouco mais sua obra imunda, arruinar sua divindade. O grande estrago de um Deus que tenta acabar consigo próprio. Sem fim! É isso que eu acho. Se Deus conseguisse apesar de tudo abolir a si próprio, não seriam as Trevas que reinariam. Estranhos resplendores emanariam ainda das coisas, dos seres, dos pensamentos. Haveria por toda parte claridades vacilantes, claridades inúteis. Por toda parte coisas equivalentes e perturbadoras.*

Lafontaine finalmente se ergue. Antes de descer mais uma vez a escada deserta, vira-se para perguntar ao pastor Jung:

— Eles foram matar as crianças, é claro. É isso, não é?

Uma tempestade
(Alemanha, verão de 1963)

O dia em que deverei deixar Kehlstein, arrancar-me deste vale, está muito próximo. A maldita fortaleza ainda não desabou sobre os habitantes e seus segredos. A fonte da clareira não deixou de correr e o enigma permanece, como um leve véu cobrindo as coisas.

Foi nesse lugar que eu tive que amadurecer, muito rápido, num só verão. Foi lá que tomei gosto pela distância, pela ausência de tudo o que é familiar, por meu estatuto de estrangeiro e, portanto, por esse alerta permanente.

O tempo que minha mãe ficou sozinha na França me parece longo? Difícil dizer... De agora em diante, pensar nela quase me basta. Posso me contentar em imaginá-la no pequeno sebo onde trabalha desde que nos mudamos de Lyon para Paris, depois do assassinato do meu pai.

Estou longe dela, mas a vejo claramente realizar cada manhã, sozinha, discreta, o trajeto entre nosso bairro e a rua Casimir-Delavigne. Ela anda apertando o passo sob a luz cinza da rue des Écoles. Vejo minha mãe ora como uma menina frágil, maltratada pela vida, mas que não se queixa nunca, ora como uma bela mulher resistente, austera e serena. E não esqueço a verdadeira resistência que ela fez durante a Ocupação. Contento-me com essas lembranças incertas de uma mãe triste e feliz, nem esmagada nem resignada. Aberta ao que viesse.

Nesse final de verão, sinto um tal desejo de liberdade que pegaria facilmente o primeiro trem. Partir em direção ao leste, ao sul, ao norte... Por toda parte, estradas, formas, seres humanos e as fontes milagrosas de uma perplexidade estimulante.

Sinto falta de Paris? Para mim, é apenas uma grande cidade aonde cheguei pela primeira vez com doze anos, por onde gosto de errar até ficar morto de cansaço. Mas sonho com freqüência com todas as grandes cidades onde um dia me perderei...

Antes da minha partida, faço questão de voltar uma última vez ao lago Negro. Rever a fonte. Confrontar as revelações de Clara à avaliação do lugar, ao sussurro dos galhos, à densidade do silêncio. Seguir de novo o caminho da floresta. Decidido a ir sozinho, comunico a Thomas minha intenção, olhos nos olhos, com uma entonação levemente provocadora, como para me precaver contra eventuais sarcasmos.

— Muito boa idéia, *mein Franzose*! — exclama Thomas. — Iremos juntos. Amanhã, se você quiser. E podemos perguntar a Clara se ela que vir com a gente...

Pego de surpresa, não ouso recusar e, no dia seguinte ao meio-dia, nos encontramos, Clara, Thomas e eu, na saída da cidade, onde o caminho começa.

Assim que começamos a subir, o céu escurece de maneira inquietante e um vento forte levanta a poeira. Sempre ágil, Clara anda na frente, mãos na cintura. Ela leva a tiracolo o estojo de uma máquina fotográfica, como se lhe fosse impossível sair sem esse outro olhar. Gostaria que ela se virasse, que sorrisse para mim, mas ela vai em frente, indiferente, como uma magra bruxa negra.

Thomas franze as sobrancelhas e resmunga coisas que não entendo, enquanto as nuvens recobrem os cumes e a luz do dia parece enfraquecer velozmente. Uma inexplicável desolação se abate sobre a paisagem. Com a boca seca, percebo o mal-estar de Thomas. Ao longe, relâmpagos silenciosos fazem riscos brancos, clarões esverdeados, e há o ribombo difuso do trovão, como um exército invisível que avança em algum lugar no céu. Pedaços de floresta, dos pinhos negros, se iluminam por momentos, depois se dissolvem de novo nas sombras inquietantes. O céu escureceu totalmente e o temporal vira como uma luva as framboeseiras selvagens à beira do caminho, revelando violentamente a face pálida de suas folhas.

Thomas, cabelos revoltos, a camisa estufada como um balão, grita no meio da ventania:

— Vamos ter uma tempestade forte! É preciso voltar! Está vendo, *mein Franzose*, é o lago Negro que não quer você!

Ele continua gritando:

— Clara! Clara! Volte, vamos para casa.

Ele dá meia-volta e começa a descer o caminho em direção a Kehlstein e seus chalés, que atenuam os turbilhões de poeira. Essa tempestade, que na verdade ele não teme, lhe dá uma razão para cancelar nossa excursão, que ele aceitara somente para me desafiar. Espontaneamente, sigo as pegadas dele, mas seu comentário irônico desperta minha hostilidade. Paro imediatamente, persuadido de que Clara voltou atrás e vai se juntar a mim. Mas essa menina, "que não é como todo mundo", continua subindo a encosta, indiferente a tudo o que está acontecendo à nossa volta. Eu poderia gritar seu nome, mas ela já está longe. O vento abafaria minha voz.

Começa a chover. As gotas grandes e pesadas mancham as pedras secas.

Sobre mim, o vale não é mais um vale de conto de fadas, fervilhando de luz, mas uma fossa sinistra cheia de medos anônimos e confusos.

Então, sem pensar, corro atrás de Clara para ir até o lago com ela, apesar do tempo ruim, apesar dos sinais hostis. Corro sob o aguaceiro. São inúmeros os relâmpagos e o fragor dos trovões.

Quando o caminho atinge a floresta, encontro Clara. Ela me esperava resguardada no mato. A água escorre por sua testa, suas faces, seu pescoço, seu peito. Há um brilho estranho no azul dos seus olhos. Um estremecimento de reprovação nos seus lábios. Sem uma palavra, sem sequer me pedir que a siga, ela se enfia no túnel da folhagem atravessada pelos relâmpagos, fazendo saltar sombras barrocas à nossa volta. Instintivamente, corremos lado a lado. O vento se insinua por toda parte: parecem gritos de crianças, de animais feridos.

Clara aperta sua máquina de fotos contra o peito. Nós dois sabemos que atingimos a bifurcação discreta, a passagem que conduz ao vaso de rosas vermelhas, mas não diminuímos nossa corrida. Experimento de novo uma necessidade de sair de lá, de ver finalmente o lago, mesmo sob essa terrível tempestade.

Luz de um dia encharcado. Visão fluida de águas metralhadas. Milhões de impactos. Grandes ondas percorrem a clareira. Ao longe, vejo que a fonte transborda e que um mar de lama se forma. Riachos, torrentes prateadas se atiram no lago.

Esperamos alguns instantes, sob o abeto, o rosto ensopado e as roupas cobertas de lama.

Clara me indica então com o queixo a cabana de troncos situada a algumas centenas de metros, onde aos domingos, quando o tempo está bom, as meninas costumam colocar seus maiôs. A cabeça enfiada nos ombros, curvada sobre o estojo de sua máquina fotográfica como sobre um tesouro encontrado no fundo da floresta, Clara se precipita em direção ao abrigo. Eu a sigo pela grama encharcada. Mas antes de atingirmos a cabana, a chuva se transforma em granizo. Choques dolorosos dos granizos que desabam sobre nós como se anões cruéis escondidos no cerrado nos jogassem pedras. Nos últimos metros, somos metralhados, os braços, os ombros, as costas e o crânio crivados de estilhaços. Enfim, chegamos, transidos, doloridos. Clara respira ofegante como uma jovem cadela. Sobre nossas cabeças, o teto da cabana ainda padece o bombardeio ensurdecedor e, lá fora, o chão já está juncado de pedras de gelo redondas que deslizam até nossos pés pela porta aberta.

Um sangue prateado jorra das milhares de feridas na pele negra do lago. E eu permaneço nesse devaneio fascinado, de pé, na soleira de uma porta aberta sobre o desastre. Sou tomado por todos esse ruídos, sopros, assobios, marteladas raivosas, estalos de galhos, ribombos de trovão, bombardeio confuso desse lugar idílico onde, um pouco antes, corpos nus se ofereciam, com os olhos fechados, à paz ensolarada. Eu gostaria que o gelo, pedra por pedra, cercasse nossa cabana e que o cenário ficasse petrificado de repente, fechado numa bola transparente e pesada, pousada sobre minha memória. Uma era glacial íntima suspensa no tempo.

Tão abruptamente como desabou, o granizo cessa de cair. O vento fica menos forte. Trovões e relâmpagos se afastam. Num silêncio pesado, só se ouvem o jorro das águas e a crepitação estranha da camada espessa de pedras de gelo.

Quando me volto para o interior da cabana com cheiro de resina, corda, musgo e mofo, vejo Clara sentada sobre o assoalho áspero e enrolada num grande cobertor marrom do qual apenas emergem seus longos braços brancos. Ela está ocupada torcendo blocos pegajosos de tecido preto do qual escorre um abundante suco de chuva. Depois coloca toda sua roupa para secar a seu lado, sobre o banco meio bambo... Com um pedaço do cobertor, ela seca e lustra o estojo de sua máquina.

De pé, na frente dela, permaneço com minhas roupas molhadas, os braços balançando. Clara olha para mim muito calmamente. Apesar da penumbra, seus olhos são de um azul luminoso. Eu gostaria de fixar a pinta preta, esse terceiro olho apontando para mim, mas minha vista se embaralha. Sei que Clara está nua sob esse cobertor que se parece com a pele de um animal. É então que entre as dobras marrons ela estende na minha direção uma mão aberta, mas de uma maneira tão franca, tão decidida, que uma ternura imensa vence minha timidez paralisante. Eu me arrepio ao pegar essa pequena palma quente entre minhas mãos úmidas e caio de joelhos na frente dela, que entreabre a coberta mágica e me acolhe nesse calor de carne e lã.

Sou tão jovem ainda! Já há algum tempo tenho a impressão confusa de que minha infância desaba atrás de mim como uma falésia quebradiça. Minha infância feliz, um pouco melancólica, depois dilacerada pelo assassinato inexplicado do meu pai, a confusão de minha mãe, o abandono repentino de minha cidade natal. Sou tão jovem ainda!

Sob esse cobertor um pouco mofado, mas que protege como uma árvore oca, não há dois corpos de crianças surpreendidas pela tempestade, mas uma mistura confusa de gestos tímidos, doçuras admiradas, sensações órfãs, mal-estares e audácias. Mas há sobretudo um grande impulso instintivo.

Depois da tempestade maravilhosa, Clara e eu retomamos nossas respectivas aparências. Muito tempo sem falar nem sair do lugar, encolhidos no nosso calor, cercados pelo cheiro de casca, de terra encharcada, de folhagem úmida. Cada um sobre o fio de seu devaneio secreto.

A porta da cabana, com uma metade arrancada, ficou aberta para a paisagem que agora se ilumina, enquanto o calor retorna.

O que me aconteceu? O que está acontecendo comigo? Pela primeira vez desde a morte do meu pai, não estou mais usando esse colete de inquietação que habitualmente comprimia meu peito ao mesmo tempo que me preservava de certas angústias prontas para saltar sobre mim a todo momento. Chega de colete! Mas a dilatação e a diluição de todo meu ser num grande vazio imóvel. E a presença preciosa de Clara, perto de mim, apenas sublinha essa solidão nova, flutuante, benéfica. Tudo me parece exato e reconciliado. Minha respiração lenta e profunda se confunde com a luz e com o tempo que correm e escorrem em torno de nós.

Mas de repente Clara fica de pé. Ela veste de novo suas roupas ainda úmidas e se apressa a retomar o caminho à beira do lago. Sentado com as pernas cruzadas na frente da cabana, indiferente a tudo o que possa acontecer, eu a vejo se afastar, com os pés descalços sobre a lama, entre as plantas altas tombadas pela tempestade, as folhas arrancadas, os galhos quebrados e as últimas pedras de granizo. Ela se debruça sobre as águas sombrias, ergue seu rosto para o céu. De vez em quando se imobiliza, como fazem os bichos. O sol forte me ofusca, mas lá embaixo, diante do seu rosto, vejo brilhar o metal da máquina fotográfica de Clara. Depois ela acaba desaparecendo pelo caminho da floresta.

Mais tarde, arrancado de minha beatitude passageira pela súbita imersão do sol atrás dos abetos, também volto para Kehlstein, fazendo um esforço para não pensar no relato terrível de Clara. Assim que atinjo a bifurcação fatal, começo a correr o mais rápido possível para fugir dos espectros do mato, com medo de encontrar crianças perdidas, crianças estranguladas, velhos soldados que se tornaram pais loucos e assassinos ou um cavaleiro errante com seu cachorro.

A memória das mãos (Ucrânia, 1941)

Depois de semanas de imobilidade, a Wehrmacht finalmente evacua Kramanetsk. Atarracados e rápidos, os blindados já vão longe. Avançam em direção ao horizonte, em direção ao choque previsível, pois o inimigo, dizem, está contra-atacando. Atrás deles, seguem os pesados caminhões carregados de homens e de material antitanque. As motos, como insetos, vão e vêm entre a vanguarda e a retaguarda.

Depois são os soldados de infantaria que deixam a cidade. Tiveram seus instantes suspensos na guerra e no espaço. Deverão fazer longas etapas, em marcha forçada, para apoiar os ataques dos tanques. Por fim, é o grande rebanho de cavalos abarrotados de provisões que se põe em movimento, com um forte cheiro de suor e esterco, e um vapor estranho, dourado, maléfico.

Sentado no banco de trás de um carro com uma grande cruz vermelha, o doutor Lafontaine olha todos esses homens que partem para o combate. O motorista dirige rápido demais, o carro faz desvios bruscos, mas ultrapassa essas colunas intermináveis. Corpos robustos, musculosos, bronzeados, armados até os dentes. Quais deles, hoje à noite ou amanhã, serão corpos sem vida? Quais serão apenas carnes moribundas, chagas profundas e dolorosas...

Ao amanhecer, parecem poderosos e decididos. A metralha, em alguns clarões, fará deles crianças. Seres despedaçados, com olhares de incompreensão. Lafontaine sabe disso. Por enquanto, os soldados marcham em passo cadenciado. Ouvem-se as vastas marteladas das botas sobre a terra endurecida da estrada e o barulho metálico dos milhares de capacetes pendurados nos cinturões que batem contra o estojo da máscara de gás. Nada de cantos. Uma marcha muda.

No horizonte, o céu está preto. Será que já é a fumaça dos combates ou a tempestade que se aproxima? O vento começa a soprar.

A poeira russa, penetrando pelos vidros do carro, faz coçar as narinas e os olhos de Lafontaine, que segura o lenço branco na frente da boca. Limpa regularmente seus óculos. Espera o que virá a seguir, desmoronado sobre si próprio.

Ele não reviu Moritz, que deve estar muito à frente, talvez já em contato com o inimigo. Mas ficou sabendo o que aconteceu com as crianças. Soube que, sob as ordens dos S.S., elas haviam sido abatidas, que os caminhões de Moritz as haviam conduzido para uma floresta bem perto de Kramanetsk para entregá-las a milicianos ucranianos que as esperavam perto de uma fossa cavada às pressas.

Moritz tivera que obedecer a ordens recebidas no último minuto. Massacre último, discreto e eficaz, já que os homens da tropa, os rapazes, pais de família, haviam sido mantidos na ignorância da operação, livres para acreditar, se isso lhes servisse, que as crianças haviam sido poupadas.

O gosto amargo que Lafontaine tem na boca não se deve apenas à poeira. No bolso de seu jaleco, contra o peito, o caderno está leve, bem leve, comparado a esse nó de fios de aço que tem no lugar do coração. Nessa manhã, são sobretudo suas próprias mãos que o incomodam e o estorvam. Estão pesadas e parecem deformadas pela lembrança dos gestos que precisaram fazer para pegar e levantar Klara. Sim, seus malditos punhos de falso médico que apanharam esse corpo tão leve pela axila, uma asa frágil de pássaro amedrontado, empurrando-o para fora da sala e forçando-o a se juntar às mulheres indo para a morte. Sim, as mãos de Lafontaine realizaram esses gestos de assassino por procuração. E há uma memória das mãos! Uma memória tenaz, opaca, brutal, que vibra na superfície da epiderme e na carne das palmas, em cada nervo, cada fibra, cada linha de vida cheia de suor e sob cada unha, como uma sujeira mnêmica. Então seria necessário ocupar constantemente essas mãos que se lembram bem demais de seus malfeitos. Encontrar-lhes minúsculas tarefas a realizar, como coçar a cabeça ou a nuca, brincar com um cachimbo ou com uma caixa de fósforos, tamborilar sobre um pedaço de metal. Se por infelicidade deixássemos nossas mãos, abertas e ociosas, se erguerem diante de nosso rosto e começássemos a avaliar esses dez dedos, mexendo de leve suas falanges acusadoras, saberíamos imediatamente que as lembranças vergonhosas não estão na nossa cabeça, mas sim na carne obscena dessas mãos. Cada impressão digital como um selo que atesta que o mal foi feito.

Solitário, atrás de seu motorista taciturno, Lafontaine está assustado com a presença desses bichos hipermnêmicos que crescem imperceptivelmente na extremidade de seus braços. Ele esfrega uma mão contra a outra, como se estivessem sujas ou geladas e depois, apesar do calor, coloca as luvas do uniforme. "Esse dilaceramento, diria o pastor Jung, é uma grande prova enigmática para sua alma!; Minha alma inteira está nas minhas mãos!", retorquiria Lafontaine.

Se os combates irromperem, suas mãos não vão demorar a se ocupar, a se enfiar nos órgãos ensangüentados, a serrar ossos.

E mais tarde, quando o inverno chegar, elas conhecerão também as frieiras, as pequenas feridas que não cicatrizam, o entorpecimento. Mas, ocupadas ou maltratadas, elas se lembrarão. Guardarão a impressão do gesto ínfimo e pavoroso, e sua memória viscosa se colará em cada corpo que tocarem.

Lafontaine ignora que, na mesma hora, mãos monstruosas também estorvam o tenente Moritz. Ao lado de um caminhão carregado de metralhadoras, de obus, de morteiros antitanque, ele espera com impaciência os primeiros combates. Suas mãos apertam com muita força a fivela do cinto até se machucarem, sangrarem. Elas se crispam sobre o estojo da pistola, sentindo sua culatra fria. Elas têm pressa de se erguer em direção ao céu escuro, dando a ordem de disparar. Pressa de matar, para esquecer algumas pequenas mortes.

O que aconteceu? Quando os caminhões carregados de crianças deixaram as casernas, Moritz ainda era o único a saber. Bruscamente, ordena aos motoristas irem na direção da floresta. Seus homens não ousam manifestar sua surpresa. Reina um ambiente inquieto e febril.

É uma floresta palpitante e luminosa. Um grande bosque sobre as planícies monótonas que se sucedem aquém e além de Kramanetsk. A cidade parece se agarrar a essa verticalidade vegetal derrisória, se orgulhar dessas bétulas e desses pinheiros que a ornam e a cercam.

A operação, ordenada pelos S.S., os chefes dos comandos especiais, e supervisada de cima, muito de cima, foi preparada às pressas. Conforme sua folha de missão, Moritz direciona seus caminhões para o primeiro caminho da floresta, à esquerda da estrada. Barulhos brutais, mudanças de marcha e logo o trilho deixado pelas rodas. Avançar é difícil e, sobre as plataformas, as crianças caem umas sobre as outras. O caminho se estreita ainda mais. Os motores se embalam. Os galhos baixos batem na chapa verde-acinzentada. Como nas histórias, parece que os elementos naturais se aliaram para tornar a floresta impenetrável, impedir a consumação do crime. Mesmo rugindo, manobrando, os caminhões não conseguem mais avançar.

Muito nervoso, coçando a nuca mais do que nunca, Moritz desce da cabine e anda na frente do primeiro veículo para guiar ele próprio o motorista. Ordena que coloquem os galhos quebrados sobre a areia. Arqueja, sua. Ele, tão inocentemente disciplinado, se vê embaraçado por essa missão dissimulada e infame, e se surpreende ao experimentar uma estranha satisfação diante dessas dificuldades imprevistas. Um prazer ruim que o perturba. Transpira cada vez mais.

Não, decididamente, é impossível atingir essa clareira! Sente-se tentado a voltar a Kramanetsk com todas essas crianças. Num estado lastimável, mas com vida!

Veremos! Todo o Estado-maior é vítima da febre da partida e os comandantes se preparam para a ofensiva. Quem se preocupará com esses garotos exaustos? "Sim, mas judeus!", repete Moritz para si mesmo, temendo ser acusado de ter desobedecido por razões mais íntimas do que essas malditas condições materiais: um caminho impossível, uma clareira inacessível. É verdade que ele sente apenas desprezo e desgosto por esses milicianos desgrenhados, à beira da fossa que cavaram, impacientes para acabar com isso. Precisam esperar em meio ao silêncio, ao canto dos pássaros, ao zumbido dos insetos e ao tremor das folhas das bétulas.

Moritz hesita ainda. Há esse instante de frágil oscilação em que a balança pode se inclinar tanto para um lado como para o outro. Basta um nada, um sopro, um grão de poeira, uma sílaba, uma maneira de engolir a saliva. Nesse instante de cristal, as boas razões, os grandes princípios, as melhores intenções, as convicções profundas ficam anestesiados, sufocados sob o invólucro espesso do corpo, encolhidos sob as dobras e recantos gelados do cérebro.

Cercado por todos esses troncos, Moritz não consegue sair do lugar. Ele acabou de torcer o pé tropeçando numa raiz e seu joelho está dolorido. Sua carne se tornou fibrosa. Tudo o que ele é, tudo o que ele acreditava ser se dispersou numa quantidade alarmante de pequenas tendências fibrosas que se ramificam, se entrelaçam e se combinam a toda velocidade, para dar lugar enfim a uma decisão.

— Parem! — berra Moritz. — Alto! Façam descer todas as crianças: vamos continuar a pé até a clareira!

A sorte está lançada. Na carne do gordo Moritz, certas fibras disciplinadas triunfam. As fibras de compaixão se atrofiaram para sempre.

Mancando e fazendo uma careta, Moritz caminha ao longo dos três caminhões que os sortilégios da floresta impedem de ir mais longe. Os soldados fazem as crianças descerem. Os homens de uniforme vão passando as menores de mão em mão, jogando os bebês nos braços dos meninos mais fortes. Por fim, empurram pelo caminho difícil esse rebanho frágil e submisso. Um passo, mais um. Golpes, gritos, quedas. Quando os caminhões estão completamente vazios, os soldados se encarregam dos mais fracos.

Moritz sua em bicas. Para ele, essa floresta é um pesadelo, bem longe das montanhas de Kehlstein. Suas botas escorregam sobre as placas arenosas enquanto acompanha, mais do que conduz, essa matilha doente.

É então que Moritz, cujos olhos deslizam entre os raios e as sombras do bosque na esperança de vislumbrar finalmente a clareira, percebe que duas crianças, um menino e uma menina, estão se aproximando. Eles vêm deslizar espontaneamente suas mãos nas dele, como fazem as crianças perdidas, exaustas quando se entregam, com confiança e abandono, ao adulto reencontrado. O menino segura a mão esquerda de Moritz. A menina, a direita. Eles se agarram, fazem como deviam fazer com seu próprio pai, quando andavam com ele por uma estrada, perto de Kramanetsk, ou quando iam juntos buscar lenha na floresta. Fazem como todas as crianças quando suas forças as abandonam, quando têm um sonho ruim. A menos que essa demanda sossegada de um pouco de paternidade seja uma maneira secreta de guiar o adulto perplexo em direção a um lugar mental onde algo de infantil espera desde sempre. A noite dos tempos...

Transtornado pelo contato desses pequenos bichos refugiados na caverna de seus dedos, Moritz, em vez de repelir as duas crianças, aperta-as ainda mais. Esforçando-se para ignorar tanto o que vai acontecer como o que já ocorreu, ele anda à frente do estranho cortejo, surdo ao rangido sobre a areia dos cascos do Diabo ou do cavalo da Morte. Os dois pequenos parecem até se acalmar um pouco e suas curtas passadas, pelas quais Moritz deve regular seu passo, parecem se tornar mais seguras, como se uma confiança obscura se reavivasse com o calor do imponente tenente.

De repente, ele vê os milicianos e seus fuzis. São mais numerosos do que pensava. Morenos, agitados. Ele vê também o buraco escancarado onde enterrarão as crianças. Vê o céu sobre a clareira e os pássaros que fogem. Avança um pouco, segurando ainda as duas crianças, depois, a alguns metros dos carrascos, ele as solta e as empurra, com uma infinita delicadeza, vendo pela última vez seus pescoços tão pequenos, a penugem sobre sua nuca. Então, imitando os dois pequenos, todos os outros vão se acocorar à beira da fossa.

Depois tudo acontece muito rápido. Enquanto troca algumas palavras com o chefe do bando, um homem alto e robusto carregando cartucheiras em cruz sobre o peito e badulaques de ouro e de osso, Moritz ouve às suas costas os cliques dos fuzis que os ucranianos armam resmungando. Sobre as placas blindadas de seu coração, são como o barulho de um aguaceiro brutal, grandes estampidos molhados anunciando uma tempestade que vai carregar tudo sob a lama esverdeada.

"Como nosso Wehrmacht", se pergunta Moritz, "pode recorrer, mesmo para as tarefas mais baixas, a esses traidores ignóbeis?" Ele gostaria de berrar, tornar-se terrivelmente pesado. Sabe bem que nesse instante só lhe resta a aparência de um soldado que mal serve para executar ordens. De agora em diante, uma casca vazia, no fundo da qual uma besta se abateu sobre si própria. Um ogro que, no crepúsculo, esmaga mãos de crianças antes de moer seus lindos rostos entre suas mandíbulas.

Sem se demorar, Moritz leva seus homens para fora da clareira.

— Retorno a passo de carga!

Antes mesmo de atingirem os caminhões, ouvem os estrondos das detonações atenuadas apenas pelo filtro leve das bétulas e dos pinheiros. Visão vermelha sobre fundo vermelho de crianças que caem. No zumbido da floresta, os soldados abaixam a cabeça.

Moritz sua e arqueja. Cada homem fisgado pelo seu medo. Cada soldado afogado no seu próprio mutismo, sua guerra íntima, ela mesma perdida na extensão alarmante da guerra total.

Mãos desproporcionais pendem contra os flancos de Moritz. Aonde quer que ele vá, terá que arrastar essas mãos. Pois, assim que chega a Kramanetsk, em meio ao grande tumulto do exército que se põe em marcha, o tenente recebe a ordem de partir imediatamente em direção ao leste.

Ninguém lhe pergunta o que aconteceu com as crianças judias.

Dois dias depois, as nuvens negras que chegam da outra ponta do horizonte rebentam em gotas enormes sobre os primeiros combates de uma violência surpreendente. A fumaça dos tanques em chamas, apesar das trombas-d'água, se confunde com o céu escuro.

Tempestades e carnificinas se seguem ao grande torpor da espera. Pela primeira vez, após a seca dos meses de verão, o chão se transforma numa lama espessa que absorve o sangue.

No combate, Moritz revela uma energia sobre-humana. Com uma mão pesada, com essa mão obscena que segurou as das crianças na floresta, ele assinala a seus artilheiros, lá embaixo, a apenas seiscentos metros, a linha que seus morteiros devem inundar de projéteis para bloquear as ondas desses malditos *Ivans* que metralham as primeiras linhas.

— Fogo! Fogo à vontade!

O tenente só se sente à vontade no coração das batalhas. Sabe intuitivamente como estimular seus homens. Seu corpo ganha desembaraço, leveza. Nessa proximidade da morte violenta, ele se torna preciso, mortífero e quase elegante. E quando o inimigo se aproxima demais, Moritz se expõe de uma maneira espantosa, dando a impressão de uma invulnerabilidade diabólica. Sua pistola preta cospe chumbo através da chuva.

— Fogo! — ele berra.

É preciso hecatombes como essas para que o exército continue avançando. Por fim, o assalto é rebatido.

Os dias passam como noites. As noites são brancas. Às vezes, os soldados têm a impressão de que os malditos *Ivans* se entocam e se enterram, deixam passar voluntariamente a Wehrmacht para que ela se enfie nessa paisagem ardilosa onde o terreno se torna pantanoso, elástico. Os rios sobem bruscamente. Tanques, homens, cavalos, materiais que logo se atolarão. Esse outono diluviano é apenas o que precede o grande inverno precoce. Velha história russa!

E Moscou está ainda a setecentos ou oitocentos quilômetros... Alguns isbás miseráveis, apertados uns contra os outros, são suficientes para dar a ilusão de chegar a algum lugar, mas acaba ficando claro que se deixa muito vazio atrás de si, em torno de si.

Quando os tanques começam a se chocar contra o fogo e as chamas, imagina-se sempre que é finalmente a batalha decisiva que está começando, a julgar pelo número de inimigos, a violência de seus ataques suicidas e a presença de todos esses bunkers que crescem numa noite como cogumelos venenosos. Depois percebem que só se tratava de mais uma pequena colisão. Pois o espaço russo pode engolir centenas de lagartas de aço como parasitas.

Desde a retomada da ofensiva, desde as noites de canícula em Kramanetsk, desde a evacuação das crianças, os dois amigos, Lafontaine e Moritz, nunca mais se encontraram. Não muito longe um do outro, mas cada um no seu posto. Moritz no combate. Lafontaine encarregado dos corpos depois do combate.

De noite, por causa dos alertas, os soldados não tiram mais nem os uniformes encharcados. Seus pés se incham nas botas cheias de água. Suas pálpebras são devoradas por mosquitos e suas entranhas, esvaziadas pela disenteria.

Na enfermaria militar que ele reinstala cada vez que o exército avança, Lafontaine se submerge nas pneumonias e nas febres.

Em meio ao pressentimento obscuro da catástrofe, os comunicados vitoriosos se sucedem. De noite, às dez horas, quando se avançou sem combater, os grupos cantam *Lili Marlene* em torno do posto de rádio que os suboficiais instalam diante da barraca deles.

Depois de algumas semanas, o vento se torna muito frio. Primeira geada de madrugada. Primeiras poças geladas e finalmente a primeira neve. Essa neve é no início uma doce bênção. É um pouco do céu de outrora, as borboletas brancas das antigas primaveras que vêm pousar sobre seus corpos. Neva ainda. Neva demais. Flocos cada vez mais pesados, apertados, impiedosos. Até o momento em que a neve cessa e tudo fica petrificado no branco.

Cada um no seu posto, Lafontaine e Moritz lamentam que os uniformes de inverno da Wehrmacht demorem tanto tempo para chegar ao front, enquanto os *Ivans* estão bem equipados. Quando, sobre as mesas de operação improvisadas, Lafontaine corta o uniforme de um ferido, precisa ainda rasgar camadas de jornal velho com o qual o coitado envolvera seu torso. Às vezes, encontra até folhas de uma carta de mulher coladas contra um peito. Cada um com seu caderno protetor. Cada um com seu talismã.

O inverno se torna terrível. Menos trinta. A avançada está bloqueada mais uma vez. A Linha Stalin, como uma grande parede contra a qual o impulso alemão vem se chocar. Apesar dos ataques arrasadores, das falsas vitórias seguidas de reveses e da estagnação extenuante.

Confrontado à imensidão legendária, o moral alemão desmorona, racha de maneira progressiva e hierárquica. Perdas demais! Distância demais a percorrer ainda.

Às vezes, Moritz deixa as mãos pesarem na extremidade dos braços entorpecidos. Carregador vazio, memória cheia. Efeitos da guerra sobre uma boa pessoa. Moritz sonha pateticamente com esvaziar o vazio. Lafontaine, por sua vez, sonha em se consumir, se abolir à força de costurar, cauterizar, amputar, salvar, custe o que custar, restos de existências.

Uma noite, numa antiga residência com as janelas escurecidas pelo fogo e cercada de entulho e de cadáveres, Lafontaine, muito retilíneo em seu jaleco branco, pára de repente de operar. Há dias que treme de frio. Seus dedos tremem cada vez mais.

Deixando seus assistentes e os enfermeiros contratados para esse trabalho, ele se afasta, tomado por uma estranha vertigem, e começa a percorrer um longo corredor deserto se apoiando nas paredes cujo gesso está desmoronando. Atrás dele, o rumor das dores e agonias. Empurra uma porta qualquer e descobre um alinhamento de mictórios e privadas infectas e imundas. A porta se fecha atrás dele rangendo. É tomado por uma náusea violenta que o dobra em dois e ei-lo sozinho, de joelhos diante de uma privada de esmalte branco, com a tampa aberta sobre um buraco obstruído pelas velhas fezes russas completamente congeladas.

É sacudido por espasmos. Vomita sem parar essa matéria preta, amarga e malcheirosa. Põe tudo para fora, com muita dor, e depois finalmente se aquieta, e não se mexe mais.

Nessa posição de homem orando, com a testa baixa e as mãos doloridas — como se a verdadeira "idiotia" russa, confundida com a febre, corroesse seus miolos —, percebe que o assento de madeira levantado, corroído pela urina, faz sobre sua cabeça uma auréola paradoxal. Suas têmporas batem nessa coroa derrisória. Lafontaine como Idiota russo! Nesse recanto sórdido de uma cidade devastada, é assaltado por uma intuição absurda. Ele se vê transformado numa espécie de santo! O Idiota e o santo dos novos tempos! Depois vomita de novo, agarrado à privada, antes de se erguer lentamente sobre as fezes congeladas de um mundo congelado. Em seguida, retorna pelo longo corredor escuro, para a sala onde ainda precisam dele.

A partir daí, serão necessárias palavras sujas, palavras congeladas, frases mutiladas, para falar da continuação e do fim dessa guerra russa. Para falar da metralha, do sangue preto, dos corpos embutidos na neve, e dos ataques, do medo apavorado, do medo visceral, dos olhos arrancados, do buraco das bocas com dentes quebrados, da fumaça preta que faz vomitar, do fogo na geada, dos mortos obscenos misturados às ferragens torcidas, carbonizadas, da respiração cortada, dos membros arrancados, e ainda do sangue, do corpo a corpo com punhal e da carótida cortada das sentinelas.

Na confusão, perderíamos de vista o doutor Lafontaine e o tenente Moritz. O primeiro obstinado em salvar vidas, o segundo expondo-se sem conseguir morrer no combate. Certamente, não estão em Stalingrado, mas sofrem pequenos Stalingrados repugnantes. Não são mortos. Não são presos.

Gravemente feridos, estarão entre os últimos oficiais a serem evacuados do front, antes do aniquilamento total, antes da rendição incondicional. Inconscientes durante muito tempo, mas sempre incrivelmente juntos, os dois amigos deverão sofrer mais ainda e esperar longos meses, de acampamentos provisórios a enfermarias *de campagne*, primeiro na Polônia, depois no hospital de um acampamento militar regularmente bombardeado em Berlim.

Um dia, depois de um longo périplo através da destruição alemã, reencontram Kehlstein, onde evidentemente já não eram mais esperados. Mas nem um nem outro experimentarão jamais o sentimento de "voltar para casa".

Lento retorno
(Alemanha-França, verão de 1963)

Meus últimos dias em Kehlstein flutuam e se fundem na tepidez de um mal-estar indefinível. Percebo que Clara faz de tudo para não estar nunca sozinha comigo. Não tenho certeza de ter vontade de ficar de novo em sua companhia, mas vê-la com outros me deixa furioso. Enfim, pus de volta meu colete de inquietação e procuro me persuadir que na cabana, graças à tempestade, Clara teria se comportado exatamente da mesma maneira com outro garoto. Olhe! Por que não com esse grandalhão que parece relinchar quando ri! Ou com esse gordo baixinho, cujas bochechas ficam roxas assim que bebe cerveja! Ou com Thomas, claro! Cerro os dentes e me entrego de novo ao desenho de formas torturadas, e depois uma árvore nodosa sobre a qual amadurecem olhos cheios de lágrimas e moscas.

E eis que na véspera de meu retorno, quando estou perambulando pela rua principal de Kehlstein, Clara coloca a mão sobre meu ombro e me oferece o rosto com uma espontaneidade que me desconcerta. Não está no meu caminho por acaso. Mais uma de suas manobras de bruxa! Andamos lado a lado. Fico calado.

— Pois então, Paul, você vai voltar para seu país! Você estava de passagem aqui. Talvez a gente se reencontre um dia, sabe, pois quero ir à França, a Paris. Faço muita questão. Vou lhe escrever.

Minha raiva se dissolveu numa grande onda doce, mas sinto que Clara tem outras coisa a me dizer.

— Sabe, Paul, não vou morar para sempre em Kehlstein! Para mim, é impossível. Nem mesmo na Alemanha! Para mim também é como se eu estivesse "de passagem". Não me sinto estrangeira, evidentemente, mas sou incapaz de ser, como se diz mesmo? Ah, sim: fiel! Incapaz de ser fiel ao que conta para as pessoas daqui. Fiel ao que é importante para os alemães.

Clara ficou imóvel. Sua testa se franze de uma maneira infantil e séria.

— Você não pode entender, Paul, mas sou assim: "não fiel". (Ela faz questão então de pronunciar a palavra alemã, enrolando o *r* de maneira caricatural, quase agressiva.) *Die Treue*, a fidelidade é muito forte aqui. Não somente a fidelidade aos seres, mas a tudo o que é "alemão", a um espírito alemão. Essa é sem dúvida a qualidade moral que os alemães exigem com mais rigor deles próprios. E essa fidelidade me dá medo.

Clara está quase zangada:

— Não consigo, Paul, não consigo! Se contei a você essa história de Moritz e das crianças, do meu pai e seus buquês de rosas, foi porque o fiz em francês. Você entende? Em alemão, eu não teria conseguido. Mais ainda preciso descobrir algumas coisas que meu pai evocava quando eu o acompanhava, no inverno, à casa dos doentes...

Ela parece à beira das lágrimas. Eu me sentiria ridículo dizendo que entendo muito bem. Mas em vez de soluçar, Clara cai na gargalhada, com um riso puro e vivo como uma cascata, e declara, inclinando um pouco a cabeça, de maneira sedutora e cômica:

— Ah! Mas dizem que vocês, franceses, também não são fiéis! Não é, Paul? E não apenas com as mulheres. Para vocês, a infidelidade não é um problema.

Como estou prestes a protestar suavemente e a lhe dizer: "Você é então um pouco francesa, Clara Lafontaine!", ela se afasta de mim, me vira as costas e desaparece sob as tílias num passe de mágica.

Vem o momento das despedidas. Preciso pegar o ônibus para Munique muito cedo no dia seguinte, antes que vários trens me levem em direção à fronteira, até Metz e depois até Paris.

Thomas, sonolento, com os cabelos revoltos e a cara tresnoitada pela festa da véspera, faz questão de me acompanhar à praça deserta. A taverna começa a abrir suas portas. Um rapaz com avental verde varre o terraço. As tílias tremem. O ônibus finalmente aparece, com os faróis acesos no cinza rosado da madrugada. Coloco minhas malas no porta-bagagem aberto e me apronto para subir e sentar no meu lugar.

Thomas e eu não nos demos bem durante essa estada. Uma correspondência difícil. Mas estranhamente, agora que estou para me separar desse garoto jovial e tão enérgico, do qual alguns traços mais misteriosos certamente me escaparam, tenho por ele um acesso de amizade, sentindo intuitivamente que não o verei mais.

Para minha grande surpresa, ele tira de seu bolso uma faca dobrável, com o cabo trabalhado. Oferece-a a mim, esforçando-se para articular corretamente a palavra *souvenir* em francês. Dou-lhe então, sem pensar, meu último caderno, no qual desenhei as árvores com os olhos estranhos, e Thomas finge, gentilmente, dar muito valor a esse gesto.

O motor do ônibus gira lentamente na cidade adormecida. Os passageiros apressam o passo, lançando olhares inconsoláveis ao motorista que fuma um cachimbo atrás de seu volante. Uma última baforada. Pelo vidro aberto, ele bate o fornilho contra o retrovisor. As cinzas se dispersam no ar fresco.

Sentado na poltrona logo atrás do motorista, enquanto Thomas se afasta recuando na praça, dando tchauzinho com a mão, descubro Clara em pé do meu lado, no corredor central do ônibus, ligeiramente sem fôlego. Ela me dá um beijo na testa, nos olhos. Estende-me um envelope e depois desce rapidamente. O ônibus vibra e se põe em movimento.

Eu me viro em todos os sentidos, mas através dos vidros não consigo ver Clara em lugar algum, enquanto desfilam os afrescos, as igrejas com suas abóbadas e em seguida os chalés, as margens pantanosas do rio, as encostas arborizadas, o início das sendas.

Com o misterioso envelope na mão esquerda, a faca de Thomas na direita, difiro o máximo que posso o momento de abrir um com a outra para ler a mensagem de Clara.

Mais tarde, meu trem deixa Munique com uma lentidão extrema. O tempo está cinza. Nuvens pesadas passam muito alto no céu, como gansos silenciosos, um rebanho de cavalos fantasmas. Sobre o cais, as correntes de ar levantam as folhas de jornal, velhas asas cobertas de tatuagens abandonadas por anjos antes de uma última viagem. A testa apoiada contra o vidro, vejo o tecido da cidade se reduzir a farrapos, se desfiar sem fim.

A locomotiva parece buscar penosamente uma saída entre construções rutilantes e amontoados de entulho. Em Munique, nesse ano, apesar da grama amnésica e das flores selvagens, sente-se o cheiro da guerra. Algumas fachadas, desbotadas pela chuva, se erguem absurdamente à beira de vias férreas, com buracos carbonizados no lugar das janelas e inúmeras marcas de impactos. E esses restos de guerra me fascinam.

A jovem paz, essa paz febril, foi empregada para instalar belos limites no caos. Tapumes coloridos, divisórias modernas, muros cobertos de cartazes ou finas barreiras metálicas, para que as ruínas e os canteiros não se misturem. Mas ali, atrás dos tapumes pintados de vermelho, amarelo, branco, subsistem ondulações de prédios que desabaram e crateras cheias de uma água marrom. Uma lanosidade cinza prolifera sobre as coisas destruídas, hera poeirenta, arvoredos espinhosos onde se penduram farrapos, enquanto as construções modernas, lisas e reluzentes, têm algo de incongruente.

O trem logo começa a rodar num campo indeciso sobre o qual jorram, em diagonais trêmulas, as gotículas de uma chuva de fim de verão. Depois meu olhar se torna vago. Ainda não abri o envelope de Clara. Na estação de Munique, havia gente demais e, no meio da confusão, eu devia prestar atenção nos destinos, horários, números dos trens ou das plataformas. Eu suava, apressado para me livrar da Alemanha.

Um pouco mais calmo, abandonando-me por fim ao embalo e às marteladas surdas do trem, indiferente à presença morna e murmurante dos viajantes do compartimento, tiro o envelope do bolso e o arrumo verticalmente contra a paisagem molhada. Os dedos crispados sobre a faca que Thomas me deu de presente, espero ainda alguns minutos. Em seguida, puxando a lâmina nova, rasgo o papel.

Uma foto muito estranha aparece, um negativo falhado, uma prova ruim. Minha decepção é imensa. Por que Clara me trouxe, no último minuto, uma coisa que não é nem mesmo uma imagem? Uma superfície preta e brilhante pontilhada de branco. Formas escuras e indistintas sobre as quais fervilham pequenos pontos e traços cinza. De raiva, vou rasgá-la!

Ergo os olhos: as gotas de chuva que ziguezagueiam na poeira do vidro perturbam a paisagem. Na ponta dos meus dedos, a foto de Clara evoca uma noite pontilhada por astros cremosos, uma noite de cometas e de neve.

No mesmo momento, como um outro papel gelado, sinto a Alemanha deslizar sob mim, escapar, desaparecer, esmagada pelo aço das rodas e dos trilhos.

Vou embora, vou embora! Meu trem já roda mais rápido, quando de repente, de tanto me perder na contemplação amarga desse negativo absurdo, vem a revelação! Eu vejo! Eu reconheço! A foto foi tirada à beira do lago Negro! Lá, é claro, são suas margens, suas águas, seus reflexos. Mas compreendo também que a paisagem foi captada através de uma chuva de gotas d'água muito comprimidas que um sopro espalhou. Sim, é evidente: distinguem-se até os juncos, o vaso e, ao fundo, a linha preta dos abetos e um pequeno pedaço de nossa cabana com teto de cortiça! Tudo está ali, preto no branco. E depois, tenho certeza, esse traços esbranquiçados, esses clarões, essas pequenas manchas falsamente incômodas são o fluxo da torneira da fonte atrás da qual Clara decidiu instalar seu aparelho.

Meu coração bate. Minha decepção cede lugar a um entusiasmo inquieto e agradecido. Eu me endireito. Perto de mim os viajantes lêem tossindo e mastigando. Então, agarrado a essa foto como a um talismã do qual teria decifrado a inscrição, sorrio para o vazio. O trem acelera ainda mais e, contra todas as expectativas, eu me sinto deliciosamente aspirado pela continuação da minha história, um futuro vasto e cativante.

Experimento também uma violenta vontade de desenhar, sim, de pegar meu caderno, lápis, borracha, e de arranhar e esfregar com preto até as formas aparecerem. E pintar, um dia, por que não? Cor, matéria espessa, por que não? Formigamento nas mãos.

Euforia. Entrevejo o prazer próximo de inventar formas e mais formas... No entanto, não movo um dedo. Esperar, reter... Deixo as idéias afluírem, as idéias jorrarem no mel do instante. Sei muito bem que o mal existe. Sei que abominações se dissimulam em todas as paisagens e que terrores e tristezas nos espreitam ainda. Sinto sempre as mesmas ameaças confusas, os velhos enigmas que surgem de repente, mas nesse triste compartimento, um entusiasmo poderoso toma conta de mim. Uma juventude vigorosa e acelerada que eu monto sem sela. Um impulso admirável. Um devir.

Levanto-me bruscamente, pisoteio sapatos abandonados, me choco contra alguns joelhos e saio pelo corredor. Acabei de enfiar a foto de Clara no bolo, amassando-a um pouco, mas difiro ainda o momento de rasgá-la em pedacinhos para jogá-la no buraco do vaso, pensando já na maneira como o vazio que ruge no fundo da privada irá abocanhá-los antes de cuspi-los de novo, dispersando-os no calhau. Últimos brilhos do lago Negro!

Sozinho no corredor, com os cotovelos apoiados na barra de couro, não posso evitar pensar ainda em Clara, em sua infância, no que a espera. Ignoro se verei de novo essa menina singular, mas sei que com sua câmera, sua imprevisibilidade, suas aparições e desaparições, seu desejo de partir, seu olhar penetrante, sua pinta sob o olho e sua liberdade desconcertante, ela já se encontra numa trajetória que necessariamente se cruzará com a minha de tempos em tempos.

No estrondo dos trens que se cruzam, parece que ainda a ouço dizer, como quem não quer nada, com esse timbre ligeiramente velado que não consigo esquecer:

"Sabe, Paul, aos doze anos, eu já havia visto nascer e morrer várias vezes..."

Nesse trem que dispara em direção ao oeste e ao meu pequeno futuro pessoal, disponho, por enquanto, só de algumas visões dessa infância. Não sei quase nada da Alemanha e, em Kehlstein, mal cruzei com o doutor Lafontaine e sua mulher Magda, mas seus destinos me intrigam.

Um dia, tentarei imaginar grandes blocos de passado, blocos obscuros com arestas cortantes, blocos à deriva no Tempo. Por muito tempo.

Ao me aproximar de Paris, tenho o sentimento doloroso de ter partido na véspera, de não ter partido nunca. Todas as minhas impressões alemãs de repente se amontoam. Lembranças em reserva. Sensações em espera.

Na Gare de l'Est, minha mãe me espera no final da plataforma. Retilínea em seu vestido claro, eu a observo alguns segundos antes que ela me veja na multidão de passageiros que se apressam em sua direção, cercando-a e ultrapassando-a.

Vejo que ela acabou de erguer a cabeça do grosso livro em que mergulhara enquanto me esperava, retirando um dedo de entre suas páginas. Sempre ansiosamente antes da hora, como de costume.

Beijamo-nos e abraçamo-nos forte, como deve ser depois de uma primeira separação. Ela coloca sua mão sobre meu rosto, bate de leve na minha face, acaricia minha nuca, enfia o nariz no meu pescoço, como se quisesse sentir que ainda sou seu meninão, esse garoto que ela seria capaz de reconhecer entre mil, só de roçar nele, de aspirá-lo talvez. Ritual materno. Reação vagamente animal. Ela sorri para mim, só um pouco tranqüilizada por esse rapaz que retorna para ela da Alemanha e do qual guardava uma imagem mais antiga e mais terna.

Percebo que eu lhe fiz mais falta do que ela a mim. Saberei um dia que é assim que as coisas são. Estou um pouco incomodado por ter que reocupar esse lugar de filho órfão de pai, numa cidade na qual nos sentimos definitivamente de passagem, pois me tornei outra pessoa, em outro lugar, em outro território que não tem uma localização geográfica precisa.

Falamos como se tivéssemos milhares de coisas para dizer um ao outro. É uma longa temporada que termina.

Batalhas íntimas
(Kehlstein, 1944.../...1957)

"Sabe, Paul, aos doze anos, eu já havia visto nascer e morrer várias vezes!"

Quantas vezes essa pequena frase pronunciada um dia por Clara, em Kehlstein, e repetida algum tempo depois em Paris, se repetiu mais tarde sozinha na minha lembrança? Puxei essas palavras como uma ponta de linha cinza e pouco a pouco todo um relato se desdobrou:

"...Sim, Paul, aos doze anos, eu já havia visto nascer e morrer! Graças a meu pai. E por causa da minha mãe. Ou ao contrário, evidentemente... Quando eu era pequena, meu pai passava o dia inteiro fora e freqüentemente também a noite, pois tinha numerosos pacientes. Então eu ficava sozinha. Minha mãe não saía de casa, mas ela também estava ausente à sua maneira.

Um dia, meu pai declarou decidido que não queria mais que eu ficasse ao deus-dará, principalmente nos dias em que não ia à escola. Minha mãe tinha uma carinha compungida. O sorriso um pouco cansado. 'Paciência — disse meu pai. — Clara me acompanhará nas visitas!' Alguns anos antes, depois que uma doença obrigou minha mãe a ficar em casa, um enorme piano preto havia chegado num caminhão que vinha de Munique. Eu fiquei envergonhada, ou constrangida, não me lembro mais muito bem, ao ver esse caminhão amarelo que atraía a atenção para nós, e principalmente esse piano tão preto, tão brilhante, feito para um grande apartamento ou uma sala de concertos mais do que para um chalé como o nosso. Tudo o que era de madeira na nossa casa parecia rejeitar o intruso com indignação. Madeira clara, madeira branca, madeira bruta, madeira escura e nodosa, cadeiras, mesas, armários, todos injuriados por essa madeira elegante, brilhando como um espelho e rindo de tudo o que refletia. Assim que o afinaram, minha mãe começou a tocar. Não parecia curada, mas estava diferente. Tirara de um baú partituras que eu nunca havia visto, mas que tinham um cheiro de mofo e pó-de-arroz.

Detestei imediatamente as milhões de notas pretas que saíam dessa caixa entreaberta como insetos nocivos, baratas, formigas venenosas. Detestava a sonoridade do piano, a sombra da música que se estendia até o meu quarto. Minha mãe tocava. Eu tampava os ouvidos e olhava as fotos que recortava de revistas para colar nos meus cadernos. Tentava penetrar nas imagens: o mar, o pampa, um circuito automobilístico, a torre Eiffel, Nova York, a China, a banquisa... Depois veio a minha primeira escapada. Tomei gosto em andar sozinha, ir adiante, o mais longe possível. Depois as ruas, as estradas. A chuva no rosto. O barulho dos meus passos num caminho deserto. A violência de uma torrente, os estalidos no mato. Minha mãe tocava sem se preocupar com minhas errâncias. Os vizinhos haviam alertado meu pai, que decidiu me levar com ele... Primeiro fiquei contrariada por ser privada de minha tão nova solidão. As ruas de Kehlstein, as margens do rio, o caminho da floresta. Acocorada sobre uma encosta da montanha, eu via sob mim a fumaça branca das chaminés; pensava nos meus colegas de escola em torno de uma mesa familiar. Ninguém sabia onde eu estava. Eu mordia uma maçã. A noite caía. Eu estava bem. Mas logo entendi que ficando com meu pai, freqüentemente taciturno, eu não perdia nem um pouco dessa solidão. Sentada à sua direita quando ele dirigia, eu me deixava levar pelo devaneio, a têmpora contra o vidro. Acontecia-lhe de dizer palavras enigmáticas. Eu achava que ele estava falando comigo, mas estava falando sozinho.

Acho que seus pacientes me consideravam uma espécie de amuleto. A criança-talismã. No inverno, ofereciam-me chocolate quente. No verão, água fresca, pão e queijo. Nunca ficava muito tempo sentada numa cadeira. Ia dar uma volta pela casa. Cada detalhe ficava gravado na minha memória. Discreta e ágil como um gato, eu deslizava por toda parte. Acabavam esquecendo de mim. Eu ficava fascinada com tudo o que via.

Lembro-me de uma mulher de quarenta anos mais ou menos, muito bonita, que eu havia visto dançar na festa de Kehlstein. Casada, com filhos, cabelo cheio, bem preto, penteados para trás, um sorriso que tinha algo de irônico e sensual e grandes mãos feitas para esfolar os coelhos, acariciar as crianças e atrair os homens. Quando eu a revi, ela estava morrendo. Meu pai pronunciava as palavras negras, palavras maléficas que eu confundia: leucemia, pleurisia, pneumonia, embolia... Pela porta entreaberta, eu via a bela mulher deitada, os braços ao longo do corpo, com um cheiro de éter. Mas principalmente eu ouvia o barulho impressionante da respiração estertorante, ofegante. Seu marido, um homem pequeno, abatido pela tristeza, acariciava a testa de sua mulher. Meu pai ficava sentado na beira da cama. Não havia mais nada a fazer, a espera era interminável, mas eu queria ver, saber. Meu pai não se preocupava comigo. Ele esperava como os outros. Vieram os primeiros fragores, como um tecido muito compacto que se rasga. E de repente, de noite, houve um silêncio, um silêncio obsceno. A mulher havia parado de respirar. Eu via o buraco negro dessa boca aberta, o nariz fino, a pele de cera do rosto. Meu coração pulava dentro do peito, mas havia uma voz esquisita em mim que murmurava: 'A mulher estava viva, está morta agora. Estou vendo uma verdadeira morta. Eu vi alguém morrer!' Eu queria a qualquer preço descobrir o que as outras crianças ignoravam. Mas não havia nada para ver e a decepção se dissolvia num imenso pavor. Recuava. Não podia partir. Meu pai já estava colocando o estetoscópio na garganta branca. Havia ainda um pouco de vida nesse corpo petrificado? O marido beijava os dedos, mas não ousava se aproximar do rosto de cera. E meu pai murmurou: 'Acabou!' Eu me senti mal. A bela mulher parecia olhar ao longe. Meu pai colocou o indicador e o médio sobre suas pálpebras. Desde então, sempre que ouço a expressão 'fechar os olhos', vejo de novo esse gesto preciso e competente. E vejo de novo a pele azul em torno dos olhos da morta e o mostrador absurdo do relógio no seu pulso.

Mas não havia acabado. Um sopro aterrorizante ergueu de repente seu peito, o inchou, o animou, e esse sopro saiu por seus lábios com uma violência inaudita. Ao redor da cama, ouviram-se gritos. Minhas pernas já não me seguravam. Com um gesto, meu pai acalmou todo mundo, dispondo as mãos da mulher horizontalmente sobre seu busto, confirmando assim a realidade da morte.

Mais tarde, no carro correndo na noite preta, enquanto uma febrezinha esquisita me fazia bater os dentes, meu pai me disse depois de um longo silêncio: 'Sabe, Clara, quando uma pessoa acabou de morrer, às vezes acontece de um sopro sair do seu peito. Mesmo depois de um longo intervalo. Não é mais a vida. É um fenômeno mecânico, os últimos gases contidos no corpo que escapam. É o último, o último suspiro mesmo.'

O RISO DO OGRO

A maneira que ele tinha de pronunciar essas palavras contrastava com sua explicação clínica e isso me fez irromper em soluços. Em seguida, acrescentou, fixando a estrada escura: 'Mas não é o suspiro de ninguém.'

E depois vi nascer também. E mais de uma vez. Eu me lembro de minha perplexidade diante da alegria imoderada das avós e das outras mulheres quando pegavam o recém-nascido grudento para enrolá-lo na roupa branca fervida, extasiando-se com esse animal esfolado, escarlate. Os nascimentos me assustavam: o sangue, todo esse sangue espesso, os gritos da mãe banhada em suor, com o rosto violáceo e deformado, a colher de madeira que gritavam para ela morder, enquanto ela empurrava como uma cadela aos berros. Seu corpo estava coberto por um grande lençol, também manchado de sangue, sob o qual meu pai, sempre calmo e firme, fazia o seu trabalho. De longe, eu tinha a impressão que ele enfiava o braço inteiro no corpo da mulher. Mas era meu próprio ventre que doía e queimava, só de ver aquilo, bem pequena no meu canto. Uma vez, jurei a mim mesma: jamais, jamais darei à luz uma criança! Jamais!

Guardo também lembranças muito doces dessas visitas com meu pai, desses lugares de difícil acesso onde se precisava de um médico. A mais doce é uma lembrança de neve. As árvores tombavam sob a camada branca, acumulada em uma só noite. O céu estava baixo, as montanhas brancas, todos os barulhos abafados e o carro avançava silenciosamente sobre uma pequena estrada mal desobstruída e escorregadia. Os pneus deixavam uma marca no feltro branco. Como ele patinava cada vez mais, meu pai decidiu continuar a pé. Eu me lembro do silêncio, dos flocos leves que uma brisa arrancava das árvores. Ele tirou patins de madeira com correias de couro e também bastões muito longos, grandes demais para mim. E partimos. Eu tinha a impressão de que era uma missão, um chamado. Alguém, em algum lugar, precisava de nós. Uma vida talvez dependesse de nosso avanço na neve, ao longo desse caminho sobre o qual os galhos formavam como uma abóbada azulada e transparente.

Só se ouviam o barulho de nossas respirações fazendo vapor diante da boca, os rangidos sobre a neve profunda e os estalidos das placas de gelo sob nossos bastões. Que descobriríamos? Eu tinha calor. Estava orgulhosa. Estava quase agradecida a essas pessoas por nos darem essa bela oportunidade de socorrê-las. A travessia desse túnel de claridades e de renda não foi muito longa, mas essa caminhada deliciosa continua até hoje nos meus sonhos. Uma viagem que nunca terminou. Com o tempo, todas nossas visitas se fundiram numa única e mesma aventura secreta. O pai, a filha, a neve e a morte. Um conto de fadas. Uma antiga gravura desbotada. Um canto noturno.

Quando voltávamos para casa, um pouco cansados, mas cúmplices, encontrávamos minha mãe ainda sentada ao piano, ou, senão exausta, atravessada na cama de barriga para baixo. Aos meus abraços, ao meu calor, ela respondia com leves sorrisos que congelavam meu sangue, fazendo um imperceptível movimento com o braço e o ombro para me repelir, como se minha energia, que ela chamava de turbulência, a deixasse ainda mais cansada. Meu pai, por sua vez, se não tinha visitas ou consultas, retornava às suas rosas.

Preciso, no entanto, evocar uma de nossas últimas visitas. Numa casa bastante distanciada de Kehlstein, uma moça ia morrer. Ela parecia um anjo. O pálido rosto oval, os cabelos loiros de uma finura extrema caindo sobre ombros maravilhosos e uma pele doce. Ao vê-la deitada nesse quarto luminoso, tinha-se a impressão de que a morte a pegava ternamente, sem sofrimento, sem combate. Uma morte que a moça acolhia com um sorriso sereno, uma esperança. Meu pai estava em sintonia com essa doce agonia, que ele acompanhava quase sem se mexer, fazendo de vez em quando um pequeno sinal compreensivo. Mas ele esperava manifestamente alguma coisa.

Era verão. No calor da tarde, as cortinas haviam sido erguidas e eu via a grande cruz de sol se estender pelo assoalho. De repente, sem que nada tivesse anunciado essa crise, a moça começou a vomitar uma substância pavorosa. Sua boca expelia um fluxo enegrecido e espesso. Um mau cheiro que não era nem humano nem animal. Um mau cheiro esguichando de um fundo inominável. E esse suco pastoso escorria sobre sua barriga e suas cochas, sobre os lençóis, sobre a renda da camisola, transbordando da cama e se espalhando sobre o assoalho onde formava uma poça escura que vinha cobrir a cruz brilhante.

A moça morreu logo. No caminho de retorno, meu pai parou o carro no bosque para me dar um calmante. Eu não tinha necessidade de tranqüilizante, mas aceitei para acalmá-lo e principalmente porque eu adorava esse gosto de pétalas, mel e álcool. Abri bem a boca quando ele aproximou a colher. Ouvi-o murmurar alguma coisa sobre as 'torrentes de vômito', pronunciar palavras como 'lívido', 'horror'. Ele falava dessa moça, mas estranhamente ele me pareceu falar também da Alemanha.

Por fim, chegou o dia em que meu pai, sem explicações, não quis mais, em hipótese alguma, que eu o acompanhasse. Eu havia crescido."

Evidentemente, Clara nunca me contou sua infância dessa maneira. Foi bem mais tarde que conheci melhor certos detalhes desses anos. Fragmentos de sua memória alemã? Puro produto de minha imaginação? Efeitos do meu desejo? Não sei mais...

Depois foi em sua mãe, Magda, que comecei a pensar. Eu apenas a entrevira. De costas. Sentada ao piano. Mas as mães são o segredo das filhas. Então, um novo relato se desdobrou na minha cabeça. Uma projeção minha, mais do que uma reconstituição fiel, pois Clara mesma, quando indaguei sobre esse tema, conhecia muito pouco sobre a juventude de sua mãe. Ela também estava condenada a imaginar. Às vezes, era assaltada por visões vacilantes e assustadoras.

Magda, antes de trazer Clara ao mundo? É como se eu a estivesse vendo, pouco antes do verão de 1945.

Ela fugira de Munique e chegara a Kehlstein onde lhe restavam alguns parentes, os Fischer, primos distantes. A pequena cidade havia sido poupada dos bombardeios e ainda era possível encontrar um pouco de alimento. Magda deixara uma grande cidade devastada, um monte de ruínas, buracos. Na estrada, não prestara nenhuma atenção nos campos devastados pelas tropas ou pelos refugiados, nem nas usinas carbonizadas. Aos vinte e três anos, Magda saía de um pesadelo. Ela tinha um belo rosto claro, as maçãs do rosto salientes, cabelos dourados cacheados com chapinha sob um chapeuzinho original de veludo preto. As pessoas de Kehlstein imediatamente a acharam esquisita e, sobretudo, excessivamente maquiada, com os lábios vermelhos demais e as faces com pó-de-arroz. Já magra, as privações a haviam emagrecido ainda mais, e seu peito parecia mais redondo sob seu vestido, elegante demais também, mas gasto e brilhante nos quadris.

Conhecidos de Munique, que fugiam também da vida nos porões, aceitaram levá-la até Kehlstein, em troca de um pouco de dinheiro. Eles haviam cruzado com legiões de outros refugiados que eram repelidos porque não tinham para onde ir e erravam através da Baviera.

O RISO DO OGRO

Antes de se apresentar na casa dos Fischer, Magda fizera questão de passar a primeira noite no melhor quarto do Hotel do Cervo, fazendo o papel de viajante misteriosa, ou melhor, de cantora numa turnê. Dando-se ares de grande importância, ela se indignara por não encontrar um buquê de flores em seu quarto e saíra para colher margaridas num talude perto do hotel. Ao atravessar o hall bem modesto do estabelecimento, com seus grandes olhos azuis perdidos no devaneio, ela cantarolava, trazendo contra o próprio peito um buquê de flores brancas enquanto a dona do hotel balançava a cabeça com um ar consternado.

Magda cantava assim desde Munique, ou melhor, havia uma melodia que solfejava em sua garganta, com os lábios fechados, tímida vibração lírica, velhas cantigas enclausuradas em seu coração, lembranças bolorentas de sonatas que ela tocava no piano antes do desastre. Pobre Magda, elegante, solitária e rígida como essas estátuas de Virgens ou de rainhas que permanecem intactas sobre ruínas ou esses anjos de pedra poupados pelas bombas, muito mais inquietantes que as banheiras de esmalte branco suspensas no vazio no topo de prédios esburacados.

Pois essa jovem Magda, futura mãe admirada de uma Clara morena e turbulenta, se tornara, ela também, ruína numa noite. Uma tarde, em Munique, quando voltava para seu bairro que ainda não fora bombardeado, com sua pasta de couro cheia de partituras debaixo do braço, depois de uma aula de piano que dera na outra ponta da cidade, Magda, arrastada por uma multidão em pânico, se abrigara num porão qualquer. Longas horas passadas no meio do mau cheiro. Um amontoado sob a luz fraca das lâmpadas. E a agitação dos cidadãos como gado, com seus sobretudos exalando um cheiro horrível de guerra. Gritos, estrondos bem próximos, ribombos de trovão e rostos espectrais na penumbra, olhando o teto como se pudessem ver cair a morte pela espessura das pedras. Num canto desse porão, Magda se dizia que devia ser de noite. Mas o que é a noite quando o céu está em chamas? Ela adormecera, com a boca aberta. Ao acordar, as últimas explosões, depois um pesado silêncio. Abraçando a pasta como um escudo, ela subira de volta para a claridade esfumaçada desse falso dia seguinte, para tentar voltar para o seu bairro onde sua família devia estar esperando-a. Novamente gritos, sirenes tiritantes e o pisoteio dos que, como Magda, retornavam para suas casas, cruzando com os que fugiam, cobertos de gesso e de sangue.

Uma parte inteira da cidade parecia afundada na terra, um deserto de dunas fumegantes havia substituído os belos prédios que ela conhecia tão bem, e as casas de sua infância haviam se dissolvido num tom cinza impreciso, num vazio absurdo. Não havia nem um prédio só de pé, apenas colinas cinza onde se agitavam sombras minúsculas. Magda avançava ainda nessa multidão de pessoas estupefatas que erguiam tijolos, placas, fragmentos, objetos quebrados, não ousando sequer gritar o nome dos que eles sabiam enterrados sob blocos gigantescos.

Magda estava certa de se encontrar na localização exata do prédio onde morava sua família, o grande apartamento onde ela deveria encontrar seu pai, sua mãe, sua irmã querida e seus avós... Como tudo isso era estranho... Então, ela caiu de joelho e começou a berrar: "Meu piano! Meu piano!"

Ela estava pensando em seu magnífico Bechstein, com as quatro pernas enfiadas no espesso tapete da sala, em seu volume, sua sensibilidade extrema, sua potência sonora, a fidelidade com a qual respondia à carícia ou ao golpe de seus dedos, suas vibrações, suas notas claras de manhã, sob um raio de sol, com a tampa aberta, o coração entregue, as cordas cintilantes... Magda imaginava seu Bechstein moído e enterrado sob toneladas de pedras. Era a música inteira que acabara de ser destruída e aniquilada em sua caixa de laca preta. "Meu piano!" — gemia ela. — "Meu piano!" A idéia de que os seus pudessem ter sido soterrados ainda não atingira sua consciência.

Foi somente mais tarde, exausta, errante, vendo como levavam corpos que talvez tivessem sido extraídos dos escombros, que ela começou a murmurar: "Mamãe... Papai... Anna... Oma..."

No meio daquele caos, ela sequer tentava erguer alguns blocos de cimento, com medo de esfolar o joelho ou quebrar suas unhas vermelhas. Ela avançava lentamente, no meio das ruínas...

Ela não resistiu quando enfermeiros ou policiais a levaram com outras mulheres para um grande convento barroco, a oeste da cidade. Na capela, no claustro ou no refeitório, as pessoas andavam em círculos. Ninguém escutava ninguém. As religiosas estavam sobrecarregadas. Sob o ouro, os estuques e os afrescos rosa-bebê e verde-pistache, erravam aqueles que as bombas haviam enlouquecido. Magda apoiou a mão sobre o braço de um desconhecido: "Sabe, todos os meus familiares estão mortos, todos mortos, e meu piano, ali, esmagado, soterrado, meu piano..."

Ela logo começou a cantarolar. Uma cantoria muito enfastiada, uma melodia que ela ensinava a seus alunos. De tempos em tempos, com um movimento brusco do queixo, marcava sonhadoramente uma mudança de cadência.

Um amigo da família acabou encontrando-a, um antigo oficial superior da Wehrmacht com um bigode branco, que parecia feito à medida para superar catástrofes. Foi ele quem a convenceu a ir para Kehlstein. Foi ele quem a confiou às pessoas que estavam justamente indo para lá. Foi ele quem lhe deu o dinheiro. Eis como Magda chegou ao Hotel do Cervo, com os olhos azuis e vazios, sempre cantarolando e exigindo flores.

No dia seguinte, todos a haviam acolhido no chalé dos Fischer. O tio Oskar, a tia Margarete, as crianças, os vizinhos... Às condolências e fórmulas de compaixão, sucedera-se um imenso mal-estar, uma perplexidade vagamente agressiva. O que iam fazer com essa sobrinha e prima perdida de vista há tanto tempo? A tia Margarete não parava de esfregar as mãos avermelhadas no avental. Sentado perto do fogão, o tio Oskar fumava seu longo cachimbo de porcelana.

Evidentemente, não gostavam da elegância citadina de Magda, seus ares de artista, mas viam sobretudo os sinais da derrota colados no seu corpo, sinais de uma doença alemã que ganhava sua pequena cidade, até então poupada pela guerra. Aceitaram hospedá-la pois era da família. Mas em seguida... Era preciso que tudo voltasse a ser "como antes". Por alguns dias, dissera o tio Oskar, somente alguns dias.

Magda percebia todos esses olhares apontados para ela. Tudo girava em torno dela. Sentia-se mal. Fizeram-na subir até o alto, sob o sótão, num quartinho com telhado em mansarda. Na parede da escada, haviam pendurado troféus medíocres de caça, diplomas esportivos das Juventudes hitlerianas, bordados ornamentados de cruzes gamadas, um velho acordeão. Magda começou a tremer como uma folha, a tiritar cada vez mais forte e a bater os dentes.

"Não é que esta menina está doente!" — gritou Margarete. — "Só faltava ela nos trazer uma doença..."

Com a cabeça erguida, o cachimbo na boca, tio Oskar estava ao pé da escada.

"Vamos ter que lhe pagar um médico, ainda por cima", resmungou.

Mas Magda estava cada vez mais fraca e abatida. Os olhos fundos. Ardendo em febre.

O RISO DO OGRO {33}

Foi então que tiveram a idéia de chamar o filho do velho Lafontaine. Um rapaz esquisito, que todos os dias viam perambular solitário e pensativo, fumando cachimbo. Mas sabiam que ele era médico militar... E o único médico de Kehlstein que ficara na cidade durante a guerra era velho demais para se deslocar e cobrava muito caro. "Só resta pedir a ele que venha! Que seja útil, em vez de ficar dando voltas por Kehlstein como ele faz!"

Alguns meses antes, havia sido visto chegando junto com o filho de Moritz, num estado lamentável. Achavam que eles haviam morrido na Rússia, mesmo sabendo que não estavam em Stalingrado. Ou sido presos. Ou desaparecido. Absorvidos pela neve e pelo sangue. E eis que reapareciam. Sobreviventes, refazendo-se de graves ferimentos, mas com vida. Milagrosamente vivos, mas exaustos, envelhecidos. Eles não falavam do que ocorrera no front do Leste e ninguém lhes perguntava.

Lafontaine soubera da morte do pai, mas as exéquias já haviam acontecido quando a notícia chegara até ele.

Walter Moritz parecia em estado de hipnose quando ressurgiu na serraria paterna. Dormia ou ficava calado. Atribuía-se isso às drogas administradas no hospital militar de Berlim. Depois se jogou no trabalho com uma brutalidade surpreendente, submetendo-se de novo à autoridade do velho Moritz, que não queria ouvir falar nem de doença, nem de guerra, nem de ferimento, nem de derrota. O velho só pensava em corte de madeira, secagem e venda, enquanto na cabeça de seu filho Walter havia um estrondo de metralha, rangidos de lagartas de tanques, gritos e tantas visões obsedantes. Felizmente, as serras mecânicas também berravam: isso impedia todo mundo de pensar.

Lafontaine, por sua vez, não retomara nenhuma atividade. Passava seus dias andando sozinho, os olhos no vazio. Quando cruzavam com ele, as pessoas de Kehlstein o cumprimentavam.

Alguns o chamavam Arthur, porque o conheciam de criança. Outros diziam respeitosamente "bom-dia, doutor". Mas deixavam-no com sua solidão. Ele próprio era cordial com todo mundo, mas taciturno, inacessível.

E, nesse dia, encontraram-no à beira do rio. Estava anoitecendo quando Lafontaine apareceu na casa dos Fischer. Subiu os degraus entre as cabeças de veados e os bordados e chegou até o quarto onde as mulheres haviam feito Magda tirar seu vestido elegante e seus sapatos de salto alto. Seu chapéu estava perto da jarra e da tigela esmaltada. Seu pescoço e sua nuca emergiam do horrível robe emprestado por sua tia. Receosa, Magda se recusara a deitar na cama. De pé diante da janela estreita, ela dava as costas ao recém-chegado. Miúda, gelada, ardendo em febre, ela cruzava seus braços no peito.

No vão da porta, Lafontaine também permaneceu imóvel. Como a jovem se virava lentamente e um brilho rosa passava por sua face, brincando alguns segundos com seus cabelos desarrumados, ele ficou desconcertado com seus lábios pálidos e suas olheiras azuis, pela beleza desse rosto ao mesmo tempo atormentado e resignado.

Haviam acabado de lhe dizer que ela se chamava Magda. Ele a olhava compreendendo de repente que todas suas errâncias em torno de Kehlstein haviam sido apenas a espera desse exato momento. Magda! Antes mesmo de se aproximar dela, de tocá-la, sabia que seria sua mulher.

Nesse quarto estreito, a luz declinando, o silêncio, tudo se tornou extraordinariamente simples. Ele lhe pediu que tirasse o robe e pegou seu punho, com as sobrancelhas franzidas, para tomar seu pulso. Ele dizia: "Inspire... Expire...". E o belo peito subia, descia, subia. Ele passeou delicadamente seus dedos sobre o pescoço de Magda, ergueu suas pálpebras, pousou longamente a orelha sobre suas costas, percutindo com firmeza, pediu-lhe que abrisse bem a boca e tossisse, e, enquanto ela colocava timidamente a língua para fora, ele sentia sua respiração, o tremor e a fraqueza de seu corpo.

Do fundo de si mesmo, uma voz vinda do outro lado das ruínas gritava: "Sim, é ela, agora, é ela para sempre!..."

Sacudida por longos estremecimentos, Magda também se ouvia gritar em silêncio: "Sim, leve-me, sim, para longe daqui, para sempre..."

Enquanto os Fischer esperavam embaixo, sob o teto, diante do retângulo cinza da janela em mansarda, Magda e Lafontaine se casavam. Respiração contra respiração, pele contra pele, sem trocar uma só palavra, no pudor mais extremo.

"Nada grave! Não é uma doença pulmonar!" — disse ele ao descer. — "Apenas um cansaço imenso. É preciso que ela beba e coma. Sopa, pão, o que encontrarem. E que descanse, descanse muito. Passarei de novo amanhã."

O tio Oskar sacudiu a cabeça.

"Ainda bem que não é uma doença, mas de qualquer maneira é uma boca a mais para alimentar!"

Lafontaine impressionava a todos por sua gravidade. Ele cravou seus olhos redivivos nos corpos de cada um, como se se preparasse para revelar um mal insuspeito. Sentia confusamente esse temor, mas só pensava em Magda. Muito mais do que cansaço, ele havia diagnosticado um desespero exaustivo, um desespero sem borda nem centro, uma planície gelada, um deserto de ruínas, um luto desmesurado.

A Magda também ele dissera: "Voltarei amanhã."

Algumas semanas depois, enquanto só se falava da derrota, dos desabrigados, das cidades arrasadas pelas bombas, da penúria, da fome, dos soldados franceses que chegavam, dos soldados americanos que se instalavam, ocupavam e impunham sua ordem, o doutor Lafontaine se casava discretamente com Magda. Um ano mais tarde, uma menininha nascia, Clara. Seu pai, que se instalara como médico em Kehlstein, parecia radiante, transfigurado, mas ele consagrava seus dias e suas noites aos doentes, às crianças enfraquecidas pelas epidemias, aos feridos de guerra que retornavam ao país. As pessoas não conheciam nada do passado recente de Lafontaine, mas tinham uma confiança supersticiosa nele. Em outros tempos, teria sido considerado um santo. Mas ninguém conseguia mais acreditar na santidade. Sobrecarregada por essa criança cheia de energia, que tinha os olhos azul-claros de sua mãe e os cabelos pretos de seu pai, Magda permanecia numa espécie de nevoeiro, uma espuma de tristeza recobrindo um desespero sem remédio.

A vida fingia continuar, corrente, cotidiana, "como antes".

Do bloco enorme do possível, do caos de um passado estranho, em grande medida desaparecido, faço surgir essas formas frágeis, Magda, Clara, essa linhas de vida traçadas com uma perturbadora segurança. É assim.

SEGUNDA PARTE

A rainha Bathilde
(Paris, primavera de 1964)

*D*epois de uma caminhada ao léu pelas ruas de Paris, atravesso as grades do Luxemburgo, passo sob a abóbada dos velhos castanheiros, até chegar à aléia das Rainhas que vai dar no lago. À beira dele, crianças se agitam para empurrar velas brancas, que as ondas concêntricas formadas pela queda do jato d'água trazem de volta incansavelmente. Lembranças de livros de fotos. Tempo suspenso. Gritos de alegria na luz. A infância dispõe de belos carrosséis ensolarados. A juventude urde para si uns mais obscuros.

Por mais longe que meus passos perdidos tenham me conduzido, sempre retorno para apoiar meus cotovelos na balaustrada de pedra. Braços cruzados sob o busto inclinado para frente, queixo no peito. Fico assim, sem me mexer. É nesse lugar e nessa posição que encontraram meu pai, exangue, pálido, como se petrificado.

Ergo a cabeça: em torno de mim, a multidão inocente de *flâneurs*, sonhadores, apaixonados e solitários. Em plena Paris, o Luxemburgo é uma vasta clareira. Todos os corpos que escaparam à barulheira desaceleram à medida que se afastam das grades, abandonando-se um momento a essa lentidão propícia ao retorno de uma tristeza antiga ou à manifestação de uma felicidade nova.

Fico apoiado na balaustrada. Varanda de um enigma secreto. Perto do lago, a paciência das mães. Mais longe, senhores elegantes, com pastas de couro a seus pés, fecham os olhos contra o sol e sua gravidade lentamente se evapora.

Foi numa manhãzinha de outono que um jardineiro, ao varrer as folhas mortas, descobriu o corpo do meu pai. Familiarizado com as tristezas urbanas e exaustões de fim de noite, mas intrigado com uma imobilidade tão longa num frio já intenso, primeiro dirigiu sua vassoura o mais próximo possível das pernas desse indivíduo prostrado.
— Senhor? Senhor, tudo bem?
Uma mão sobre o ombro é suficiente para sacudir um cadáver. A tez pálida, os olhos vazios, pouco sangue, mas uma hemorragia interna fatal. A lâmina do assassino devia ser particularmente afiada. Atingido mortalmente, meu pai deve ter dado alguns passos, talvez tenha tentado se segurar nesse último parapeito antes de morrer ali, sozinho, na penumbra que precede o fechamento dos jardins, e depois permanecer a noite toda nessa postura ambígua.
Com os cotovelos ainda apoiados sobre a pedra de minha varanda do Luxemburgo, penso numa adaga que fura um ventre. Vejo o que os olhos do meu pai viram no último segundo: o cinza dos canteiros, as manchas claras sobre as balaustradas, o brilho sinistro do cascalho, os últimos sobretudos se diluindo no crepúsculo.
Eu tinha doze anos e brincava ou sonhava acordado em nosso apartamento de Lyon, quando um telefonema de Paris nos informou do assassinato absurdo do meu pai. Com o rosto desfigurado, minha mãe me olhava. Eu a olhava. Nesse silêncio terrível, ouviam-se os pequenos sinais agudos do telefone fora do gancho.

Hoje, continuo triste, mas, curiosamente, sobretudo depois de minha estada na Alemanha, uma nova energia me leva adiante e me acomoda na espera imprecisa de uma revelação. É também essa energia que passa por minhas mãos quando risco e raspo minhas páginas de desenhos. É também ela que preciso queimar andando sem parar por Paris assim que saio do liceu e às vezes em vez de ir às aulas.

Com os cotovelos sobre o parapeito, não premedito uma vingança. Vingar-me de quem? Mas penso que um dia resolverei o enigma! Um dia compreenderei! A morte do meu pai não será mais essa enorme pedra pendurada na minha nuca. Saberei.

Da primeira vez que estive no ângulo trágico formado pela balaustrada da alameda das Rainhas, no que os policiais chamavam "local do crime", eu apertava fortemente a mão gelada da minha mãe sob a fina luva preta. Viéramos precipitadamente de Lyon (dizia-se então "subir a Paris") e me lembro da viagem interminável, de nosso mutismo total, do gosto dos sanduíches de salsichão embrulhados em papel pardo, do rostinho grave de minha mãe, como voltado para o interior de si mesmo, sem manifestar ainda nem desespero nem terror. Nenhuma lágrima. Um único gesto de ternura para comigo e os restos patéticos de sua incredulidade seriam aniquilados. Ela permanecia rígida, diante de mim, os olhos no vazio. Nesse trem superaquecido, revejo minha mãe como uma atleta da dor que se concentra antes de uma prova decisiva.

Na Gare de Lyon, o inspetor que nos esperava disse com um ar esquisito:

— Senhora Marleau, seu marido foi sem dúvida vítima de um vadio. Um crime por dinheiro. Não sobrou nada: sua carteira e até seu relógio desapareceram. Felizmente ele tinha no bolso do casaco um envelope com seu endereço. Pudemos identificá-lo. Dono de uma gráfica em Lyon... é isso, não é? Mas o que ele vinha fazer em Paris? E por que ele se encontrava no Luxemburgo nessa noite? É o que a senhora pode nos ajudar a esclarecer. Trata-se então de uma agressão! Há ladrões capazes de tudo, a senhora sabe. Ele deve ter tentando se defender.

No curto trajeto até o Instituto Médico-Legal, o inspetor acabou se calando diante do silêncio obstinado de minha mãe. Depois acrescentou:

— A menos que a senhora soubesse de algum inimigo seu, evidentemente. Ou de companhias duvidosas. Disseram-me — sim, sabemos de muitas coisas na polícia — que ele era muito comprometido politicamente. Sim, uma conduta heróica durante a guerra, eu sei, a Resistência, a clandestinidade, mas depois, ele teria continuado muito ativo, digamos, muito próximo de... certos meios. Então...

Meu tio Édouard estava nos esperando diante do necrotério onde minha mãe e ele deviam identificar o corpo. Confiaram-me de repente aos cuidados de um policial uniformizado, um jovem bem entediado que pigarreava sem parar e não conseguiu trocar três palavras comigo.

Mais tarde, meu tio abraçou teatralmente sua irmã e depois passou a mão pelos meus cabelos, repetindo sem parar:

— Coitadinhos! Coitadinhos!

Sabia que meu pai não gostava desse cunhado com o rosto vermelho e o maxilar potente, com seus ternos de abotoamento cruzado impecáveis, seus alfinetes de gravata, seus anéis, seu anel de brasão ostensivo e as notas de dinheiro sempre na ponta dos dedos.

Uma vez feitos os procedimentos necessários para a cremação e preenchidas as formalidades, meu tio nos levou ao Trois-Lions, do qual era proprietário há muito tempo. Um belo hotel que ocupava um prédio inteiro, atrás do Jardin des Plantes, e que ele mesmo chamava de sua base operacional, sua guarida, seu castelo, pois tinha numerosas atividades mais ou menos misteriosas.

— Sou antes de mais nada um homem de negócios — ele dizia. — E para os negócios é preciso ter talento!

E, dando tapinhas no bolso inchado pela carteira:

— O meu talento está aqui!

E soltava essa gargalhada que me deixava desconfortável e que meu pai detestava.

Nessa jornada trágica que parecia um dia de férias, segui minha mãe com uma cara séria, sem me dar conta ainda de que nunca mais reveria meu pai. Cansado pela viagem e pelo esforço que fazia para que a tristeza finalmente não me atingisse, eu não via a hora de voltar a Lyon para contar tudo a ele. Penetrando na oficina da gráfica, eu o veria de pé, no meio do barulho das máquinas e desse cheiro tão familiar de tinta, de graxa, de chumbo e de cola. Assim que me visse entre os rolos de papel, interromperia o que estava fazendo, se tomaria o tempo de me escutar e, erguendo sobre a testa seus óculos de grossas lentes, riria um bocado, tendo como testemunha o senhor Louis, seu velho associado e cúmplice.

Eu estava cansado desse teatro, de ficar sozinho com minha mãe, no meio do tio Édouard, dos empregados do funeral ou dos policiais, cansado de me estremecer sem razão. Vamos tomar o trem de volta! Vamos descer na estação de Perrache e voltar para casa a pé. Em pleno luto, em pleno drama, eu tinha como todas as crianças o sentimento de estar mergulhado, por causa dos adultos, num ambiente catastrófico, mas passageiro. Sim, depois da tempestade, tudo voltaria a ser "como antes"!

É por isso que os "coitadinhos!" do meu tio não se relacionavam para mim com um tal "nunca mais". Por mais que ele repetisse:

"Meu pequeno Paul, eu sei muito bem que um tio não pode substituir um pai, mas para mim, a partir de agora, você será como um filho!", eu não entendia nada.

— Mathilde, é preciso ser forte, e realista — ele murmurava para sua irmã. — Você precisa de um homem, alguém para se encarregar de vocês. Se você aceitar vir morar em Paris, eu estarei aqui, para você, para o garoto. Reflita...

Mas minha mãe ficava calada.

Giram, giram os passeantes do Luxemburgo; não consigo me arrancar de meu torpor inquieto e familiar. No centro da clareira, a água jorra, branca, sobe bem alto na claridade dourada do dia e cai de novo num movimento amplo, no lago coberto de velas brancas e cercado de crianças.

E Paris gira também, gira muito lentamente em volta do local do crime, esse canto perdido do Luxemburgo para onde volto incessantemente, às vezes para ficar debruçado longos minutos, às vezes para desenhar, sentado numa cadeira de ferro, aos pés da rainha Bathilde. Paris, lenta plataforma giratória. Paris onde moro agora, mas onde nada me segura, nada me retém verdadeiramente.

Acho que foi com a intenção secreta de se aproximar desse ponto que minha mãe acabou cedendo a seu irmão e viemos nos estabelecer em Paris. Ela vendeu o apartamento e depois cedeu a *Gráfica moderna* ao senhor Louis. Inscreveu-me num liceu prestigioso do qual não era digno. Encontrou um emprego numa livraria, perto do Odéon. E seu irmão nos hospedou de graça, num pequeno apartamento vazio, sob o sótão, no topo do Trois-Lions.

Meu pai reduzido a cinzas, sem cemitério! E para a lembrança, para o recolhimento, disponho apenas desse canto de jardim onde vagueiam as almas cinza. Eu me contento com esse ângulo morto, em plena Paris. Várias vezes, ao me aproximar pelo bulevar, acreditei distinguir a silhueta furtiva de minha mãe que se afastava. Sem dúvida, ela me surpreendeu algumas vezes na minha posição de vigilante do vazio.

Quando chego, sempre tem um efeito esquisito sobre mim descobrir uma moça desconhecida, sentada, com as pernas penduradas, sobre a balaustrada do crime. Ou então uma senhora, aspergindo o chão com migalhas de pão para os pombos que se balançam e cabeceiam, agitando-se para bicar. Às vezes, um pintor amador instalou seu cavalete no lugar exato em que meu pai morreu como um cão. Ele dispõe pequenas pinceladas de tinta, com a língua para fora, para dar conta das nuanças do céu e dos reflexos do lago, mas vejo bem que seu pincel evita cuidadosamente a silhueta do fantasma que ronda sua tela e acaba aparecendo indiretamente, como ausência.

A solicitude do meu tio me deixa pouco à vontade. A maneira autoritariamente protetora como ele se comporta com minha mãe me indigna, mas gosto muito de nosso pequeno apartamento sobre o hotel, mesmo sendo necessário cumprimentar sempre Léon, o recepcionista, ao atravessar o hall para subir até nossa casa. Sobre o mar de chumbo dos telhados, flutuam silenciosamente nossos três cômodos. Não incomodamos um ao outro. Minha mãe me deixa muito livre, embora deplore minhas fraquezas escolares e minha falta de assiduidade. De manhã, ela me acompanha um pouco no caminho do liceu e depois vai tomar um café, antes de abrir as portas da livraria. Os dias passam. O Hotel Trois-Lions nunca fica vazio. Passam viajantes, estrangeiros, casais ilegítimos. No contato com eles, ficamos vagamente de passagem em Paris.

O hotel deve seu nome às três cabeças de leões de bronze de um velho chafariz parisiense, à direita da entrada. Esses três leões cospem dia e noite uma água abundante sobre uma grade de ferro fundido, colada diretamente sobre a calçada. Com seu pequeno tubo de cobre na goela, esses bichos com a juba preta parecem condenados a um tédio infinito na golilha da parede. Sempre gostei desses leões, privados de seu próprio furor, de sua própria potência. Nunca vou para o liceu sem dar um tapa amigável no seu focinho, uma carícia cúmplice em sua cabeleira de metal. Bravos leões! Tristes esculturas de bronze!

No fundo, sempre gostei das estátuas. Nesses jardins, são as monumentais rainhas da França, de pé, imóveis sobre seu pedestal, que me emocionam e me atraem. Penso que essas mulheres de pedra estavam ali quando meu pai morreu. Elas viram tudo! Impassíveis, é verdade, mas sabem quem é seu assassino. E minha preferida é Bathilde, a mais próxima do ângulo da balaustrada onde meu pai agonizou.

Cara Bathilde, gosto de seu rosto impenetrável sob a coroa cinzelada. Da opacidade de seu olhar. Do seu pescoço bem descoberto, com esse pingente de cruz. Gosto de sua brancura, de sua magreza. Sua mão direita que segura e ergue um pedaço de seu manto. Suas tranças presas atrás da nuca. Seu silêncio me estremece, cara Bathilde. Conhecerei um dia o conteúdo do manuscrito que você segura, apertado contra o seio esquerdo?

Sei muito pouco sobre minha companheira de pedra. A jovem escrava que se tornou esposa de um tal Clóvis II, depois sua viúva, que se retira um dia para uma das abadias que fundou. Silenciosa desde então, mas pensativa. Vítima da sorte e senhora dos sortilégios. Para mim, ela mora na clareira. Um dia, ela me dirá tudo. Um dia, saberei. A pedra falará. Mas, por enquanto, se estou aos pés de Bathilde, é porque preciso de um lugar tranqüilo para reler o cartão-postal que Clara acabou de me enviar, após meses de silêncio.

Esta manhã ainda, quando Léon, o recepcionista, me entregou o envelope, como a Alemanha estava longe! E Kehlstein, e o lago Negro, e a própria Clara. E eis que ela me escreveu!

Paul Marleau
Hôtel des Trois-Lions
rue... Paris, France

Reconheço a letra minúscula, com garras, mas esses golpes de garras intempestivas reavivam imediatamente as sensações violentas do verão passado. Eu achava que essas emoções longínquas eram velhas peles abandonadas depois de uma muda, mas elas continuam vivas, mesmo que Clara tenha respondido tão mal às minhas cartas, elas próprias cada vez mais breves e distantes.

Para mim, essa manhã ainda, as aventuras de Kehlstein eram apenas uma história, bem longe de minha existência atual. Páginas viradas, o livro fechado e guardado na estante do corredor sombrio que liga a infância à juventude. E eis que Clara me avisa que chegará a Paris daqui a alguns dias e ficará na casa de uma correspondente. Nenhum endereço. Mas um nome. Jeanne? Ela está feliz com a viagem, escreve que vai me contatar assim que chegar e que finalmente iremos nos rever. Só isso.

Levanto os olhos em direção a Bathilde, que leu sobre meus ombros. Espreito um estremecimento malicioso em seus lábios de mármore. Mas, nada.

Esperando a vinda de Clara, continuo um aluno medíocre do último ano. Tenho uma dificuldade física de ficar trancado nas salas superaquecidas cheirando a suor e a giz, e mais dificuldade ainda de compartilhar o entusiasmo de meus colegas, a quem o futuro parece pertencer. Seus pais e avôs freqüentaram esse mesmo liceu e tudo destina a se juntarem às fileiras de uma burguesia letrada.

Meu único prazer: assistir ao curso de Max Kunz, um jovem professor de filosofia de pouco mais de trinta anos, que se distingue por insuflar nesse ambiente moroso um ar fresco e estimulante, principalmente quando trata das coisas mais banais, com esse sei lá o que provocador e despojado que convida à liberdade. Mesmo mantendo distância dos alunos que lhe dedicam uma admiração sem limites, a ponto de irem à sua casa no sábado de tarde, escuto suas aulas com atenção, sem compreender tudo, mas sensível a uma música do sentido, uma música paradoxalmente profunda e familiar, estranhamente em sintonia com minhas errâncias de camponês em Paris, ou com esses desenhos que escurecem meus cadernos, as margens dos meus livros, incapaz de filosofar seriamente, mas me entregando a uma observação interminável das dobras e das falhas.

O que gostei de saída em Kunz foi sua maneira de nos apresentar os grandes filósofos como homens que talhavam uma massa invisível e caótica para extrair dela blocos sutis, blocos que de repente esclareciam o real: blocos de idéias, fórmulas cortantes, conceitos novos. Heráclito, Empédocles, Protágoras, Espinosa, Kant, Nietzsche... Kunz pronunciava esses nomes com uma mistura de ironia e respeito, e nos retratos que nos oferecia, substituía seus rostos por uma questão singular. Beleza das questões! Colocar no mundo uma questão e tornar-se essa questão: a única tarefa que vale para um filósofo, mas também para um artista, é claro, e todos aqueles que procuram. Depois polir essa questão, como se pulem as lentes.

— Mas atenção! — precisa Kunz. — Nada a ver com a estagnação da dúvida! Pois uma grande questão tem sempre algo de afirmativo. E vocês sabem a que ponto a velhice dos jovens Édipos me chateia! Prefiramos as esfinges! Pois elas não têm idade e, principalmente, que sorte!... não têm complexo!

Toda a turma se sente obrigada a rir, mas pelo menos é um vento paradoxal que Kunz faz soprar pelos corredores obscuros desse respeitável liceu, a alguns minutos do Luxemburgo. Com as costas largas, não muito alto, Kunz usa sempre gola rulê preta, enquanto seus colegas e quase todos os alunos usam gravata. Ele fuma em sala gordos Boyards de palha de milho e às vezes é como se, pelo frágil cilindro amarelado, aspirasse uma impalpável matéria de pensamento, que engole lentamente, mas que pode também soprar bruscamente, bem longe à sua frente, para nosso uso, indiferente às interpretações que daremos às formas fugazes dessa nuvem cinza azulada.

Sentado no fundo da sala, na bruma de uma escuta flutuante, observo a cabeça raspada, abaulada, reluzente, os olhos pretos e ardentes, os lábios finos que articulam coisas cujo sentido me escapa e as mãos grossas que se agitam no vazio como se esculpissem o pensamento. Há muito pouco tempo que Kunz ensina filosofia no liceu, mas já se tornou um personagem. Embora pareça mais próximo dos alunos que de seus colegas, todo tipo de lenda corre a seu respeito.

Os dias passam. Nenhuma novidade de Clara. Será que ela vai me avisar de sua chegada? Será que não dará sequer sinal durante sua estada em Paris?

Para passar o tempo, aceito ir um sábado à tarde à casa de Max Kunz. Os outros me disseram que ele me chama "o desenhista" e que me aprecia. Duvido. Maxime, que tem uma erudição e uma ironia mordaz de que gosto, me propõe de acompanhá-lo até essa casa no subúrbio sul, onde se encontram os intoxicados da dialética, ávidos de subversão verbal e persuadidos de que é fora do ambiente escolar que Kunz, que se recusa, no entanto, a fazer papel de sábio ou de guru, vai revelá-los a eles mesmos. Ilusão última da adolescência. Derradeiro fogo de um desejo de mestre. Mas Kunz ensina também a desconfiar de todos os mestres. A bom entendedor!

— Vamos, venha com a gente! Você não vai se decepcionar, meu caro Philip!

Pois Maxime, um menino alto, doentiamente magro, aplicado em ocupar um lugar marginal na nossa turma, se obstina em me chamar de Philip por causa do meu patronímico. É a ele com certeza que devo a descoberta de todos esses romances policiais cujo herói é "homônimo" meu, e dos dramas elisabetanos, cujo autor é um outro homônimo. E é graças a Maxime que mergulhei nesses textos com a impressão de aceder a uma dimensão secreta de mim mesmo. *Juventude, No coração das trevas, Adeus, minha adorada, À beira do abismo...* Então, quando gritam de longe: "Ei! Marleau!", é como se sentisse em mim um pouco do investigador viril, do aventureiro, do marinheiro ou do durão que merece respeito. Gosto desse fluxo de imagens saídas dos livros sobre meu rosto e sobre meus gestos.

A casa de Max Kunz é uma construção modesta, escondida atrás de uma massa de hera, lilás e madressilva, no meio de um jardim abandonado, numa rua tranqüila à beira da linha de Sceaux. Agita-se a correntinha de um sino ligeiramente estridente, empurra-se uma porta de ferro, sobe-se a escadaria e penetra-se num universo invadido pelos livros. Sobre estantes improvisadas, tábuas mal esquadradas ou tijolos oscilantes, sobre os aparadores, as cadeiras, os lavabos e em caixas, caixotes, armários, estende-se a biblioteca de Kunz. Livros por toda parte ao longo do corredor escuro, dos pequenos cômodos de baixo até a cozinha, sobre os degraus da escada estreita que conduz aos andares superiores. Eles cobrem a mobília heteróclita. Engolem os objetos.

Meus colegas, que durante todo o trajeto de metrô debateram gravemente uns com os outros problemas essenciais do momento, se calaram ao penetrar na casa, onde somos acolhidos por uma mulher de idade indefinida, com os cabelos pretos pincelados de fios prateados, muito jovem para ser a mãe de Kunz, muito velha a nossos olhos para ser sua amante ou sua mulher. Seguimos essa governanta misteriosa, com acento grego, que Maxime, com sua mania de apelidos, chama "Diotima", assim como chama Kunz de "Senhor K.".

Kunz ainda não apareceu. Cada cômodo parece um ateliê, um quarto de despejo, uma cabine de barco. Sacudidos pela pilhagem e pela ressaca desse mar de livros, um crânio humano, um espelho, uma pistola, um punhal, uma gravura erótica, uma estatueta negra sobre a qual há plumas coladas, uma cartucheira, um jogo de tarô, uma garrafa de uísque, traços de sabe-se lá qual outra vida de Kunz, homem ainda jovem, mas que diante de nossos dezessete anos aparece rico de uma experiência secreta.

E eis os filósofos ainda verdes que, depois de acender cachimbos e cigarros, começam a se contorcer, a se debruçar, a fim de descobrir aquele livro do qual não sabem nada e que irá magicamente responder a suas interrogações.

Kunz finalmente chega. Nunca o vi de tão perto. Grandes pés-de-galinha em torno dos olhos, finas rugas precoces na comissura dos lábios, mas movimentos vivos e expressões juvenis, sobretudo quando sorri mostrando todos os dentes. Ele se envolve com os entusiasmos e com as admirações dos jovens, sem jamais sublinhar sua ingenuidade. Ele comenta, explica. A fumaça de seu Boyard de palha de milho se confunde com a dos cachimbos e cigarros. Mas ele consegue introduzir uma verdadeira alegria filosófica nesse desejo muito sério de saber de seus alunos. Enfim, desabando numa velha poltrona de couro gasto, com as mãos sobre os braços, os dedos amarelos se mexendo e fumando, a cabeça jogada para trás, fala muito simplesmente, como se estivesse sozinho. E seus alunos, que esperavam apenas esse instante, se aproximam em silêncio. Pedaços de pensamento. Pequenos fragmentos intuitivos sobre o espírito da época, sobre um autor ou uma imagem. Depois longas frases cuja abstração passa despercebida de tão percuciente. Mesmo o acontecimento mais simples ganha de repente, nos seus lábios, um relevo inesperado e parece ter ramificações infinitas.

— Vejam — diz Kunz —, é primavera! Tudo cresce. O mato, a folhagem... Mas a primavera é um desejo, um puro desejo! Não há, portanto, nada a dizer, nada a interpretar. Muitas coisas em nós são como a primavera. É melhor experimentá-las do que interpretá-las. Sabem, o desejo é uma coisa muito simples, como ir dormir, andar na rua ou se apaixonar talvez...

Kunz disse: "andar na rua"... E de noite, ao voltar com Maxime, suas palavras retornam a mim e me enchem de satisfação. O acesso. O desejo. A simplicidade de um movimento como o andar.

— Viu, meu caro Philip! Bem que eu disse que você ia gostar. Um cara engraçado esse Mister K. Eu me pergunto por que ele nos deixa bisbilhotar sua papelada. Um dia ele nos disse que, para esconder bem, era preciso mostrar, mostrar muito. Kunz mostra, mas não sabemos nada dele.

E Maxime solta uma gargalhada, um relincho grandioso que acaba num cacarejo de galinha-d'angola. É tarde. Preciso voltar para o Trois-Lions. Não sei o que Maxime vai fazer de sua noite. Onde será que está sua família? Onde ele mora exatamente? Ele tem algo de órfão, de nômade. Ele também tem segredos e inspira respeito nos garotos da turma porque o surpreenderam mais de uma vez bebendo e rindo, em bares, em companhia de mulheres mais velhas e bastante vulgares.

Quando empurro as portas do hotel, Léon já está dormindo atrás da recepção, no meio das chaves e dos registros. Eu o sacudo sem delicadeza, mas a essa hora da noite, alisando mecanicamente seus redemoinhos rebeldes, ele se espreguiça fazendo uma careta, surpreso por eu me preocupar com uma mensagem. Finalmente, uma manhã, enquanto me esforço para passar com indiferença na sua frente:

— Senhor Paul, deixaram isso para você!

Um fino envelope onde estão rabiscados meu nome e sobrenome. Ele contém uma página de caderno de espiral, a julgar por sua borda recortada e os pequenos quadrados, nos quais Clara inscreveu um outro nome e um número de telefone.

Já na rua, dou supersticiosamente um tapinha no focinho dos leões de bronze e vou até um orelhão colocar na sua fenda algumas moedas que, depois de intermináveis toques, caem com um barulho metálico no fundo do aparelho. Uma voz longínqua. Eu gaguejo "Clara Lafontaine" e algumas desculpas. Um silêncio. Depois a voz dela, tão reconhecível, e que o telefone faz parecer ainda mais velada que em Kehlstein. Algumas banalidades sobre a viagem, sobre o bairro muito afastado do centro onde está hospedada. Mas quando chega a hora de marcar um encontro, pego de surpresa, solto contra minha vontade:

— No jardim do Luxemburgo...

Hesito um pouco e, depois de ter decidido a hora, acrescento:

— Em torno do lago!

Matando aulas mais uma vez, decido chegar mais cedo, para ter uma conversa silenciosa com minha rainha Bathilde. Mas a acho particularmente fria e indiferente comigo, a testa perdida entre as ramas, os olhos vazios. Não insisto, já persuadido do atraso de Clara e no fundo incapaz de acreditar em sua vinda a esse lugar. De repente, ali, perto da grade que se abre para a rua d'Assas, eu a vejo! Reconheço seu jeito de andar, depois o rosto, os cabelos sempre curtos e muito pretos. Está vestindo uma saia vermelho-escura e uma gola rulê preta. E eu a vejo passar a uma boa distância, atrás do arvoredo florido. Ela está acompanhada de um mendigo, jovem ainda, barbudo, vestido com um casacão usado. Ele empurra um carrinho de bebê carregado de coisas indistintas, sacudindo-o devagar ao andar como se ninasse um bebê. Os dois conversam animados. Hesito em falar com Clara, em ir na sua direção. Fico petrificado.

Ela então se senta num banco. O outro hesita, depois desaba ao lado dela e começa a enrolar um cigarro que oferece a Clara. Ela coloca seu rosto entre as duas mãos trêmulas do mendigo que abrigam uma chama, depois começa a fumar sem deixar de conversar. Sei bem que a folhagem e a distância me protegem, mas de repente estou coberto de suor. Notei que ela carrega, como em Kehlstein, uma sacola da qual extrai uma câmera fotográfica que mostra ao mendigo. Ele se debruça com curiosidade. Então, Clara o convida a colocar o olho no visor e a se apossar do objeto rutilante. Esboçando um sorriso, ele aponta a objetiva exatamente na direção do arvoredo com o qual tento me confundir, como numa imagem-charada. Seu dedo hesita, depois ele aperta o disparador. E ele tira uma foto na qual, como um animal encolhido em seu próprio pânico, mas invisível ao caçador, eu devo figurar. Petrificado e capturado ao mesmo tempo.

Parto correndo, bem decidido a faltar a esse primeiro encontro, mas quando chego ao lago, com o coração acelerado, me autorizo lastimavelmente a dar ao menos uma volta em torno dele. A tempestade joga enormes quantidades de mar no convés de um barco de pesca onde Philip Marlowe embarcou sem pensar.

Velas encharcadas. O mastro que ameaça se partir. O casco maltratado. Dou mais uma volta, depois outra, cada vez mais lentamente. O vento sopra. O barco de pesca está à beira do naufrágio. E, subitamente, vejo Clara na minha frente, olhando para mim de maneira charmosa, inclinando um pouco a cabeça, estendendo-me suas mãos. Visto de perto, o seu rosto me parece mais maduro, mais feminino. Permaneço plantado, com os braços pendentes, na areia salpicada pela agitação náutica e infantil. Clara pula no meu pescoço com uma espontaneidade desconcertante.

— Paul, estou aqui. Você está vendo, eu vim a Paris.

E ela começa a me falar confusamente sobre sua viagem, sobre a correspondente em cuja casa está hospedada, sobre as aulas que pretende dar. Seu francês está excelente e eu me vejo lamentando que seu sotaque tenha desaparecido quase totalmente.

Passamos em seguida lado a lado sob gigantescos oveiros decorativos que esperam não sei que ovo monstruoso posto pela pata do destino, mas tomo cuidado para não me aproximar das grandes rainhas de pedra que, no entanto, estão de olho em nós.

— E você, Paul?

Reencontro Clara, evidentemente. Reconheço sobretudo sua maneira de estar intensamente presente, disponível, aberta e ao mesmo tempo distante, inacessível. O que vai acontecer?

Sinto seu calor e sua energia de viajante, de estrangeira, enquanto seus dedos se apóiam no meu braço.

— Aonde vamos?

A noite cai. Deixamos o Luxemburgo e, no meio da multidão cada vez mais densa e dos clarões das luzes, levo Clara em direção ao Sena.

Bem rápido, sua presença em Paris se revela particularmente penosa para os meus nervos. Eu deveria me preparar para o vestibular que se aproxima, mas minha cabeça está em outro lugar. Clara marca encontros e os desmarca em cima da hora, deixando recados na recepção do Trois-Lions para me propor outros encontros, em lugares e horas que me fazem faltar às aulas, inclusive às de Kunz, arrancar de minha mãe falsos bilhetes de justificativa ou padecer broncas e sanções no liceu.

Ela leu numerosos guias e livros sobre Paris. Seu conhecimento da capital não tem nada a ver com minhas investigações selvagens. Ela escolhe lugares descabidos e ao mesmo tempo convencionais: tal túmulo do cemitério Père-Lachaise, tal sala do Louvre, a escada do Sacré-Coeur ou tal cinema sobre os Grandes Bulevares. Mas quando finalmente me encontro com ela, trocamos banalidades. É antes a ambigüidade de sua atitude que me exaure. Ora jovial, quase carinhosa, ora muito sombria. Quando andamos lado a lado e eu passo meu braço em torno de seu ombro ou seguro sua mão, ela se libera com elegância, fazendo um movimento de pião, apressa o passo, dá três saltos ou se imobiliza, sem nem mesmo escutar o final da minha frase, equilibrando sua máquina, para registrar em foto cenas ou detalhes sem interesse: uma mulher na janela, um homem num banco, um casal abraçado, um cartaz rasgado, calçadas desiguais. E eis que ela olha seu relógio, me dá gentilmente uns tapinhas na mão com ar desconsolado.

— Ah! Paul, esqueci, preciso ir... Até amanhã, até amanhã ou até mais tarde... Eu direi a você.

Frustrado e magoado, volto para o meu quarto e começo de novo a desenhar freneticamente formas cada vez mais complicadas, motivos cada vez mais pretos e carregados. Minha mãe trabalha muito, lê muito. Não me questiono sobre sua solidão ou sobre suas indulgências em relação a mim. Pelo contrário, sem motivos aparentes, eu me questiono sobre meu tio, com quem acabei de cruzar no hall do hotel. Como sempre que não consigo evitá-lo, ele agarrou meu braço e enfiou uma nota no bolso do meu casaco:

— Vamos, Paul, aceite isso. Não é nada. Você é jovem, eu sei como é. Outro dia, vi uma morena com uma carta para você. Ah! Eu tenho um olho, não é? Eu, à sua idade, se você soubesse...

Ele caçoa e tosse, acendendo um havana imponente. Depois, consultando seu relógio com pesada pulseira de ouro, solta ainda:

— Bom, vou indo, vou indo. Os negócios me chamam... Um dia você ainda saberá do que se trata. E... boa sorte com a sua morena!

Evidentemente, meu nojo está no auge. Amasso a nota no fundo do meu bolso e penso no meu pai. Ele detestava as generosidades ostentatórias de seu cunhado, que lhe pareciam uma marca ridícula de poder. Tão generoso com sua família, mas intransigente nos negócios, meu tio sempre se comparou, ele próprio, com deleite, a diversas aves de rapina ou predadores. Desde criancinha, ouço-o clamar, mostrando seus dentes perfeitos e suas garras: "A vida é a lei da jungle."

Uma coisa contudo me intriga: desde nossa instalação sob seu teto, ele nunca mais nos convidou para o suntuoso apartamento onde mora, com minha tia, bem atrás do hotel. Guardo, no entanto, uma lembrança estranha desse apartamento, que data da época em que minha mãe e eu vínhamos sozinhos a Paris, uma vez por ano, entre o Natal e o Réveillon, enquanto meu pai sempre fingia que uma sobrecarga de trabalho o retivera na gráfica, em Lyon.

Na época, a dimensão dos cômodos e a altura dos tetos me impressionavam. Tapeçarias de seda, douraduras e molduras. Era ao mesmo tempo uma caixa-forte e uma caixa de jóias gigante. Fascinava-me, sobretudo, a blindagem da porta de entrada e suas fechaduras pesadas. Por toda parte, nas paredes, em vitrines, em pedestais, valorizados por iluminações especiais, havia quadros e obras de arte, estatuetas, baixelas de porcelana, de cristal ou de estanho, jóias que reluziam.

Sempre jovial e afetuoso, meu tio fingia não dar importância nenhuma a esses tesouros e nos conduzia até o fundo do apartamento, onde estava minha tia, uma pequena mulher apagada, franzina, ligeiramente surda e ociosa. Ela absorvia cada palavra de seu marido com malícia e submissão. Eu me pergunto hoje em dia se essa veneração tranqüila não era o avesso de um terror impreciso.

— Mas você sabe muito bem que eu não gosto de sair — dizia minha tia com sua vozinha. — Vá passear com Édouard... Eu fico aqui com minhas palavras cruzadas.

E quando eu, um pouco entediado como criança no médico, ia colar meu nariz contra uma vitrine abrigando um crânio de ônix ou ficava parado na frente de um quadro representando algum mártir ensangüentado, uma crucifixão ou um São Sebastião, ela me dizia:

— Ah! Você está olhando a coleção do Édouard. Quando ele voltar, explicará a você. Eu não sei nada disso. Ele gosta de coisas bonitas. Vende. Compra. Sempre ocupado. Sempre na rua. Sempre viajando.

Depois ela se virava para sua cunhada e acrescentava com um suspiro cansado:

— Enfim, você o conhece!

Meu tio acabava aparecendo, com um chapéu cinza-claro, pontilhado de manchas de chuva de um cinza mais escuro, uma echarpe imensa cheirando a perfume e tabaco, e os braços cheios de pacotes. Príncipe ou gângster, o melhor era aceitar suas generosidades.

— Ah! Vocês chegaram, crianças...

Pois, sendo o mais velho, chamava sua irmã de "irmãzinha" e dizia "as crianças", referindo-se à minha mãe e a mim. Mas nunca uma palavra sobre meu pai, nenhuma pergunta sobre nossa vida em Lyon, nem sobre a *Gráfica moderna*.

— Vamos, desçamos! Convido todos ao restaurante.

Se a violência de certos quadros, o sangue jorrando sobre os espinhos, as ossadas aos pés de uma forca, os corpos esfolados, escaldados, desmembrados me cativavam, lembro-me de uma tela singularmente apaziguante, pendurada na entrada, da qual emanava uma mistura de leveza e mistério. Quadro impressionista, claro e luminoso, contrastando com os motivos religiosos das outras peças e representando três personagens: duas mulheres vestidas de branco e um homem de terno creme no leme de um veleiro em plena navegação. As mulheres, com as mãos como viseiras, mal se recortavam sobre o fundo, inteiramente ocupado por uma vela triangular, branca também, mas que o pintor tratara com uma infinidade de pequenas pinceladas amarelas, rosa, verdes, marrons, a fim de lhe outorgar todo seu brilho, enquanto o sol se punha diante dessas personagens enigmáticas. Segundo o grau de intensidade com que se fixava essa cena estival, e o tempo que se passava contemplando-a, sob a luz branda do vestíbulo, o olhar do homem parecia ora sereno e tranqüilo, ora inquieto, até desesperado, e a cena inteira podia então evocar tanto a felicidade de deslizar pela superfície das águas, a felicidade de estar juntos, num veleiro, numa tarde de junho, como a angústia profunda de três seres, empurrados pelo vento, fixando alguma coisa assustadora situada atrás do espectador e lançando-se em direção a uma catástrofe da qual é impossível escapar.

Quando viemos morar no Trois-Lions e tive a oportunidade, raras vezes, de tocar na porta de meu tio e permanecer plantado na entrada, constatei que esse quadro de encanto singular desaparecera.

Fiz uma bolinha no fundo do meu bolso com a nota que não pude recusar do meu tio, antes de ir me encontrar de novo com Clara. Dessa vez, fui eu quem decidiu a hora e o lugar: no Luxemburgo, como naquele primeiro encontro. Completamente indiferente à minúscula objetiva de sua pinta apontada para mim, pedi que fosse pontual e atenta, ela que afirmava em sua primeira mensagem que "tínhamos tantas coisas a nos dizer". Impelido por um vago furor e uma excitação inexplicável, acrescentei:

— E... nada de máquina fotográfica! Chega de fotos! Entendeu?

Pela maneira como fechou os olhos longamente, fazendo beicinho, compreendi que faria o sacrifício.

Ao chegar, na hora marcada, com as mãos nos bolsos, ergueu os olhos em direção à rainha branca toda crispada sobre seu pedestal. Nós nos debruçamos sobre a balaustrada e eu lhe relatei bruscamente o assassinato do meu pai. Sem patos, sem floreios, apenas detalhes de policial ou de legista: posição do corpo, rigidez cadavérica, hemorragia interna, buraco vermelho do lado esquerdo. Clara, silenciosa, passa as palmas pela pedra cinza, como se quisesse recolher sabe-se lá qual partícula de crime que subsistiria depois de tanto tempo, depois de tantos aguaceiros, tantos devaneios e exaustões humanas.

Digo-lhe ainda que a meu ver esse assassinato está ligado à guerra, à Resistência Francesa ou à liberação argelina, cujos combatentes sei que ele apoiou. Clara parece ao mesmo tempo emocionada e fascinada. Ela se surpreende. Eu explico.

Durante a Ocupação, em Lyon, a *Gráfica moderna*, fundada por meu avô, Jules Marleau, imprimia jornais clandestinos e panfletos para a Resistência. Ele trabalhava já com o velho Louis, mas também com o seu filho Pierre, um rapaz bem jovem na época, que se tornaria meu pai. Havia outras gráficas clandestinas em

Lyon, mas elas haviam sido denunciadas, uma após a outra, e os donos presos, torturados, deportados, como meu avô, que acabou morrendo. Meu pai, que tinha pouco mais de vinte anos, também fora preso pela Gestapo. Mas por milagre conseguira escapar e retomara a luta com um nome falso. Daí suas condecorações mais tarde, na Libertação.

Tenho o sentimento penoso de falar de uma época muito distante, de contar um sonho antigo ou uma história ao mesmo tempo apagada e muito remoída. Minha mãe não faz mais questão de rememorar tudo isso. E meu tio faz alusões esquisitas.

— Um dia você vai saber, Paul. Acredito que o passado acaba se esclarecendo — me disse então Clara. — Por enquanto, é um mistério, mas há uma chave. Seu pai não era o gênero de homem que se deixaria matar por um vadio. Há mais coisa... Você saberá, Paul, você precisa saber.

Estamos face a face nesse canto do jardim. Sem nos tocarmos. Clara fixa um ponto atrás de mim, talvez o grande jato d'água que, tendo esgotado toda sua força, cai novamente e se espalha. Em seguida, declara com solenidade:

— Seu pai está morto, Paul. O meu continua vivo. Por momentos, a diferença não é muito grande. Meu pai, você sabe... ele é médico, você cruzou com ele no nosso jardim, em Kehlstein. Foi ele que insistiu para que eu fizesse essa viagem à França. Ele não me levava mais com ele nas suas visitas. Na véspera de minha partida, fez questão que fôssemos caminhar juntos como antes. E, pela primeira vez, falou dele como de um doente, e não somente do antigo ferido de guerra que era. Falou também do amigo, você se lembra: aquele homem que ficou maluco e estrangulou seus filhos na floresta. Ele morreu recentemente... Caminhávamos lentamente. Meu pai queria me contar o que aconteceu com ele na Rússia, ou melhor, o que Moritz fez. Ele falou de crianças fuziladas e jogadas em valas. Vinham de novo à minha mente os moribundos, os mortos que eu tinha visto quando era pequena, mas eu via também mãos sobre esses mortos, as grandes mãos de Moritz levando crianças numa outra floresta. E de repente ele pronunciou o nome Klara. Primeiro pensei que era de mim que se tratava. Suas frases eram tão confusas! E depois entendi que ele falava de uma outra moça. Morta. Em que circunstâncias? O que ele fez com ela? Antes de voltar para casa, ficamos ainda um pouco no jardim, onde estava quase escuro. E meu pai murmurou várias vezes "Klara", como se eu não estivesse mais lá para escutá-lo... Ele pegou seu podão e começou a cortar rosas, dezenas de rosas que ele ia me dando. Nos meus braços, o buquê ia ficando enorme. Empestava o ar! Dava para ouvir as notas sufocantes do piano da minha mãe. Depois, quando entramos, ele pegou o buquê e me deu as costas. Depois me disse: "É bom você ir, Clara. Você é jovem. E mais tarde, continue viajando. A outros lugares. Por toda parte. Descubra. Aprenda. Compreenda. Mas não fique em Kehlstein. Aqui nada se mexe. Você deve partir." E foi o que eu fiz!

O vento levanta a poeira do Luxemburgo. A folhagem dos castanheiros treme sobre nossas cabeças. A paz se estende em torno de nós como uma poça. Noto então que um sujeito grandão nos observa. É Maxime, que esperava me encontrar ali. Ele se aproxima, nos cumprimenta, eu lhe apresento Clara.

Maxime nos propõe que o acompanhemos à casa de Kunz, para onde está indo agora mesmo. Já falei com Clara sobre nosso professor de filosofia. E nos encontramos juntos, de pé, nesse trem que sobrevoa os jardins em miniatura dos edifícios do subúrbio sul. Talvez seja pela presença de Clara, mas Maxime está ainda mais falante do que o habitual. Ele esboça um surpreendente retrato do Senhor K. Eu franzo as sobrancelhas.

— ... Há alguns dias, num bar, encontrei um cara que o conheceu há sete ou oito anos, na Argélia. Não sei como foi que acabamos falando de Kunz, mas o cara se lembrava muito bem dele. Na época, ambos haviam sido reconvocados, passando da paz à guerra, do trabalho tranqüilo às emboscadas no campo... O homem não conseguia imaginar seu antigo suboficial como professor de filosofia.

— Mas para os franceses, a Argélia acabou agora? — pergunta Clara.

— Para o cara que eu encontrei — responde Maxime — não parecia ter... realmente acabado! Depois de várias taças de côtes-du-rhône, ele começou a falar: "Você pergunta se me lembro de Kunz! Chegamos juntos no Aurès. Eu sabia que ele não gostava dessa maldita guerra, mesmo se naquela época não fosse permitido empregar essa palavra. Como suboficial, era respeitado pelos homens. Ele causava admiração. Falava bem, como um cara que estudou, mas erà durão. Não se queixava nunca, lutava bem quando era preciso e evitava expor seus homens. Uma vez, os combatentes argelinos (fellaghas) nos atacaram de surpresa: vários feridos, dois mortos! Rapidamente, Kunz ordenou a reação. Retomamos a liderança. Logo os árabes se renderam. Kunz gritou 'cessar fogo' bem a tempo. Senão todos os argelinos teriam sido abatidos, como cachorros. Eles foram levados, mãos sobre a cabeça, com nossos mortos e feridos. Depois de um tempo, percebemos que havia duas mulheres entre os prisioneiros. Belas moças, uniformizadas, que achamos que eram rapazes! Nós ríamos. Sabíamos que íamos nos divertir com elas. Fazia um mês que não tocávamos numa mulher. Alguns já estavam cercando-as para mexer com elas. Mas Kunz se adiantou e disse pausadamente: 'O primeiro que tocar numa dessas mulheres vai levar uma bala nos colhões! Não vou avisar duas vezes...' Os caras ficaram furiosos. Mas o respeitaram. Enfim, era o começo...

Um dia, havíamos feito um bivaque perto de um riacho. Havia milhares de estrelas, mas fazia um calor insuportável! Até a terra queimava. Estávamos de guarda. Kunz decidiu partir para um reconhecimento de terreno com um pequeno grupo de homens, do qual eu fazia parte... Estávamos beirando o riacho quase seco, quando de repente localizamos quatro ou cinco combatentes argelinos chafurdando, nus, num buraco de água. Eles eram tão jovens quanto nós. Inconscientes, os caras tinham deixado as armas com suas roupas. Estavam na nossa mira. Eu pensava que íamos abatê-los e vê-los boiar no seu sangue. Afinal de contas, eram nossos inimigos! Mas Kunz se mostrou aos jovens árabes. Eles estavam apavorados. Víamos brilhar o branco dos olhos desses caras que iam morrer. Em vez de dar a ordem de atirar, o tenente se aproximou dessa banheira esquisita, colocou o rádio perto dele e molhou longamente seu rosto e sua nuca. Depois, com a cabeça pingando e o uniforme encharcado, fez um sinal brusco para os árabes e eles fugiram nus na noite. Recolhemos suas armas e voltamos ao bivaque, sem dizer uma palavra..."

Nesse trem de subúrbio, nossos olhos de gigantes saltam de um jardinzinho florido a outro. O único exército primaveril são os anões de jardim. Flutuamos num grande sorriso de telhas rosa e de arbustos recentemente cortados. Os cachorros têm uma casinha. Os tetos têm uma chaminé. Os parques têm grades. Os suburbanos, sua casa.

Clara está presa à palavra de Maxime e constato que esse Kunz começa a lhe interessar.

— Mas ainda não acabou — acrescenta Máxime. — O homem do bar me contou uma última história: "Sabe, um cara assim, a gente não esquece... Primeiro, a gente não sabe o que pensar... Já faz uns bons anos... Mas ainda tem um efeito estranho sobre mim pensar nele. Então, quando você me diz que ele é professor de filosofia, puxa... posso dizer que isso me surpreende. No início, achávamos que era um cara com um monte de princípios e de escrúpulos, mas um dia fomos obrigados a vê-lo de outro jeito. Estávamos numa cidadezinha. Kunz enviara uma dezena de jovens em patrulha. Uns caras que tinham acabado de chegar de Argel na noite anterior. Alguns dias antes, eles ainda estavam na casa deles, na França. Pareciam garotos. O cabelo rapado. A pele da cabeça toda rosa. Três dias mais tarde, seus cadáveres foram encontrados escalpados, com as mãos cortadas, os colhões na boca. Kunz vomitou. Os corpos foram levados até o fortim. A autometralhadora patinava na areia, o motor zumbia. A gente erguia a cabeça, o dedo no gatilho, em direção a esse pequeno pedaço de azul do céu que aparecia entre as paredes dos desfiladeiros.

Já de noite, Kunz se dirigiu para a choça de pedra branca onde prendíamos os argelinos. Eu o vi apoiar seu fuzil contra a parede, pedir à sentinela que se afastasse. Ele passou pela porta baixa, que fechou atrás de si. Estava sozinho com os prisioneiros presos aos anéis usados para o rebanho. E foram gritos de bestas que se ouviram. Golpes, berros, entre os quais os de Kunz. Não durou muito tempo, mas na noite que caía, nos pareceu uma eternidade. A porta se abriu, Kunz apareceu coberto de sangue, seu rosto, no entanto, bronzeado pelo sol, cinza como a cinza..."

Clara, Maxime e eu chegamos diante do aprazível prédio coberto de madressilvas. Diotima abre a porta, depois desaparece. Bem acomodado no fundo de sua velha poltrona, Kunz já está falando com os alunos à sua volta. Clara não é a única moça. Outros alunos levaram amigas. Ao longo do ano, o círculo de discípulos aumentou. Mas Clara vai se sentar de pernas cruzadas com as costas na parede, na outra extremidade da sala, os olhos azuis fixados sobre esse professor muito particular que não interrompeu o que estava dizendo quando entramos.

— ... Não, ninguém sabe exatamente o que um corpo pode realizar — prossegue Kunz —, como ele pode agir sobre outros corpos ou sobre si próprio, a partir de uma quantidade de energia muito variável que ele organiza, canaliza ou gasta... E a alma, isso que é preciso se decidir a chamar de alma, está dispersa na infinidade de átomos desse corpo. A alma é física! Ela está no meu ventre, nas minhas mãos, nas minhas unhas! A alma só sabe mais ou menos o que quer a partir de certo grau de organização. É muito tardio. Pode não chegar nunca... Mas a alma se encontra freqüentemente num estado completamente incerto, consagrado a uma indeterminação incrível... Não pensem na alma como um cerne, um núcleo, uma essência... Mas como combinações possíveis... Não há ser, mas devires que dependem de oscilações aleatórias, tão leves como flocos de neve. São sopros, correntes ligeiras que nos levam. Há algo de grotesco em explicar nossas condutas referindo-nos a causas grosseiras recolhidas em nossa pobre história pessoal! Não procurem mais um cerne, não procurem um núcleo. Há centros, numerosos, todos descentrados... Todos influentes. E cada indivíduo é singular, ao mesmo tempo insubstituível e nem um pouco necessário. Como qualquer dejeto, qualquer obra de arte, qualquer crime! Aceitem então considerar cada indivíduo como um... enigma... Alguns, entre vocês, se acham obrigados a se preocupar com o homem, com o ser humano... Nada mais legítimo na idade de vocês. Bom, admitamos: o homem por aqui, o homem por lá... Mas tentem antes conceber um humanismo que seria também um "enigmatismo". Sim, um enigma! Cada homem é uma pergunta cuja formulação só pode ser muito estranha. Aliás, sem enigma, não há amor! Tudo o que posso realmente amar no outro é precisamente seu enigma, a interrogação que o corrói e que o esvazia e que ele carrega por toda parte e que ele próprio nunca saberá formular e que eu sou ainda menos capaz de formular no seu lugar!

Tento compreender o que Kunz diz. Mas a presença, embora muito discreta, de Clara me incomoda. Sou eu que estou delirando? Eu juraria que desde nossa chegada Kunz e ela estão ligados por uma linha de alta tensão! Cada um está numa extremidade da sala, mas Clara está presa à palavra de Kunz, que não lhe concede sequer um olhar. E, no entanto, parece que ele fala só para ela, muito devagar, articulando as palavras com mais cuidado que de costume. Que sinais, que mensagens emitidas pelo corpo de Clara ele captou? Ela, com tanta freqüência distraída quando lhe falo, se esforça para acompanhá-lo. À verborragia sedutora do professor, ela deve estar superpondo as imagens de Kunz como guerreiro. Mas o mais insuportável — e eu sou o único a reparar nesse detalhe! — é o que ambos estão usando uma gola rulê preta!

Então, um pouco mais tarde, em pleno debate, decido ir embora. Para mim chega! Impossível arrancar Maxime da antologia de William Blake que está devorando no cômodo ao lado. E Clara me dá a entender secamente que deseja ficar aqui o máximo de tempo possível e que voltará sozinha para a casa de sua correspondente.

— Vá embora, Paul, vá embora logo, mas não insista!

No entanto, nos dias seguintes, evitando cuidadosamente falar desse incidente na casa de Kunz, Clara e eu passamos ainda bons momentos juntos. Bastante distantes, mas cúmplices, por momentos até afetuosos. O Luxemburgo, o Père-Lachaise, as margens do Sena, tantos lugares que ficam para mim vinculados a seus relatos de infância, a suas perambulações de inverno em companhia do pai. Associo a alguns de nossos passeios essas visões de nascimentos ou de agonias aos quais Clara me dizia ter assistido. E ouço-a ainda me repetir que nunca moraria na Alemanha, e que está se preparando para seguir o conselho de seu pai e percorrer o mundo.

Por ora, ela tira sua máquina da bolsa.

— Sei que você não gosta disso, Paul, mas é mais forte do que eu. Gosto de olhar as coisas, as pessoas, através de minha lente. Ver o que há sob as peles mortas. Essa será talvez a minha profissão!

E Clara insiste mais uma vez em me fotografar aos pés da rainha Bathilde, da qual acabei de lhe falar.

Durante os últimos dias de sua estada em Paris, Clara não dá mais nenhum sinal. Uma noite, obedecendo a sabe-se lá qual pressentimento, decido passar na casa de Kunz. Clara está muito à vontade no grande castelo de livros do Senhor K. e se dá muito bem com Diotima. Ela me recebe negligentemente. Depois me comunica que dali a três dias terá deixado a França, mas que passará para se despedir no Trois-Lions, claro, claro... Devo reconhecer que gosto também dessa sua maneira de desaparecer, promessa frágil de reaparições futuras. "Adeus, minha adorada!"... *A Long Good Bye!*

Turbulências
(Paris, primavera de 1968)

*F*inalmente acontece alguma coisa. Durante uma noite inteira, arranco os paralelepípedos das ruas de Paris. Ao meu redor, no ar com cheiro de queimado, de areia úmida, de gasolina, de esgoto, de pólen, uma agitação confusa, um rebuliço de corpos nervosos e a longa cadeia de mãos pretas, apinhando as calçadas até as ruas se tornarem verticais. Uma juventude de camisa branca, cabelos revoltos, diante da tropa predisposta da guarda-civil, esperando a ordem de atacar.

Para extrair os paralelepípedos parisienses, eu tinha me apoderado dessas grades pesadas de ferro fundido que cercam as raízes das árvores do bulevar Saint-Michel, usando-as como maça para estourar o breu, e depois como picareta e alavanca para extrair os dentes da mandíbula estragada das ruas. Extrator encarniçado, eu suava e ofegava. Os choques do metal contra a pedra faziam saltar faíscas. Havia fogueiras de tábuas, clarões, um vasto rumor, e a tensão era palpável. Os paralelepípedos se misturavam com as coisas mais diversas, painéis, paus-a-pique, carrocerias, numa grande escultura horizontal. Com a proximidade da aurora, o ataque brutal, os golpes, os gritos, o sangue e os olhos queimados pelo gás das granadas.

Por sorte, Maxime e eu, como tantos outros, estávamos no lugar certo, na hora certa.

Há várias semanas que não faço outra coisa além de perambular por Paris, dia e noite, em companhia de Maxime, sempre tagarela, engraçado, declamatório, provocador. Ao seu lado, fico silencioso, atento aos detalhes e às coincidências, mas alerta e pronto para defendê-lo se suas gracinhas o colocarem em apuros. Maxime bebe muito vinho. Eu fico mais sóbrio, mas disponho de receitas pessoais para encontrar a embriaguez.

Depois de algumas outras tentativas, estou inscrito agora em Belas-Artes, mas não sou um aluno muito assíduo. Sem o apoio de certos professores, seria expulso. E, no entanto, aprendi muito na Belas-Artes. No mínimo, a me arrancar da selvageria com a qual desenho, rabisco e rasuro desde a infância. Diferentemente dos artistas "ainda verdes" que contestam com vigor os professores e a instituição, tenho prazer em adquirir uma espécie de habilidade clássica. Posso me dobrar até o embrutecimento a todas as exigências técnicas, pois o domínio que elas me trazem me alivia de um mal indefinido.

Desconfio tanto da espontaneidade como da radicalidade. No entanto, como na época em que estava no liceu, tenho dificuldade de ficar parado. Sinto constantemente necessidade de ar, de errância e de encontros e, ao longo das noites, gosto de ouvir Maxime declamar longos fragmentos de textos poéticos ou políticos que flutuam esplendidamente no ar, num espaço ilimitado que se situa entre sua memória jovem e o velho cenário de Paris. Ele declama, vocifera, murmura, enquanto andamos infinitamente à deriva. Meu silêncio é cúmplice de sua embriaguez.

Há tanto tempo que não tenho notícias de Clara que quase não penso mais nela. Ignoro onde encontrá-la e não tenho vontade alguma de fazê-lo. Seu rosto se apaga atrás dos risos das moças que Maxime aborda nos bares, algumas das quais às vezes nos acompanham uma parte da noite. Um estremecimento insolente percorre a juventude. Um entusiasmo à flor da pele que torna fáceis os encontros.

É assim que nesse final de tarde elétrico, Maxime e eu estamos no limiar do acontecimento. Sim, alguma coisa está acontecendo. Um silêncio estranho. De repente, no bulevar pelo qual passamos com tanta freqüência, descobrimos uma multidão de uniformes escuros. O trânsito fica interrompido e os carros de polícia obstruem a rua. Passamos por estudantes com aparência bem-comportada que parecem fora de si. Eles gritam, se indignam, com a gravata desalinhada.

Explicam-nos que neste instante mesmo outros estudantes estão sendo presos e embarcados desrespeitosamente nos veículos gradeados. A multidão sacode e bate nos furgões.

O rosto pálido de Maxime se ilumina enquanto um calafrio percorre minha epiderme: entramos na briga.

A maneira como usarei minhas mãos, durante os dias seguintes, dará a alguns dos meus nervos e músculos hábitos duráveis. Pegar um objeto pesado, utilizá-lo para desviar o curso das coisas: modos de enfurecido.

Vendo que os tiras entraram no antigo prédio da universidade e maltratam todos os que prendem, sendo eu mesmo repelido por outros que brandem cassetetes, pego instintivamente um cinzeiro da mesa de um café próximo e depois uma garrafa cheia, lançando-a violentamente na direção dos capacetes reluzentes. Não longe de mim, Maxime faz exatamente a mesma coisa. Projéteis se espatifam contra os pára-brisas gradeados dos carros que tentam abrir passagem. De repente, os tiras atacam. Jogamos neles as mesas e as cadeiras dos terraços viradas ao contrário.

Não é nada, apenas um simples movimento de agitação nervosa, mas todos compreendem que alguma coisa está começando. Segurar essa garrafa me proporcionou um prazer estranho. Pensei em todos os atiradores de coquetel Molotov que, no passado, fizeram rodopiar sobre suas cabeças esse objeto frágil e devastador.

Nos dias que se seguem, a Belas-Artes se metamorfoseia. Salas ocupadas dia e noite, professores evaporados, material desviado. A escola, onde ronda uma multidão suspeita, tagarela e sempre inventiva, se transformou numa vasta colméia onde são fabricadas imagens subversivas. Respira-se aí um ar novo. Depois de arrancar de improviso os paralelepípedos, eu me tranco no ateliê de serigrafia para emboçar silhuetas de policiais com órbitas vazias e um buraco no lugar da boca.

As figuras que invento às pressas para ilustrar slogans incisivos são reproduzidas imediatamente com a ajuda de uma grande quantidade de tinta vermelha e preta nas molduras de madeira do ateliê popular da Belas-Artes, antes de serem colocadas para secar em cordas. Passamos horas inteiras nessas salas esfumaçadas e mal arejadas, e as emanações do ácido tricloroetano e da cola de glicerina acabam agindo sobre nossos receptores sensoriais. Daí que, ao retornarmos ao ar livre, nas ruas tumultuadas onde em breve não passarão mais carros e onde o lixo se acumula, barulhos e cheiros são modificados, amplificados, o que nos faz gargalhar.

Uma noite, na entrada principal da Belas-Artes, reparo pela primeira vez nas grandes cabeças esculpidas que coroam os pilares laterais. Um desses rostos cinza parece piscar para mim. Gravado na pedra, leio seu nome: "Pierre Puget"... Que nome esquisito! Precisarei procurar saber quem era esse cara que, petrificado desde então, parece apreciar esse ambiente de falsa guerra.

Sem dúvida um artista... Embora embarcado nessa atividade gráfica e propagandista, tenho dificuldade de levar a sério tudo o que se proclama à minha volta. O que principalmente me satisfaz é a desordem geral. Quase não durmo mais. Agito e observo.

De todo esse movimento, sem dúvida só conservarei barulhos e cheiros. Barulho de grades de ferro fundido batendo na calçada. Sirenes de ambulâncias. Granadas estalando rente ao chão. O cheiro do tricloroetano, da cola e do gás.

Todo o palavreado vai evaporar. Restará o prazer das mãos crispadas sobre a pedra, na fumaça azeda de um sonho.

De tempos em tempos, faço um esforço para passar no Trois-Lions para dar à minha mãe algumas notícias da agitação geral, com a qual ela se preocupa com uma benevolência perplexa. Não vou mais ao Luxemburgo, acessível agora tanto de dia como de noite, já que algumas grades foram arrancadas, e abandono Bathilde à sua paralisia de rainha e de santa.

Às vezes, diante desse espetáculo inaudito, me acontece de pensar na lente que Clara apontaria para uma Paris tão diferente da que conheceu quatro anos antes. Tento ver alguns rostos e alguns corpos através de seus olhos azuis, com a ajuda de seu terceiro olho preto ou através da lente de uma câmera crepitante. No fundo, é dizer minha falta de adesão.

Uma noite, durante um enfrentamento rápido e violento, uma briga súbita por não sei que motivo, fui ferido. Acertado na cabeça sem ver de onde vinha o golpe. Vejo as luzes vacilarem e se multiplicarem. Levo minhas mãos à cabeça, que se impregnam de vermelho. Cambaleio, desabo. Quando abro os olhos, estou deitado sobre uma mesa estreita num bar abarrotado. Minhas mãos se agitam no vazio. Minha cabeça está muito dolorida.

É então que noto atrás de mim, de cabeça para baixo, o rosto rosa e atento de uma moça loira de cabelos longos debruçada sobre minha ferida. Ela segura uma compressa contra meu couro cabeludo, passa um pano úmido sobre minha face e coloca sua mãe fresca sobre minha testa.

— Não é nada, é superficial — diz com uma voz clara e firme.

Depois ela acrescenta que não corro nenhum risco, que não é necessário ir a um hospital, onde os prontos-socorros estão transbordando.

Ela me explica que faz parte de um grupo de voluntários, mas que é realmente enfermeira... Emana dessa moça uma doçura, uma certeza e uma serenidade que me reconfortam. Quando tento me virar, fazendo um esforço para me erguer, desmorono miseravelmente a seus pés. Ela solta um grito, se ajoelha imediatamente perto de mim, segura meu rosto com as duas mãos. Antes de mergulhar numa vaga inconsciência, com a boca cheia de sangue, encontro forças para perguntar seu nome. Jeanne...

Dois dias depois desse incidente, Jeanne e eu decidimos nos rever. A partir de então, ficamos ligados. Não porque ela cuidou de mim com tanta doçura, mas porque descobrimos que nós dois conhecemos Clara Lafontaine. Pois aconteceu uma coisa inacreditável... No momento em que Maxime, que me procurava por toda parte, finalmente me encontrou, eu estava em péssimo estado, deitado no chão, com a nuca sobre os joelhos de uma Jeanne consternada.

— Ei! Marleau! — gritou Maxime. — Philip, meu velho canalha, você me deu um baita susto. Me disseram que você estava machucado...

Jeanne primeiro o tranqüilizou, depois, debruçada sobre meu rosto intumescido, me perguntou:

— Você se chama *Philippe* Marleau? Você não conhece por acaso um *Paul* Marleau?

Minha boca com gosto de sangue tem dificuldade de articular que meu colega se diverte me chamando de *Philip*, mas que Paul sou eu mesmo!

— Então você deve conhecer Clara Lafontaine? Uma alemã, sabe? Há quatro anos, ela morou com a gente. Era minha correspondente. Nunca mais tive notícias dela. Na época, ela me falava de você. Vocês se conheceram na Alemanha. Sei que vocês se viam com freqüência. Você se lembra, ela tirava fotos o tempo todo?

No transcorrer desses acontecimentos, o nome de Clara seria então pronunciado em circunstâncias surpreendentes. Ferida, acaso, encontro, cabelos loiros e a mão fresca de Jeanne sobre minha face.

Dois dias depois é domingo. Um grande silêncio se abateu sobre Paris. Meu curativo me dá um aspecto de pirata e Jeanne propõe que eu passe para vê-la em seu pequeno apartamento perto do hospital Saint-Antoine. Ela tem dois anos mais que eu e trabalha duro. Eu bato, mas a porta não está trancada, e Jeanne grita para eu entrar. Ela me oferece vinho e torta de maçã feita por ela mesma.

Muito rapidamente, a evocação de nossa amiga alemã muda de direção. Não faço muita questão de contar meu verão em Kehlstein. Não quero pensar de novo no velho enigma, no meu mal-estar às margens do lago Negro. Nem na clareira de rosas vermelhas, no horror secreto e em toda essa loucura enterrada. Mas Jeanne também não faz questão de relembrar a maneira como Clara se comportou com ela. Sinto nela uma amargura, uma decepção, uma frustração, uma ferida até. Jeanne me dá a entender que ela estava contente de acolher em sua casa uma jovem alemã, que gostaria de ter ficado amiga dela, que Clara a fascinara de saída. Então, o que aconteceu entre elas? A face obscura de Clara e sua tendência a se esquivar destruíram a afeição sincera e espontânea de Jeanne? Instável e paradoxal, Clara deve ter sem dúvida desorientado (com que ponta de perversão?) essa jovem enfermeira que parece sempre pronta a dar e a se dar sem medida.

Entre Jeanne e eu, o nome de Clara se revela um efêmero traço-de-união, mas nós estamos ansiosos para ficarmos juntos. Não consigo deixá-la. Acabo ficando. Jeanne é alegre, doce, bastante redonda, gorducha até. Tem olhos castanhos, lábios gulosos, nariz gelado e coxas quentes. Ao redor dos ombros, a poderosa cascata loira é como um adereço de rainha, cheio de chanfros e brilhos. Seu vigor me estimula, sua serenidade me apazigua, e sua cama é como um ninho de almofadas, renda e travesseiros imaculados. Perto de Jeanne, tudo me parece fácil. Nossos corpos não precisam se conhecer: é como se eles se conhecessem desde sempre. Com Jeanne, a nudez tem a naturalidade das origens e suas mãos sabem tocar o corpo daqueles de quem se aproxima de maneira precisa e delicada. Sua pele brilhosa chama as carícias.

Para Jeanne, o prazer é tão simples como morder uma fruta carnuda ou tomar banho de cachoeira. Olhá-la se mexer, falar, rir e sorrir é descobrir a variedade de uma paisagem feminina e secreta ou antigos territórios da infância de um mirante de sonho.

Jeanne come com apetite. O vinho ruboriza suas faces. Minhas brincadeiras idiotas, meus sarcasmos amargos a fazem rir com indulgência, a cabeça jogada para trás, o peito todo sacudido, os dentes cintilantes.

É o espírito da época? A carne de Jeanne? Nunca conheci um bem-estar assim. Por fim, relaxo nessa posição de voluptuosa estátua deitada, a nuca sobre suas coxas, sua mão sobre minha testa.

Alguns dias mais tarde a reencontro em sua casa. Meus dedos estão menos crispados do que de costume, minhas mandíbulas menos apertadas e minha inquietação parece se evaporar como uma bruma úmida ao raiar do dia. Quando chego, Jeanne está tomando banho numa antiga banheira com patas de leão que ocupa o banheiro inteiro. Ela fala comigo rindo, o rosto pingando, a cabeça cheia de espuma, antes de passar por cima da borda esmaltada, se cobrir com um robe e embrulhar seus cabelos encharcados com uma toalha escarlate. Depois vai descascar legumes, convidando-me a ajudá-la, e começa a cozinhar para mim, para nós, com uma prazer evidente.

Uma hora mais tarde, sentada à mesa na minha frente, perto da janela aberta pela qual nos chega o rumor de Paris, ela se extasia diante do prato que acabou de preparar.

A vida é surpreendente. Como eu poderia ter suspeitado, alguns dias antes, tais possibilidades de alegria e tranqüilidade? O verão chegou. O movimento subversivo que nos reuniu esmorece ou se transforma. Mas também se propaga. Os tempos mudam. Boas surpresas ainda são possíveis.

Desde que conheci Jeanne, minha atividade gráfica na Belas-Artes está bem menos frenética. Prefiro suas tortas de maçã aos sanduíches com gosto de tricloroetano... Mas há muito tempo que não desenho realmente. O inconveniente das grandes ondas coletivas é que elas dão a ilusão de que toda criação singular é derrisória. Os dias de exceção não abolem a normalidade: eles impõem uma normalidade de exceção. Jeanne está cheia de boa vontade, mas manifesta também um ceticismo bastante alegre que a impede de aderir totalmente a todos os clamores e utopias... Em contato com ela, sinto de novo a necessidade de desenhar sozinho. Estou impaciente para lhe mostrar meus esboços atormentados, esperando de sua parte sei lá qual clareza sobre minhas composições mais sombrias.

Convido-a a me acompanhar até o hotel. Meus três leões desapareceram atrás de dois metros de lixo e cospem em vão sua água pura. Pela primeira vez após vários anos, constato que os pesados batentes da entrada foram fechados, quando normalmente ficavam encostados na parede do alpendre e nós penetrávamos no hotel empurrando as portas de vidro. Temos que tocar, dar a contra-senha, para que Léon venha abrir com ares de dono de casa incomodado. Ao que parece, meu tio amaldiçoa os estudantes enfurecidos e lamenta que seu hotel, tão perto do centro da agitação, seja preterido pelos clientes. Aliás, ele saiu de Paris com minha tia, levando objetos de valor. Daí que Léon tenha se dado certas liberdades.

— Você sabe que sua mãe não está — diz ele, examinando Jeanne da cabeça aos pés com uma careta de reprovação.

Aparentemente, ele estava em companhia de Louisette, a arrumadeira que de repente finge esfregar tudo o que aparece na sua frente, cobres, espelhos e móveis de mogno. Ela se aproxima um pouco e se dirige a mim sem realmente me olhar:

— Sua mãe é bem corajosa! Todas as manhãs, eu a vejo ir ao trabalho, na direção do Odéon. Ela não parece ter medo de todos esses selvagens que fazem a revolução. Ela nos contou que até fala com eles! Coitadinha... Há sempre algo triste no seu olhar. Ai, ai, ai, é que mataram seu homem! Sim, seu pai, ela devia amá-lo muito, devia ser louca por ele! Eu a entendo: que homem bonito ele era! E tão calmo, tão viril!

— Cale a boca, velha maluca! — grita Léon, que deixou a recepção para se sentar no grande sofá, onde fuma com os pés sobre uma mesinha baixa.

Louisette dá de ombros. Estava prestes a levar Jeanne para meu apartamento, mas mudo de idéia.

— Me diga uma coisa, Louisette, você via meu pai com freqüência?

— Bem, de tempos em tempos, senhor Paul, quando ele chegava de Lyon e vinha ver seu tio, enfim, o cunhado dele...

Persuadido desde minha infância de que meu pai se recusava a colocar os pés no Trois-Lions, insisto:

— Sim, os dois se trancavam no escritório — responde Louisette. — Embora não se dessem muito bem. As últimas vezes, o senhor Édouard gritava extraordinariamente alto.

Léon intervém:

— Chega dessas velhas histórias, Louisette!

Eu queria saber se meu pai passou ali no dia de sua morte, se viu meu tio e o que eles podem ter dito um ao outro. Mas Louisette esfrega os móveis com mais energia ainda, resmungando:

— E eu sei lá! Acabo misturando tudo, datas, anos. O que eu lhe disse, heim, foi assim mesmo...

— Que idiota — diz Léon —, que pobre idiota!

E ele sopra a fumaça de seu charuto com uma cara de desprezo.

Jeanne está a meu lado, com a cabeça inclinada sobre meu ombro. Não tenho intenção de envolvê-la nisso tudo. Mas me lembro com precisão dessa última noite em Lyon quando meu pai, subindo do ateliê mais cedo do que de costume, nos comunicou: "Amanhã tenho que ir a Paris. Vou partir muito cedo, às seis horas..." Minha mãe não manifestara nenhuma surpresa, não fizera nenhuma pergunta. Discrição espontânea, velhos hábitos da atividade clandestina. Em plena paz! A guerra acabara há mais de doze anos!

Em Lyon, na época, para uma criança da minha idade, era uma evidência que vivíamos em paz. Quando eu falava com meus colegas, o futuro parecia cheio de promessas e milhares de pequenos progressos ocasionavam nossos maravilhamentos cotidianos. Mas na nossa casa, na casa dos Marleau, a lembrança da guerra permanecia vivaz. Meus pais faziam freqüentes e misteriosas alusões a ela.

De seus antigos colegas, só falavam pelos nomes de guerra. Nomes e sobrenomes mais verdadeiros que os do registro civil. Numerosos rastros dessa época subsistiam no fundo dos armários, pilhas de jornais clandestinos e de panfletos amarelados. Cheguei a encontrar cadernetas de racionamento numa gaveta e, um dia, de tanto bisbilhotar, descobri uma pistola embrulhada em panos. Estava abundantemente lubrificada, pronta para o uso. Sozinho, num apartamento silencioso, eu a brandira e apontara para nazistas ou colaboracionistas imaginários.

É esse tipo de lembrança que eu gostaria de contar a Jeanne, como se sua saúde solar pudesse dissolver o quinhão de noite. Mas Clara permanece também um tema muito obscuro demais entre nós. De comum acordo, não falamos mais sobre isso. Clara, a inominada. Clara fantasma.

Fico dividido, chacoalhado, perplexo. A simples presença de Jeanne chegaria quase a me convencer de que viver é uma coisa fácil e muito simples, que a felicidade pode crescer como a grama, aqui e agora, que não há nenhuma razão para brigar, bater, que a guerra está longe, que a guerra acabou.

Quando minha mãe volta ao apartamento, conhece Jeanne. Escuto-as conversar, no cômodo ao lado, como se se conhecessem há muito tempo, enquanto reencontro, com um prazer embaraçado, meus grandes desenhos.

Como de noite Jeanne está de plantão no hospital, decido voltar para ver o que está acontecendo nas Belas-Artes. No caminho, encontro Maxime, que pergunta o que há comigo. Em algumas semanas, ele mudou incrivelmente. Mais magro do que nunca, o rosto marcado pelo cansaço, tem ares de conspirador. Submergindo-me num fluxo ininterrupto de análises abstratas, ele me lança um olhar no qual se misturam a ironia e a desconfiança. Ele fala em "escolher seu lado", em "inimigos objetivos", em "recursos à violência".

— Está vendo, meu velho Philip, estamos bem longe das sutilezas filosóficas do nosso caro Senhor K.! Espero, contudo, que você não tenha ficado nas elucubrações fumacentas de Kunz! Ele nos impressionava na época, mas não passa de um professor de filosofia, um esteta! Do fundo de sua poltrona pequeno-burguesa, abarrota as jovens consciências de idéias pequeno-burguesas!

Maxime se empolga, mas eu defendo sem muito entusiasmo esse antigo professor de filosofia do qual intuitivamente sempre desconfiei. Por outras razões.

— Mas isso não impede nosso Senhor K. de vir rondar o teatro das operações. E nos lugares nevrálgicos, evidentemente! A questão é incorporar o espírito da época, sem dúvida. Por pura curiosidade de individualista. Ele deve estar procurando vinho novo para seus velhos odres!

— Você encontrou com ele?

— Encontrei. Ontem mesmo, e não muito longe daqui. Ele estava acompanhado daquela moça, você se lembra, sua amiga alemã? Clara, não é isso? Uma *voyeuse* danada, ela também, fotografando a torto e a direito...

Fico sem voz. Se Maxime estiver certo, Clara então está em Paris. Ela deve ter visto o que eu desejava tanto que ela visse. Talvez tenhamos passado muito perto um do outro... Será que ela mudou? O que será que ela faz? O que será que ela quer? Que importância isso tem! Gostaria de não pensar mais nisso. Passar a outra coisa.

No entanto, essa noite mesma, vejo-me andando ao lado da linha de Sceaux até a casa de Kunz.

Em alguns anos, a velha construção foi engolida por seu próprio jardim. A grama está alta. O arvoredo, enorme. Íris, lilases, roseiras desaparecem sob a hera, as silvas, as campainhas e as urtigas. Penso numa cabana perdida no meio do bosque. O mágico morreu, os anões estão doentes e uma moça está abandonada num caixão de vidro no fundo do porão. Atrás da folhagem, vejo o brilho amarelo de várias janelas iluminadas.

Por mais que espreite, dissimulado pelos galhos mortos e as silvas, não distingo nem Kunz nem Clara. Vejo bem que essa silhueta que passa e repassa, de cômodo em cômodo, debruçando-se como para falar com um gato ou fazendo girar uma colher numa tigela, é de Diotima, manifestamente sozinha. É meia-noite, o cansaço me aniquila. Sinto em torno de mim o imenso *gruyère* do concreto de subúrbio, cujos buracos são as respirações dos humanos dormindo. O ar está morno. O *gruyère* amolece em silêncio. O grande sono!

Sempre a pé, volto para Paris pelas ruas desertas cheirando a poeira, a ferrugem quente e a lixo. Ando. Cachorros latem atrás das grades. Paro para urinar longamente contra um tapume.

Vocação
(Vercors, outono-inverno de 1968)

*S*empre associei o mês de outubro à oportunidade de um recomeço ou à iminência de mudanças profundas. Deixo-me levar pela grande dinâmica outonal cheia de cores quentes, ruivos, carmins. Gosto da frescura estimulante das manhãs, do azul vivo do céu, da promessa de chuvas generosas. Sobretudo, estou aliviado por sair do verão, estação pesada e lenta, jogada como uma porca sobre seus filhotes. Sinto que esse ano, depois de tantas reviravoltas gerais e íntimas, ainda vai acontecer mais alguma coisa. Foi nessa Paris de cabeça para baixo que encontrei Jeanne. Nessa Paris, Clara talvez ronde discretamente...

Sob a tênue luz moderna, pode-se ler em todos os rostos que nada será exatamente "como antes", que as rupturas se tornaram fáceis e necessárias. A partir de agora, habitamos a clareira do possível, no distanciamento passageiro dos medos. Quem se lembrará que durante alguns meses o número de suicídios em Paris tivera uma queda vertiginosa?

Anuncio à minha mãe que não estudarei mais nas Belas-Artes, que renunciei a qualquer diploma, que trabalho há algum tempo como carregador no hospital Saint-Antoine. Mas tenho sobretudo a intenção de viajar, de andar à deriva, de desenhar, de pintar. Minha mãe se contenta em sacudir a cabeça, com a sobrancelha levantada, mas um sorriso cúmplice, como se só lhe restasse se deixar levar por essa onda emancipatória que nos ultrapassa, a ela, a mim e a tantos outros nesse momento. Por sua vez, ela me comunica sua decisão de deixar o trabalho na livraria do Odéon, de tirar umas longas férias e de partir também.

— Veremos — ela clama —, veremos! Afinal de contas, ainda sou jovem! E você precisa saber, Paul, que conheci uma pessoa... Gosto desse homem e vou ao encontro dele. Sim, veremos...

É o espírito da época que faz com que eu não a escute somente como minha mãe, mas como uma mulher? Uma mulher "ainda jovem" e cheia de desejos. Alguns dias mais tarde pegamos a estrada juntos em direção ao sudeste. É minha mãe que dirige a pequena 4L que acabou de comprar. Primeiro ela quer reencontrar a velha atmosfera lionesa, rever nosso antigo bairro. Depois vai ao encontro de "alguém" numa cidade do Vercors. Ela me abandonará ali e eu prosseguirei a viagem sozinho. Gosto da idéia.

Foi com alegria que devolvi meu jaleco ao hospital Saint-Antoine, onde, para acabar com o triste estado de estudante, viver em companhia dos trabalhadores e, sobretudo, ficar ao lado de Jeanne, eu aceitava as tarefas mais repugnantes. Eu chegava muito cedo de manhã e, usando luvas de borracha, passava de sala em sala, de quarto em quarto, de bloco em bloco para recolher no meu carrinho tudo o que devia ir para o incinerador ou para o autoclave. Dejetos para destruir ou instrumentos para esterilizar. Coletor silencioso de curativos enegrecidos pelo sangue, seringas, lençóis contaminados. Acontecia-me de cruzar com Jeanne, cheinha e nua sob seu jaleco, com mechas de cabelo loiro transbordando da touca. Um anjo indiferente a minhas tarefas imundas, que me encorajava antes de se juntar de novo ao bando imaculado de enfermeiras ou se debruçar com solicitude sobre algum corpo moribundo. Eu ficava deslumbrado com tanta graça e disponibilidade. Como não imaginar que Jeanne acolheria igualmente em seus braços e em sua cama qualquer esfarrapado que chegasse? Às vezes, isso causava uma inconfessável ferida no meu amor-próprio e me dava vontade de desaparecer.

Nesses primeiros dias de outubro, tomo então um pouco de distância em relação a esse trabalho infernal, assim como em relação à minha angélica companheira, que não manifesta nem surpresa nem pesar quando lhe comunico minha partida.

Em Lyon, a emoção não vem, embora minha mãe tenha feito questão de me levar ao palco estreito de um velho teatro da infância. Revejo nosso pátio, nossas janelas e, sobre a fachada do antigo ateliê do meu pai, as palavras *Gráfica moderna*, que estão meio apagadas. Em grandes letras amarelo dourado, lemos o novo letreiro, *Créapress*. Minha mãe acha que fica moderno, que fica bem.

Mais tarde, pegamos a estrada para Isère e começamos a subir as curvas fechadas que permitem penetrar na fortaleza de pedra.

Por que o Vercors? Para mim, é claro, o nome dessa montanha está associado à Resistência e ao massacre do qual me falaram muito. Quantas vezes, ainda criança, ouvi o relato da fuga do meu pai, depois de sua evasão das dependências da Gestapo em Lyon e de sua estada nesse maciço legendário onde os maquis o haviam escondido antes que ele retomasse, em outro lugar e com outro nome, suas atividades clandestinas? Quem é esse desconhecido com quem minha mãe veio se encontrar?

A 4L sofre nas encostas. Minha mãe responde laconicamente às perguntas que faço sobre esse passado recente. Fórmulas feitas, anedotas remoídas cem vezes, detalhes sumários, enfim, um relato evasivo. É sempre a mesma decepção. No fio das horas e dos quilômetros, não descubro nada novo sobre meu pai e menos ainda sobre minha mãe que, eu sei, também correu riscos.

Do passado dos seres mais próximos, e mesmo de sua vida inteira, sempre encontramos apenas farrapos cheios de silêncio e de pó, como quando abrimos um armário contendo roupas fora de moda, desemparelhadas e com alguns vestígios no fundo dos bolsos, como velhos tíquetes, notas de restaurantes desaparecidos, moedas fora de circulação e outros pequenos restos de uma existência apagada.

Assim que chegamos ao planalto, no momento de me separar de minha mãe, prestes a reencontrar um homem do qual faz questão de não falar comigo, compreendo que é nessa paisagem esplêndida que vou andar, sem saber muito bem aonde ir. Beijo minha mãe, bato a porta e pego a estrada, mochila nas costas, levando uma pequena mala na qual enfiei material para pintar e desenhar.

O céu é de um azul vivo sobre as barras calcárias que cercam as pradarias cinza e amarelas e os bosques pretos, vermelhos, marrons e laranja. O Vercors é uma nave espaço-temporal à deriva, ora para o sul, ora para o oeste, segundo a força dos ventos e o movimento das nuvens. Sente-se a altitude desse gigantesco planalto, longe da agitação da época, dos carros incendiados, das calçadas arrancadas e dessa superexcitação nova que tomou conta dos espíritos e dos corpos. Aqui, a mil metros de altura, seria possível acreditar que nada muda há trinta ou quarenta anos. A beleza dos lugares deve muito à sua rudeza.

No frio vivificante, ando primeiro numa estrada reta e deserta que passa à distância das cidades recolhidas sobre si próprias. Mas há casarões maciços, arrogantes em sua austeridade e em sua indiferença em relação a tudo o que poderia embelezar seus arredores. Como evadidos da cidade, ruminam atualmente, altivos e carrancudos, no meio dos campos pedregosos. A noite cai. Uma leve bruma azul começa a planar em torno das árvores franzinas. Vigor dos troncos que resistem à torção dos ventos! Paciência dos galhos que as nuvens curvam e quebram a cada inverno! As águas corromperam como um ácido as rochas, esculpidas por dentro, esvaziadas e cortantes.

Meus dedos estão congelados, mas, uma ou duas vezes, na beira da estrada, uso minha pequena mala como escrivaninha e não resisto à vontade de bosquejar a zombaria fixa de uma pedra ou o gesto enigmático de um galho. É menos a paisagem do Vercors que me atrai do que seus blocos dispersos, maltratados pelos elementos. Estou tiritando, mas ao desenhar, faço aflorar a matéria do mundo.

Depois tudo escurece muito rápido. A uma boa distância umas das outras, as luzinhas amareladas se preparam para resistir ao crepúsculo esfumaçado e depois ao negro da noite. Será mesmo necessário reproduzir essas aparências minerais, fixar suas rachaduras aleatórias? Se fosse mais velho, muito mais velho, mais sábio ou mais sossegado, será que eu não me contentaria em observar essas rochas? Saberei um dia, com as mãos vazias e imóveis, guardar o desejo de desenhar no interior do meu crânio e apenas contemplar esses blocos de pedras, num longo sonho de duração?

Quando a noite chega, conto com a hospitalidade lendária das pessoas daqui. Abandonando a estrada escura, vou até um burgo e empurro a porta de vidro de um albergue deserto onde como copiosamente e encontro um quarto. Tábuas que rangem, tapetes desbotados, móveis que estalam no grande silêncio. Viagem ao passado, num sono profundo em que cada um dos meus nervos consegue relaxar entre os lençóis ásperos e frios de uma cama gigantesca cheirando a sabão e bolor. De madrugada, café fervendo numa sala ainda deserta. O dono obeso sai da cozinha secando as mãos redondas com um pano de prato.

Como na véspera, ele examina com desconfiança, da cabeça aos pés, seu único cliente. Depois decide se sentar à minha mesa, esticando as pernas grossas sobre uma cadeira com uma careta de dor.

— Vocês, jovens, podem andar! Vocês têm sorte de viajar! Eu, depois de dez passos, começo a bufar como uma foca... Convenhamos, vocês, jovens, fizeram uma zona danada na última primavera... Mas se acham que conseguem sacudir uma sociedade que só quer cochilar em paz, estão muito enganados. Vocês quiseram brincar de batalha, fazer uma pequena guerra contra novos malvados... Ah, como é bela a juventude!

O gordo deixa cair a mão sobre minha mesa. Estreita demais para sua bunda, a cadeira geme sob seu peso.

— Mas vocês não viram nada, nada! Não viram a guerra, a verdadeira. Antes, eu era extremamente ágil! E magro, quase magro na sua idade. Foi depois da Libertação que ganhei todos esses quilos. Quando a vida recomeçou... ou fingiu recomeçar. Sem brincadeira... Você sabe o que aconteceu na nossa planície? Na época, éramos nós que tínhamos ilusões. Aqui, estávamos fora do mundo. Por toda parte, havia guerra, Ocupação. Lá embaixo, as pessoas tinham fome, tinham medo. Aqui, nós nos sentíamos protegidos. Havia comida nas fazendas. Os caras subiam, cada vez mais numerosos. Com armas cada vez mais pesadas. Acabamos nos habituando a esse ambiente de caserna a céu aberto. A bandeira da França, percebe? De manhã, os maquis apresentavam as armas e saudavam a bandeira. Nas praças da cidade! Como estou dizendo! Nenhum boche por aqui! Para os lançamentos de páraquedas, todo mundo colocava a mão na massa. Sim, uma verdadeira França em miniatura, com as bordas de um prato de torta nos protegendo. Enfim, era o que achávamos. Pois, um dia, os alemães caíram em cima de nós. Do céu, em plena noite escura, como aves de rapina, bichos selvagens. Eles tomaram posição ali, na direção de Virieu. Cada vez chegavam mais. Subiam pelos colos, pelas gargantas. Rapidamente compreendemos que eles vieram para nos destruir, para incendiar e massacrar. Eram metódicos, monstros. Nossos garotos, que alguns dias antes desfilavam com seus carros marcados com tinta branca, com suas bandeiras, seus uniformes e tudo mais, foram heróicos! Mas eles desabavam aos montes. A lagarta cinza avançava. Devorando tudo à sua frente. Até mesmo as vacas. E os cachorros. Refinamento na crueldade. Alguns empalados. Garotos pregados vivos nas portas das granjas. Tudo queimava. Veja, nosso oásis tinha se tornado um inferno. Claro que você não pode imaginar tudo isso. Podemos usar palavras, mas o que dissermos não terá nada a ver com a realidade! É assim, meu chapa!

Todo suado, o dono acabou me tratando de "você", oferecendo-me um café.

— Então, você pode muito bem vir andar pelas nossas estradas, até mesmo a pé, pois você jamais verá todos os fantasmas. Não verá nenhum! A guerra não é tanto as batalhas, mas uma porcaria humana inimaginável.

A manhã já está bem avançada quando deixo o albergue e tomo a direção do sul. Nuvens brancas, esguias, caíram sobre o planalto como montes de velas sobre o cais de uma embarcação imensa. O gordo me ofereceu solenemente um mapa dos anos cinqüenta cujos amarelos e verdes estão desbotados. Grossas gotas começam a bombardear o velho papel cujas dobras estão se rasgando, mas vejo que depois de Latrans, Le Mollard e Céséglise, a estrada margeia as gargantas do Bruissant até chegar a Virieu. Mais longe, há de novo numerosas curvas fechadas e a montanha finalmente oscila para o sul. A paisagem se abre então sobre uma planície mais alegre, o verdadeiro Midi cheio de uma última claridade tépida e outonal. Ignoro de quantos dias precisarei, mais tarde, para percorrer a Provença, mas tenho a intenção de ir até o mar.

Enquanto isso, para chegar até o tombadilho da grande embarcação Vercors, depois de passar pelos cruzamentos desertos, em cima do Mollard, só há essa estrada pouco atraente, assustadora de tão a pique, esculpida numa rocha preta que goteja de umidade. Embaixo, o estrondo surdo da torrente sob os rochedos monstruosos, arrancados da parede rochosa pelas intempéries. Por momentos, o eco repercute os desabamentos invisíveis das pedras sobre a estrada.

Ninguém no mundo desconfia que sou o único andarilho minúsculo nesse caminho estreito. Eu mesmo poderia interromper tudo aqui. Deixar pra lá. Cair no vazio. Morrer entre as dobras. Encolher-me entre dois blocos. Petrificar-me. Nenhum fantasma vem ao meu encontro.

Mas as gargantas já começam a se alargar bruscamente sobre pradarias amarelas inundadas de luz, atravessadas em todos os sentidos por muretas de pedra seca. Depois do estrangulamento, um grande espaço vazio, ventoso, violento, ondulações de terra que se oferecem ao céu. Nenhum bicho visível, nem mesmo perto desses bebedouros metálicos com água transbordante.

Para além da última plataforma, pressinto a enseada final, a descida violenta pela estrada em ziguezague, a promessa do Midi. Na beira da cidade, que só pode ser Virieu, encontro algo para comer e beber numa espécie de café, que é também a cozinha esfumaçada de uma casa. Há alguns homens, que se calam assim que entro. Pessoas simples que não conseguem evitar me encarar enquanto como alguma coisa. Do outro lado da rua, há um estranho monumento erguido na frente de um cemitério do qual se vêem as cruzes lívidas. Engolido o café, com a mão na maçaneta, sinto a flecha dos olhares plantados entre meus ombros. Vou ver de mais perto esse grande aerólito que caiu nesse canto despovoado.

A dois passos da escultura, não dá para dizer exatamente o que ela representa, se é que representa alguma coisa... Mas é impressionante o trabalho minucioso da pedra, com todos esses ângulos, dobras, trançados e cavidades. E as partes de rocha bruta que dão a impressão de esmagar e devorar as formas finamente elaboradas. De repente, compreende-se que se está diante de corpos torturados, com o bedelho sobre seu sofrimento. Corpos humanos que cessam de sê-lo para se tornarem bestas, nada além de matéria. Corpos empilhados, uns sobre os outros, como madeira para uma fogueira.

Estendo a mão, com os dedos abertos numa intenção confusa, pois essa escultura é um bloco de crueldade, e seria impossível dizer qual boca está prestes a morder e qual está apenas suplicando. Qual mão assassina? Qual mão é assassinada? Ciranda petrificada de horrores. E eu permaneço diante *disso*.

No café, os homens da cidade estão persuadidos de que vim a pé para esse buraco perdido deles só para ver esse monumento com seus mortos escapados do cemitério. Entre eles, falam dessa obra recente com orgulho, temor, desaprovação e uma vaga superstição, como se a partir de agora ela conferisse a esse lugar uma grandeza obscura que eles não desejavam, mas que, não obstante, os lisonjeia. Eles a chamam "a Pedra".

— Ele está em casa neste momento — fala de repente um cara grande e magro encostado no balcão, sobre o qual esmaga seus antebraços no meio de uma floresta de copinhos.

Ninguém me dirigira a palavra até então, mas ele deu o sinal.

— Enfim, se foi ele quem você veio ver — diz um outro brincando com sua barba e sem deixar de fixar seu copo vazio.

Outros sentados na penumbra, um a um, se dirigem a mim. Todos falam ao mesmo tempo.

— Quando a gente vê a Pedra, quer ver as outras, com certeza!

— O campo logo estará cheio de estátuas dele... Enfim, é o negócio dele!

— Os blocos têm que ser trazidos até aqui em cima. Há alguns que ele faz vir de longe.

— E isso lhe valeu uns bíceps.

— Ele está equipado: tem seu "Citron" como um guindaste...

— Pois então é um artista! Ele diz que o ar daqui lhe faz bem, o espaço e tudo mais. Mas ele não é daqui. Ele se instalou já tem um tempo, mas não é daqui!

— O ar daqui, nem me fale! Essas estátuas bem que pegam ar, ao ar livre desse jeito...

— Um ar que congela, só que não dá para elas baterem os dentes, pois não têm boca.

— Enfim, para um artista, até que ele é um cara simples. Quando sobe, mesmo em pleno inverno, com a chuva, ele paga uma rodada.

Assim, o criador do monumento perto do cemitério, da Pedra, como eles dizem, mora bem perto daqui, num casarão isolado, a dois quilômetros da cidade. Um certo Dodds, Philibert Dodds.

Na grande sala reanimada, nesse momento todos me aconselham de ir ver as estátuas.

— Sabe que tem muita gente que vêm para vê-lo. Ele é conhecido. Ele vende.

Eu cumprimento os presentes e me dirijo até a porta. Do lado de fora, a névoa está cada vez mais espessa e não se distingue mais a borda do planalto. Corto caminho através da pradaria e atravesso algumas muretas. Sinto prazer em caminhar sobre esses montes de pedrinhas esbranquiçadas minuciosamente amontoadas à beira dos campos ao longo dos anos. E eis ali a enorme construção, alta, larga, firme como uma carapaça gigante. Uma coisa enorme! Em torno dela, efetivamente, silhuetas altas, congeladas no crepúsculo. Quantas? Dez, doze, vinte? Todas de pé, a alguns metros umas das outras. Sua imobilidade é tal que a extensão de mato cinza que as cerca parece se mexer lentamente em torno delas. São blocos graciosos, torcidos sobre si mesmos, despidos e velados, dos quais não se distinguem claramente a cabeça ou os membros. Cada estátua numa postura singular, à mercê de pensamentos singulares. Uma comunidade secreta, uma ordem do silêncio...

Tenho a vontade absurda de ir me confrontar com esses seres de pedra, com sua fixidez de comendadores, como se, depois de um dia de caminhada e solidão, seu peso pudesse me ajudar a ficar ainda mais leve e seu tamanho a me tornar minúsculo. Sentir também sua rugosidade sob minha palma para que ela me torne duro quando enfiar os dedos em suas fendas. Alguém as talhou, cavou, abriu, lixou, ergueu, mas é sua indiferença que triunfa. Sente-se a energia humana derrisória que foi necessário gastar para que elas nasçam e a calma inumana que elas manifestam desde então, com todo o seu peso sobre a terra, nesse canto do mundo.

Será que vou me acocorar um instante, no centro dessa espécie de círculo formado por esses vigilantes cegos?

Aproximo-me mais. Mas atrás de mim uma porta range. Tenho um sobressalto. No retângulo luminoso, há um homem que me observa. Vejo a ponta incandescente de seu cigarro, a sombra da fumaça em torno dele.

— Não se deixe intimidar pelas solteironas — me diz uma voz forte e vagamente divertida. — Elas bem que gostariam que você ficasse a noite inteira. Elas podem ser malvadas. Se você estiver perdido, venha aproveitar o fogo.

Na soleira de um grande cômodo onde dois homens e três mulheres estão sentados sobre sofás cobertos de juta, fico pela primeira vez na presença do escultor Philibert Dodds. Tranqüilamente, ele me olha entrar. Tem cerca de quarenta e cinco anos, grandes pés-de-galinha de cada lado dos olhos azuis desbotados, cheios de chispas douradas que lhe dão um ar zombador. O lábio ligeiramente torto segura uma ponta de cigarro deformada. Ele está vestindo uma jaqueta de couro surrado que lhe molda o torso e grandes botas cobertas de manchas brancas. Ele é maior que eu, robusto, quadrado. Reparo em suas mãos rechonchudas, musculosas, cobertas de calos e arranhões.

Cumprimento todo mundo e vou abrir minhas mãos sobre as chamas. Dodds está ocupado enrolando um novo cigarro. Gaguejo uma vaga apresentação, explicando que estou viajando a pé, sem objetivo preciso. Ninguém parece assombrado.

Uma longa noite começa, que marca também o começo de minha estada na casa de Dodds, onde passarei várias semanas ao abrigo dessa construção profunda e acolhedora.

Encontro, revelação, descoberta: as estátuas gigantes enfeitiçam? Não pegarei a espetacular estrada ziguezagueante em direção à Provença, em direção ao mar e sei lá quais doçuras.

Cedendo mansamente, a cada dia, à proposta de Dodds de adiar minha partida, a fim de, diz ele, "trabalhar um pouco seriamente", ficarei em Virieu até as primeiras nevadas.

Fogueira, álcool forte. Já me reaqueci. Quando ficam sabendo que fiz Belas-Artes, os amigos de Dodds desejam ver meus desenhos. As folhas circulam. Nenhum comentário. As mulheres, muito alegres, me pedem detalhes sobre o que chamam "acontecimentos". Mas o que está ocorrendo atualmente em Praga as perturba bem mais do que o que ocorreu em Paris. Os tanques do

Pacto de Varsóvia contra a multidão. Os coquetéis Molotov. As suásticas furtivamente traçadas com tinta branca sobre a chapa dos blindados do aliado soviético que se tornou invasor. Esses artistas estão muito mais abalados por esses acontecimentos do que os jovens com os quais convivi até agora, para quem se trata de uma empreitada previsível por parte de um regime do qual não há mais nada a esperar. Estou caindo de sono.

No dia seguinte de manhã, o ar transparente, as nuvens rápidas. Ouço já o choque metálico das ferramentas sobre a pedra. Na velha granja transformada em ateliê, Dodds bate com vigor, o gorro afundado até as orelhas, com a barba malfeita, bagana apagada nos lábios. Seus olhos faíscam atrás dos óculos de proteção. Ele acena rapidamente para mim e não me dá mais nenhuma atenção, voltando a cantar: "É a vida, é a vida... Penso nela e depois esqueço."

Por volta do meio-dia, Dodds me vê desenhando suas moças de pedra que peguei como modelos. Com o papel sobre a rocha, esfreguei com o grafite para obter grãos. Mas não pude evitar deformar suas esculturas. Dodds parece não estar nem aí. Ele ri. Desliza as mãos pelas fendas que efetuou no ventre e no torso das estátuas.

— Sabe, meu negócio é apreender a realidade pelos seus buracos!

Seus amigos vão de um lado para o outro, lêem e fumam sob o sol. Um cara no canto está lá para ajudá-lo a transladar os blocos servindo-se do guindaste do caminhão.

Sentado sobre o banco de madeira, diante da mesa coberta de garrafas, livros, pontas de cigarro, esboços, Dodds tem uma maneira muito particular de pegar o gargalo da garrafa de vinho tinto e bater contra a borda dos copos para derramar a bebida.

Com ar sonhador, ele apóia seu polegar sobre o gume da lâmina de seu Opinel, mastigando longamente o queijo e o pão. Um apetite sólido! Uma sede danada!

— Vamos, mais um copinho de vinho...

Duas das mulheres presentes são muito carinhosas com ele. Ele as segura pelos ombros, as puxa afetuosamente para si, brincalhão. Fala pouco. Muitas banalidades, observações irônicas ou insignificantes, mas de vez em quando, como quem não quer nada, com uma rudeza desenvolta, Dodds lança algumas fórmulas categóricas, bem compactas, sobre sua profissão de escultor. Ao longo dos dias passados ao seu lado, guardarei algumas delas:

Dodds diz: "No fundo, sou um primitivo. Não sei o que faço quando bato. Esculpo às cegas, de ouvido. É preciso saber ouvir a pedra. O vazio, o cheio. Depois de algum tempo, é a pedra que grita que está farta..."

Ele diz: "Há quem ache que não parece acabado, mas para mim está cuidado em detalhe, em cada cantinho, como uma catedral."

Ele diz: "A escultura, saiba, é um combate, uma batalha. Se você começa, você deve bater até o final, senão é a pedra que nocauteia você! No final, é um corpo a corpo. Você a machuca, mas ela machuca você pra caramba também. Eu dei à luz minhas grandes filhas com muita dor, como uma fêmea, um bicho, um presidiário."

Ele diz: "Mas chega um momento em que não é mais preciso bater, cavar, machucar. É preciso começar a acariciar, pelo contrário... As carícias vêm antes e depois da briga."

Ele diz: "Depois de toda essa angústia, todo esse suor, compreende-se que a matéria que resta, que ganhou forma, é a vida, a verdadeira vida. Atravessa-se o caos a soco! Esses grandes blocos mudos que esperam para serem liquidados são um concentrado de caos. É você que vem colocar ordem ali dentro, amor, medo, terror. Sacou?"

Ele diz: "Eu sei quando acabou. Eu sinto. Então me afasto, tomo distância, e o que vejo é o espaço que a escultura faz aparecer à sua volta... Uma escultura, bem pesada, bem dura, serve também para isso: revelar o vazio. Sabe, o espaço entre as formas é uma forma também."

Ele diz: "As estátuas, esses negócios de pedra que a gente se acaba para produzir, nos fazem sentir também o que é estar sobre a terra. Elas pesam sobre o chão. Apertam como endiabradas. Então nós, ao lado delas, compreendemos que poderíamos voar, levados por uma rajada de vento. Uma vez que elas existem, essas vacas, não somos mais importantes, não somos nada! São elas que velam. Elas que vigiam. Nós podemos jogar a toalha."

E Dodds solta uma grande gargalhada sacudindo a última gota de vinho tinto no seu copo. Gosto quando ele diz "um copinho" ou "mais um tapinha e volto a trabalhar...", "Preciso enrolar um cigarrinho", e quando ele estende seu pulso torto ao visitante em vez de seus dedos sujos dizendo: "Apertaria sua mão, meu chapa, mas estou com dedos emporcalhados..." A velha e boa gíria. A velha e boa risada. Sacou?

Rapidamente, faço o que posso para me tornar útil. Cortar lenha para o fogo, sentir um prazer extremo ao bater o machado na tora colocada sobre o tronco, o ferro atravessando-o com um só golpe, os dois pedaços com as arestas vivas pulando de um lado e do outro com um barulho oco. Não fico cansado e a pilha de madeira cortada e bem arrumada não pára de crescer. Dodds reparou nessa necessidade de usar violentamente minhas mãos. Uma espécie de descanso depois dos croquis minuciosos. Quando ele me propõe de trabalhar com argila ou gesso, me apresso a amassar, esticar, modelar a matéria com os dedos. Comprimo a pasta úmida entre as minhas palmas, arranho, pulo, espero que seque e endureça. Dodds dá uma olhada. Meço tudo o que ainda me resta aprender ao vê-lo bater como um surdo, xingar, usar o martelo pneumático, a amoladora, o polidor. Ele resmunga, dá risada, fala sozinho e canta aos berros: "É a vida, é a vida... Penso nela e depois esqueço."

E sobre meu ombro, ouço:

— Cuidado, rapaz, detalhes demais, não. Não refine demais. Esqueça os desenhos. Se você fica selvagem, você poderá atingir uma sutileza muito maior. Sacou?

Acho que saquei. Os amigos de Dodds vão embora. Suas mulheres são muito agradáveis comigo também. Como encontrarei forças para partir?

Vem o dia em que Dodds me pergunta negligentemente se eu ficaria a fim de experimentar as ferramentas. Ele passa e nomeia cada uma delas para mim. Cinzel, ponta, escoda, raspadeira...

— Vamos lá: trace! Trate de descobrir como a pedra está arruinada. Ela tem coração, veias. Tem suas fraquezas, suas linhas secretas. Comece devagar. Se você a respeita, pouco a pouco ela se revela. Aqui ela soa mais oca. Aqui se pulveriza, amolece, você solta. Aqui, veja, ela resiste... Vamos lá! Com o ouvido tanto quanto com o olho...

Eu me lanço. Eu me encarniço. Dodds não interfere. Minha falta de jeito o diverte. Ele me explica, mas sem tocar em nada. Minhas bolhas estouram. Minhas mãos sangram.

— Vamos, esqueça um pouco, você vai deixar o couro aí. Venha beber um copinho de vinho.

Quando vem a primeira nevada e uma fina película branca recobre as grandes moças de pedra, pego o ônibus de Virieu para descer até o vale, chegar à estação e voltar para Paris. Dodds não me retém. Ele estende seu pulso cheio de gesso:

— Um aperto de mão!

Ele compreendeu que eu voltarei, que estou contaminado, que minhas mãos, meus nervos, os músculos do meu torso têm suas exigências a partir de agora.

Reencontro Paris às vésperas do Natal. Na noite iluminada, os movimentos nervosos da multidão me atordoam. Penso em Jeanne. Tenho muita vontade de revê-la, mas tenho medo de empurrar sua porta e ouvir risos e encontrar um desconhecido comendo torta de maçã no meu lugar.

Minha mãe voltou do Vercors bem antes de mim. Ela me dá a entender que a partir de agora deseja morar sozinha no apartamento do Trois-Lions, para viver sua vida, como ela diz. Melhor assim. Não me custa muito me mudar. Aliás, ao que parece, meu tio está furioso comigo e a seus olhos pertenço agora à gentalha. Cúmplice da baderna!

Maxime, com quem retomei contato, caiu numa vaga clandestinidade e fantasia com ações violentas. Gostaria de contar-lhe sobre Philibert Dodds, mas minhas aventuras plásticas estão longe de suas obsessões do momento. Uma noite, ele me arrasta até um quarto sórdido e tira de uma gaveta uma pistola rutilante que me estende com orgulho. Não sei por quê, mas a maneira como ele diz: "Essa é a língua que a gente vai falar com eles futuramente..." me faz pensar no meu tio dando tapinhas no seu "talento para os negócios". Cada um tem o talento que merece!

Por outro lado, tenho certeza de que Clara está em Paris, já que Léon, que passei para ver discretamente, me assegurou que ela veio recentemente saber notícias minhas.

— Achei ela com uma carinha de alemã.

Não ouso ainda ir até o apartamento de Jeanne, mas estou doido para contar a ela minha aventura no Vercors, para mostrar minhas mãos, para pedir aconchego e ternura. E decido retomar, provisoriamente, meu trabalho de carregador no Saint-Antoine, na esperança de cruzar com minha enfermeira preferida.

Mas no preciso instante em que, rondando perto do hotel, acaricio a juba dos meus três leões, tropeço com Clara que, como num passe de mágica, se materializou no meu caminho. Reparo muito rápido que ela mudou imperceptivelmente, sem entender de verdade a que isso se deve. Vejo uma estranha. Uma nova elegância. Sobretudo preto, botas pretas. Mas principalmente rugas estranhas de gravidade em torno dos olhos azuis e nas comissuras dos lábios, cansaço talvez, mas que lhe dão uma expressão quase trágica.

Ela se aproxima, me beija nas faces apoiando a mão aberta contra meu peito. Passa os dedos pelos cabelos curtos e me encara com seu ar de gata sensual, capaz de dar um pulo para o lado se tentar acariciá-la.

Percebo que ela está preocupada. Ignoro sua ligação com Kunz, e isso não me diz respeito, mas Clara tem um prazer malicioso em fazer alusão a ela. Ora parece não lhe dar importância alguma, ora insiste, feliz de provocar em mim pequenas feridas.

Dou de ombros violentamente e me calo. Ela se debruça sobre mim. Eu me afasto. Em seguida, bruscamente, seu sorriso se transforma em careta. Traços crispados, lábios tortos. Uma inquietação profunda, um desassossego que a excede.

Depois de repetir várias vezes que a idéia de um retorno à Alemanha lhe dá horror, tira do bolso negativos desordenados. Fotos recentes tiradas sabe-se lá onde. Sua objetiva surpreendeu gente de todas as idades em sua vida cotidiana. Na prova, Clara acabou reenquadrando uma expressão, um tique, um estremecimento, um gesto suspenso. Um imenso desassossego flutua como uma bruma em torno desses rostos anônimos. Uma angústia difusa na superfície da banalidade. Clara as arranca de mim para rasgá-las, amassá-las.

Mais tarde, numa sala deserta do hotel, como manifesto uma certa frieza, ela se metamorfoseia mais uma vez, abandona sua cabeça sobre meu ombro e coloca a palma bem no alto da minha coxa. O que ela quer fazer? Ou me revelar? Penso nesse braço branco estendido maravilhosamente na minha direção, na cabana do lago Negro, enquanto ela estava nua sob a coberta. Mas talvez estejamos destinados a nos desencontrarmos incessantemente, a nos rejeitarmos como dois ímãs. Ao longo do tempo. Tempo perdido, sem esperança de ser recuperado. Jamais.

Como não consigo resistir à vontade de passar meu braço em torno do seu ombro, sinto seu cheiro, seus cabelos contra meu rosto. Sinto sua respiração. Mergulho no azul. Mas ela se ergue com brutalidade e vai de um lado para o outro da sala, recusando-se a me confiar o que a atormenta. Doçura selvagem, sedução, ternura fugaz, recuo furioso em direção a um interior longínquo.

Depois, consciente de ter levado longe demais seus deslizamentos perversos, Clara aproxima seus lábios da minha testa, como uma borboleta que pousa alguns segundos sobre uma pedra, revelando as cores de suas asas antes de sair voando.

Não sei o que dá em mim. Seguro-a pela nuca, entre a pinça dos meus dedos calejados no Vercors. Ela faz uma careta de surpresa e de dor. Saio da sala, vou pegar uma chave no quadro da recepção e forço Clara a me seguir até um quarto vazio, no primeiro andar.

No imenso silêncio, bato a porta atrás de nós. Sob a luz tamisada pelas cortinas rosa, Clara me xinga em alemão, entre dentes, mas sem se debater. Xingamentos terríveis! Eu a amasso contra a parede, colocando todo meu peso sobre ela. E a jogo atravessada na cama como um pacote. Sinto-a tão pequena, tão magra, retalhada. Seus olhos são apenas um jato de tinta odiosa. Seus dentes brilham com o desejo de me dilacerar. Sem delicadeza, eu a descasco, a esfolo, a despojo de todas suas roupas pretas até sobrar apenas uma carne que se retorce. Vencida, ela desvia o rosto. Depois minha violência cessa tão subitamente como uma tempestade, libero Clara e é ela, dessa vez, que me retém, me joga e me enlaça, dando-me então um prazer que não terá mais a tranqüila evidência das margens do lago Negro, mas outra potência e outra amargura.

Quando desabo sobre esse corpo de arminho, permanecemos bastante tempo, apertados um contra o outro, com os olhos abertos. Pela primeira vez, os ecos enfraquecidos da rua chegam até nós.

— Está vendo, Paul, entre você e eu só pode haver... isso! — diz Clara por fim. — Nós nos parecemos demais. Não temos nada a dar um ao outro. Não estou infeliz, estou sozinha. Você nunca ficará tão sozinho. Tenho que conseguir ver alguma coisa. Não preciso de ninguém para isso.

Fico calado. Sei que não nos veremos por muito tempo. Nas minhas mãos abertas, ainda cheias do cheiro íntimo de Clara, distingo um pequeno formigamento novo, que não é mais necessidade de desenhar, mas de se confrontar a um bloco muito duro, a um "maldito concentrado de caos", como diria Dodds. Meus dedos se mexem. Eu os cheiro. Sinto os músculos de minhas falanges. Sei como ocupá-los.

Clara murmura ainda, como se estivesse falando sozinha:

— Tentei amar um homem. Você sabe. Muito diferente de você. Ele viveu muitas coisas. Ele me ensinou muito! Ele me tornou dependente. Mas não consigo ficar em lugar algum. Nem mesmo com ele. Viver com alguém! É assim. Um dia...

Fui tomado por uma onda de ódio contra Kunz, uma onda que cresce e acaba estourando na pura indiferença. Sem dizer nada, roço uma última vez a face ainda morna de Clara, seus cabelos, seu ventre, e saio desse quarto para ir dissolver meus maus pensamentos no ácido musical das ruas.

Sangue e água (Paris, 1972)

Transcorreu muito tempo desde que abandonei Clara naquele quarto vazio do hotel Trois-Lions. Quatro anos exaustivos ao longo dos quais fui de novo carregador, mas também aprendiz apaixonado. Tive todas as profissões: livreiro, funcionário de empresa de mudanças, professor de desenho numa escola particular, pedreiro ocasional. Dormi em dezenas de quartos diferentes. Células suspensas no céu cinza ou enterradas como cavernas. Toda minha bagagem eram algumas roupas, livros, meu material de desenho e minhas primeiras estatuetas de argila, de gesso, de madeira, embaladas em jornal velho e facilmente abandonadas no curso de minhas errâncias. Jeanne me acolhia sempre com prazer e às vezes parecia até ter me aguardado, me esperado. Mas eu tinha necessidade de estar sozinho.

Desde meu encontro com Philibert Dodds, a decisão estava tomada: eu também ia modelar criaturas de pedra, talhar e cortar a rocha com o aço. Tinha tudo a aprender. Voltei para as Belas-Artes, mas como aluno clandestino. Observador discreto, espião noturno, tornei-me o aprendiz invisível. Uma certa desordem reinava na Escola. Ninguém procurava saber demais quem era quem. Eu não era o único intruso. Foi assim que pude trabalhar a madeira, a terra, a pedra e manipular as ferramentas sem que me perguntassem por que estava lá. Os diplomas? Eu não estava nem aí. Vampiro ávido, eu chegava ao cair da noite.

Com muita facilidade consegui me aproximar dos artistas conhecidos, freqüentar ateliês, questionar artesãos competentes, caldeireiros, bronzistas, especialistas na "cera perdida". Nas Belas-Artes, eu conseguira até a chave de um depósito de moldes, situado no final de um corredor escuro, do outro lado da grande vidraça. Eu trabalhava ali de noite. Todas as ferramentas que eu recuperara aqui e acolá, dissimuladas entre as pernas de Apolo, as nádegas de Diana, os seios de alabastro de Vênus. Sozinho, até a madrugada, eu tentava tirar proveito de minhas descobertas. Exausto, depois ia empurrar meu carrinho de curativos ensangüentados e de dejetos no Saint-Antoine. Tinha na cabeça a frase de Dodds: "Eduque primeiro as mãos! Depois são as mãos que vão educar aquele que as educa." Mas as minhas se educavam numa velocidade prodigiosa.

Primeiro me dediquei à modelagem, mas eu tinha uma necessidade cada vez mais premente de apalpar a pedra, de experimentar o grão, a rugosidade. Vontade de conhecer para reconhecer bem o mármore, a pedra de Borgonha, o calcário de Lubéron, a pedra de Soignies. E por que não a ardósia, a lava, o coral?

Nos momentos de dúvida, eu voltava ao Vercors. O simples fato de rever Dodds trabalhando me confortava e me reconfortava. Ele me olhava chegar com o canto do olho, segurava seu "pito" no canto dos lábios, tirava seu gorro para coçar a cabeça e depois me dava soquinhos na barriga de brincadeira.

— Vamos, me deixe ver suas mãos? Está bem, está bem. Há o que você aprende com a cabeça e há o que você aprende com as mãos. Mas há também o que você aprende sem pensar e sem tocar, apenas respirando diante do seu trabalho em curso.

Respiração, ouvido, intuição. Não se esqueça que um escultor é setenta por cento autodidata! Meta isso na cachola.

Um dia finalmente, no início de um outono magnífico, de tanto me encarniçar sobre um bloco de calcário bem duro, com golpes de escoda, ponta, picareta, cinzel, vi surgir uma forma que me pareceu acabada. As ordens vieram das profundezas da pedra. Era o bloco que comandava. Ele queria que eu cortasse aqui, cavasse ali. E foi o bloco mesmo que gritou: "Chega!" Ao mesmo tempo que eu disse a mim mesmo: "É isso, pronto, finalmente uma coisa terminada!"

— É, você tem razão. Não mexa mais — me disse Dodds. — Mas o que é esse negócio?

— O Golem! — eu disse, como poderia ter dito qualquer outra coisa.

Via-se efetivamente um monstro robusto, contorcido, com uma boca maligna, e sobretudo muito profunda, e uma testa gigantesca.

— Ele não é um pouco pequeno para um Golem?
— Ele vai crescer — respondi.

Dodds riu. Nós nos entendíamos. Uma noite, depois de vários copos de vinho tinto, na frente do fogo, cedi à tentação imbecil de falar a ele sobre Clara. Gaguejei:

— Na Alemanha, há alguns anos, conheci uma garota estranha...

Dodds não quis me interromper, mas me deu a entender que esse tipo de detalhe biográfico não lhe interessava realmente.

— As garotas, as garotas, não são o que falta, sabe... — ele ri sarcasticamente. — No fundo, elas sonham em estar bem conformes. Não são nem um pouco estranhas. A estranheza passa só pelo corpo. A nós, é claro, é isso que interessa. As coisas estranhas que as atravessam, que as eletrizam. São essas ondas que gostaríamos de captar, para responder às perguntas que nos fazemos, sozinhos como gente grande. Mas as garotas não querem ser estranhas. Elas são como são. Sacou?

E quando comecei a falar de Jeanne, Dodds decididamente mudou de assunto.

— Sabe, um desses dias — ele predisse — você vai perceber que não pode mais trabalhar em Paris. É preciso espaço para trabalhos como os nossos. Paris, agora, tornou-se muito apertada, falta ar. Quando os grandes, os maiores artistas trabalhavam em Paris, no final do século passado e no início deste século, ainda dava, havia amplidão, movimento. Vocês, jovens, com suas gracinhas da última primavera, as ruas de cabeça para baixo, a areia, as calçadas apinhadas, atingiram o máximo da expansão. Desde então, veja, tudo vem regredindo, se normalizando, encolhendo. Nos próximos anos, tudo vai se estreitar severamente. É por isso que digo que você vai sentir falta de ar, de luz em torno das pedras. Você vai ter que ir para outro lugar.

No entanto, por algum tempo ainda, Paris me dá todas as satisfações. Eu me ocupo, me satisfaço, me embriago: museus, exposições, livros, catálogos e o cara a cara aturdido com as obras. Vê-las ao vivo, experimentar, desejar, imitar, tocar. Cada descoberta ativa em mim um mimetismo frenético.

Compreendo como se pode esculpir uma sombra, a *Sombra da noite*, a nudez, o sofrimento, o medo... o pensamento. Compreendo que não é o artista febril que produz uma mulher de pedra. É uma mulher acocorada, uma mulher aos prantos, uma mulher condenada ou uma mulher-colher que arranca a si própria da matéria, que dá à luz a si própria com a ajuda das mãos de um cara que se acha senhor das formas.

Para pensar, *O Pensador* precisava evacuar essa massa opaca e dura. E para andar, *O Homem que anda* precisava se livrar da rocha que o cercava, produzindo espaço.

Quando uma turba de corpos magros, abatidos, desmedidamente alongados, surge no silêncio do ateliê, compreendo que possam ser chamados de *A Floresta* ou *A Clareira*. E podar ainda mais. Podar sempre. Desmaterializar. E compreendo que *O Pássaro*, tão puro, polido e indo a pique em pleno céu, nos diga, sozinho, por sua própria fixidez, o que é o vôo. O desejo de voar, desde que há pássaros, e enquanto houver homens levados por um "devir-pássaro"...

E, é claro, acabei conhecendo perfeitamente a obra de Pierre Puget (que nome esquisito!), que piscou para mim, uma noite, do alto de sua pilastra nas Belas-Artes. Seu *Milo de Crotona* e esse *São Sebastião* desarticulado, de mármore de Carrara.

As estações passam. Vou raramente ao Trois-Lions. Não vejo mais minha rainha Bathilde. Minha mãe também está muito distante e me acostumei a vê-la como uma mulher apaixonada por um "alguém" do qual não sei nada.

Com o tempo, meu pai assassinado se torna simplesmente meu pai morto. E consigo não me preocupar mais com Clara, mesmo se me acontece de acreditar, em alguns lugares, que seu olhar singular ficou plantado nas coisas.

Ainda tenho dificuldade de me persuadir que uma garota como Jeanne possa gostar de um garoto como eu e, sobretudo, que me preferia a todos os outros. Certas noites, deixo de lado minhas ferramentas clandestinas para ir correndo me encontrar com ela, tremendo com a idéia de que um outro possa lhe servir tão bem quanto eu e sempre maravilhado quando descubro que Jeanne está feliz com nossos reencontros improvisados.

O lago Negro não passa de uma pequenina poça sobre a superfície da memória. Minha velha inquietação alemã foi para longe, muito longe, dissimulada atrás do músculo do meu coração. Em uma palavra, minha juventude acabou.

Embora aconteçam em Paris e no mundo coisas que ressoam em mim profundamente, penso apenas em esculpir a pedra, como Dodds me ensinou a gostar. Minhas ferramentas são minhas antenas. Capto as novidades no ponto preciso em que meu buril faz rebentar a rocha.

Quando minha mãe coloca as salas da *Gráfica Moderna* à venda, porque o velho Louis, que as alugava, vai se aposentar, recebo uma soma que me parece milagrosa. Graças a esse dinheiro, sem mudar meus hábitos espartanos, consigo alugar um ateliê e comprar material. Um pouco depois da Porte des Lilas, encontro uma pequena oficina abandonada, em forma de cubo provida de uma grande vidraça, na qual os odores de olho de motor, de serragem, de gasolina e de poeira gordurosa não se dissiparam. No quintal, um amontoado de ferragens, carcaças de carros, motores carcomidos pela ferrugem e lavados pela chuva, mas também vigas e material de construção que pretendo utilizar.

Tão perto dos bulevares, mais parece que se está numa aldeia. E escrevo a Dodds para comunicar a ele esse primeiro exílio.

A porta metálica de minha oficina-ateliê se abre sobre uma praça cinza, mas sempre animada. Pombos, pardais, crianças trepadas sobre os bancos, jogadores de bochas, velhos jogando conversa fora. Três bares, além de uma tabacaria, um antiquário, um restaurante popular, uma empresa de mudança. Vida tranqüila. Rumor longínquo.

Dou uma volta pelo meu território: um colchão no chão do antigo escritório, tábuas sobre cavaletes e o grande cubo branco dentro do qual me preparo para trabalhar. O Canon des Lilas se torna minha cantina, minha sala onde conversar, minha fonte de calor humano. Com os cotovelos apoiados no balcão, pode-se ouvir rádio com direito aos comentários sensatos dos pinguços colados ao mostrador. A dona me mima. Às vezes ela faz Dolores, a empregada, levar para mim uma receita preparada na sua espelunca, com um prato como tampa, para guardar o calor. De noite pago uma rodada.

E é ao Canon que Jeanne pode me telefonar quando lhe dá vontade.

— Tenho dois dias de descanso. Posso ir ver você, se você quiser. Você está trabalhando bem?

Ela chega. Moramos algum tempo juntos nessa concha de concreto. Seus cabelos loiros iluminam o ateliê quando o sol se derrama abundantemente pela vidraça. Ela me observa trabalhar e às vezes me dá uma boa mão. Um caminhoneiro da empresa de mudança faz a entrega dos cubos de pedra bruta. Utilizo o macaco, a cábrea e as roldanas da antiga oficina.

Um dia, atravesso a praça carregando nos braços, como um bebê monstruoso, uma pesada estátua de madeira que acabei de esculpir numa viga escurecida pelo tempo e pelo alcatrão. Não passo despercebido no Canon des Lilas, em companhia dessa forma vagamente humana, com os ombros caídos como asas, a cabeça baixa, os braços longos e magros colados ao corpo, as mãos enfiadas em bolsos localizados quase nos tornozelos... É um bloco de negrura que evoca o abatimento, mas também o desleixo eterno. Disponho-a num canto do bar. Ela nos domina.

Os *habitués* do balcão, com a boca aberta, interrompendo o gesto mecânico com que levam o copo de vinho branco aos lábios, riem às gargalhadas.

— O que é isso? Quem é esse?

— É a *Solidão*. Então, deixem ela em paz!

Eles riem mais ainda. Um velho com o nariz de couve-flor, os olhos já bem injetados, bate gentilmente na barriga da estátua, erguendo seu copo.

— À solidão!

Brindamos.

Um moreninho que está sempre de boina arrisca-se a acariciar a bunda de madeira preta.

— À solidão!

A moda pega. Freqüentemente, no Canon des Lilas, quando estamos sozinhos, erguemos nossas taças cheias até a boca, esboçamos um pequeno movimento com o queixo em direção ao ídolo de madeira e upa! À solidão!

Tanta novidade favorece as audácias. Improviso. No maior dos blocos, fiz uma fenda um pouco torta, como uma ferida grave. Depois, com dificuldade, esvaziei o interior da rocha que esculpi em forma de torso grosseiramente trabalhado. Quando a cavidade está vasta o bastante, desmonto inteiramente um velho motor de caminhão que monto no interior da pedra, aprisionando-o como um coração enferrujado.

Pela fenda-ferida-sexo, nota-se inclusive uma tubulação que se perde na sombra mineral. É admirável entrever tanta ferrugem em tanto calcário.

Instalo-o num pedestal de rocha bruta e me pergunto o que Dodds pensaria desse casamento de pedra e metal que intitulei *Motor-inação*. Não tenho certeza de que ele gostaria de minha maneira de enfiar o aço trabalhado na rocha. Mas sinto que é nessa direção que vou avançar.

Jeanne gira em volta do *Motor-inação*, sentindo prazer em deslizar seus dois braços na fenda rugosa, em tatear dentro das juntas e pistões de um caminhão velho. Ela logo começa a fazer gestos de parteira. Delicadeza e determinação. Com seu entusiasmo, é capaz de colocar no mundo um bebê de pedra, sem avisar, bem no meio do meu ateliê! Ela me beija. É a idéia da conclusão que a alegra. Acontece de, sem mais nem menos, ela pular no meu pescoço. Ela simplesmente está feliz de se encontrar ali no momento em que suspiro que, enfim, está acabado, em que paro, e para festejar isso vamos juntos comer um frango ao vinho no Canon des Lilas. Estou com uma fome de leão. Cansar, isso cansa!

No Canon, os beberrões, os esfarrapados e os empregados com uniforme cinza, que vacilam um pouco depois do quinto kir, adoram Jeanne. Eles reconhecem imediatamente o tipo de garota capaz de curar seus dodóis ou secar suas lágrimas de sangue-de-boi. Sua presença os tranqüiliza. Certas noites, quando Jeanne, sentada na minha frente, fica extasiada diante de um frango ao vinho ou um coelho à caçadora, com as faces bem vermelhas, vejo os piscares de olhos cúmplices que os caras trocam, enquanto a dona enche as taças ou reconta as notas, Dolores faz esvoaçar canecas e pratos fumegantes sobre as cabeças e a *Solidão*, com as mãos no bolso, vai embora sozinha, sem se mexer, para o canto do bar.

E quando coloco minhas mãos danificadas sobre as de Jeanne, lisas e rosa, mas firmes e expressivas, depois de uma boa refeição e uma boa dose de vinho tinto, deixo-me às vezes invadir por um sentimento adocicado, que não é exatamente felicidade, mas a intuição passageira da possibilidade de uma conciliação, aqui e agora. Com o quê? Comigo? Com o mundo? Com a vida?

Não tenho, contudo, certeza de nada. Sei que o trabalho que me espera é enorme.

Sei que terei que gastar uma energia sobre-humana para conseguir um dia, daqui a muito tempo, dizer a respeito de um pedaço de pedra contra o qual terei lutado como um diabo contra o anjo: "Isso, finalmente, é sólido, era isso que eu queria fazer!"

No entanto, diante de Jeanne, me pareço com qualquer bêbado aferrado a um bar. Com todos os machos deformados do planeta. Sua presença basta para me acolher no seio de uma paz deliciosa. Uma paz provisória que Jeanne carrega com ela a todos os lugares. Uma paz que ela passaria aos homens em plena batalha, na lama ou no tumulto da miséria do mundo, apenas com suas mãos frescas e suas coxas feitas para o repouso das cabeças feridas. É assim que uma noite, no Canon des Lilas, as luzes todas acesas, a mão de Jeanne na minha, antes de voltar para meu ateliê coberto de estilhaços e mergulhado no escuro, ouço-me balbuciar:

— Não vá embora agora, Jeanne. Não me deixe. Fiquemos juntos. Você quer? O que você diria de...? O que você pensaria de...? Eu só pensava que... Sabe? Você e eu... Mas de maneira mais...? Enfim, você entende, Jeanne? Entende? Estou pedindo que você seja minha mulher!

Jeanne me encara de um jeito estranho. É como se uma casca de pele seca tivesse acabado de se soltar do meu rosto como de uma cebola reluzente, deixando ver minha cara de esfolado vivo! Ela não responde, mas seus dedos apertam bem forte os meus. Suas falanges gordas se aferram às minhas falanges endurecidas, suas unhas afundam na minha linha da vida. Jeanne fica calada. Ela sorri, mas eu acolho seu *sim* carnudo. Um *sim* bem convencido. Bem alegre.

Digamos que foi assim que aconteceu. No Canon, sob o olhar dos bêbados e da *Solidão*. Um pedido que eu deveria ter feito em outros termos e principalmente mais cedo, sem essa supuração de amor-próprio e a convicção tola de que o que a pedra esperava de mim não me autorizava a felicidade.

Na minha cabeça, Jeanne é de todos: não posso então ser dela! Levarei anos para entender que para ela, desde minha primeira ferida, desde o primeiro sangue, desde que coloquei minha cabeça sobre seus joelhos, sou esse cara absurdamente à parte da soma dos que ela beneficia com cuidados incontáveis. Aquele que usufrui o privilégio imenso e injustificado de ser amado por ela. Sem meu pedido, Jeanne nunca teria me dito nada. Ela sabia esperar.

Ela sabia também não esperar nada. Ela sabia aderir a tudo o que acontecia.

Assim, Jeanne e eu nos casamos. Muito discretamente. Os *habitués* do bar como testemunhas, uma rodada memorável no Canon des Lilas e uma refeição improvisada sobre tábuas e cavaletes, no meio do ateliê, sob o olhar de bichos minerais inacabados.

Mas o que vai precipitar nossa partida de Paris? É a maneira como Clara, depois de quatro anos de silêncio, reaparece dramaticamente?

Clara sempre foi uma artista da aparição. Mas, dessa vez, alguma coisa de sórdido e de negro acompanha seu retorno imprevisto.

Lembrança da inquietação. Lembrança de um mal que ronda nossas vidinhas mesmo em tempos de paz. Lembrança da violência da qual Clara me ajudou a perceber outros traços, na Alemanha, à beira do lago Negro, entre a clareira e a floresta. Da violência da qual uma alameda do Luxemburgo permanece o lugar emblemático para mim.

Tudo retorna. A besta pula no seu pescoço antes de comer sua cabeça.

Naquela manhã, suo sangue e água, enfrentando uma criatura de pedra e de metal que chamei *O ventre da besta*. Bloco enorme de pedra de Borgonha, mais largo do que alto, com arestas cortantes. Crânio disforme e monstro adormecido. É um sorriso aterrorizante. Um sorriso sem rosto. Uma fenda como uma ostra entreaberta. Um abismo atrás de uma rachadura. E no interior enfiei cem quilos de arame farpado, amassados com uma barra, cem quilos de ferrugem para rasgar as carnes palpitantes. Sorriso enganador, paciência e dilaceração. Pode-se girar em torno do objeto: só se percebe a quantidade de arame farpado num único ângulo, inclinando-se um pouco, entre as dobras do ventre obeso.

Estou a ponto de enfiar mais arame, quando vejo Dolores, de pé perto de mim, com o punho na orelha, indicando que o telefone é para mim. Atravesso a praça correndo, sob uma chuva torrencial, temendo uma notícia ruim de Jeanne ou de minha mãe. A dona me passa o gancho. Da cabine, vejo a *Solidão*, os olhos fixos no chão coberto de serragem e de pontas de cigarro. Ouço uma voz imperiosa e vulgar:

— Senhor Paul? O senhor precisa vir imediatamente cuidar de sua amiga. Ela não está nada bem. Só falta ainda por cima ela ser estrangeira! Não quero aborrecimentos. No hotel, me disseram que o encontraria neste número. Agora que consegui falar com o senhor, é preciso que venha imediatamente! Entendeu? Em uma hora, não quero essa moça mais aqui! E como ela não consegue andar sozinha... Não quero complicações!

Rabisco um endereço num bloco "Saint-Raphaël-Quinquina". Por sorte, o táxi chega muito rápido. Clientes o aguardavam atrás dos vidros embaçados do Canon des Lilas. Sob a chuva diluviana, o trajeto fica interminável. Os limpadores de pára-brisa rangem em cadência. Esfrego uma mão contra a outra, as palmas gotejando de suor. Cenário esfumaçado, quase apagado, em que os semáforos são como grandes estrelas vermelhas e borradas. Uma rua estreita, atravancada. Uma passagem obscura.

Deixo um bilhete com o motorista e peço-lhe que me espere. O pátio está inundado pela cascata que desaba cinco andares pelas calhas furadas. Poças oleosas.

Não vejo imediatamente a porta de aço do térreo, que no entanto me foi descrita. Ouço gritos nos andares. Alguém está brigando numa escada preta. Uma porta bate. O silêncio recai. De repente, bem atrás do meu ombro, entreabre-se um pesado batente cinza.

— É o senhor? Depressa!

É uma mulherzinha sem fôlego e furiosa, que me agarra pela manga e me arrasta para o interior. Num quarto com cheiro de gordura e água sanitária, uma lâmpada pendurada bem baixa estica as sombras. Distingo muito rapidamente uma mesa cheia de vidros, instrumentos, gazes e o estreito divã sobre o qual Clara está deitada, petrificada, com um rosto de morta. Seus lábios estão azuis, sua tez é de cera, suas mãos estão crispadas sobre o ventre. Toalhas vermelhas de sangue entre as coxas. Ao pé da cama, uma bacia cheia de água turva onde flutuam outros panos.

Debruço-me sobre ela. Quando coloco meus dedos sobre sua face, ela abre os olhos e um estremecimento violento a sacode. Nunca a vi com essa cara, fendida pelo sofrimento, a repulsa e a raiva. Em vão, ela entreabre os lábios para me explicar o que eu já entendi.

— Ajude-a a se lavar e leve-a embora! — berra a velha atrás de mim. Não quero essas coisas aqui. É culpa dela se está sangrando. Fez isso nela mesma de tanto espernear. Quando a gente não sabe o que quer, é melhor não vir me ver. Aqui não é lugar para ficar fazendo pose. As pessoas não têm idéia!

Mais tarde, direi a mim mesmo que deveria ter quebrado a cara da velha. Para que ela se calasse de uma vez por todas, para que me deixasse cuidar tranqüilamente de Clara.

— Quanto ao dinheiro, fica comigo, hein, é assim! Pior para ela se não me deixou acabar. E as toalhas, vocês podem ficar com elas, mas precisam pagar a mais. E ela tem que segurá-las bem apertadas.

Coloco uma nota sobre a lona impermeável. Ponho delicadamente minha mão sob a axila de Clara, mais magra e mais leve do que nunca. Um animalzinho ferido, presa numa armadilha. Mas preciso manter meu medo a distância. Preciso manter minha violência a distância. No pátio, ouve-se a chuva metralhando uma vidraça. Clara vacila, bate na lâmpada suspensa que se agita e faz dançar as sombras.

Tendo se livrado de nós, a velha resmunga:

— Vai dar tudo certo. Mas mesmo assim, hein, quando fazem isso, deveriam pensar nas conseqüências!

Clara se pendura no meu braço. A chuva se intensifica. Clara é apenas a sombra de si mesma, uma fumaça, uma derrota.

No táxi que nos leva ao hospital, não consigo evitar fechar seus joelhos um contra o outro, entre os dedos de minha mão esquerda.

— Convenhamos, vocês precisavam de uma ambulância! — comenta calmamente o motorista.

Mas ele roda. Ele entende. Eu lhe pedi que nos levasse ao Saint-Antoine, mas o trânsito nas ruas de Paris está cada vez mais difícil.

— É essa chuva — explica o motorista. — Mas há manifestações também. Estamos completamente bloqueados.

Inclinado para frente, como se pudesse empurrar o veículo, grito:

— Vá então para o Hôtel-Dieu, é mais perto. Rápido!

Sinceramente aborrecido, o motorista resmunga levantando o tempo todo seu boné para coçar a cabeça ou enxugar a testa. Ele buzina em vão, se esgueira, dá guinadas. Pelos vidros embaçados, não reconheço nem mesmo os bairros que atravessamos. Estamos no coração de uma batalha invisível. A escuridão, os clarões dos relâmpagos, as sombras da multidão, os estrondos das descargas elétricas. Mas principalmente o sangue que jorra de uma ferida da qual eu não sabia nada até alguns instantes atrás. O que fazer? Penso que Clara vai morrer. Preciso manter o pânico a distância também.

E eis-me ali, com toda a agonia e a solidão dessa garota colada a mim, mas absolutamente fora do meu alcance, do meu amor.

Na emergência do Hôtel-Dieu, por mais que reclame, não me deixam acompanhar a maca metálica que leva Clara, abatida e trêmula. Os enfermeiros compreenderam muito rapidamente que se tratava de um aborto que dera errado. Eles falaram de "aborto espontâneo" com um desprezo irônico na voz. Senti neles um vago desejo de vingança, uma desaprovação sem convicção, uma animosidade que busca punir o que não se considera mais realmente como um delito, mas que permanece como tal perante a lei. Eles vão cuidar de Clara, mas sem dedicação.

Quando a reencontro, está abandonada num pequeno compartimento afastado. Não está mais sofrendo, nem sangrando. Vestida com uma camisa longa e sem forma, ela me olha chegar com uma leve expressão de resignação e amargura. Agradece baixinho, mas não diz muito mais. Depois se repõe: atrás do azul transparente de seus olhos, uma luz se acende e a pequena objetiva preta aponta para mim. Clara retoma a lide:

— Viu, Paul, foi em você que eu pensei. Não sabia muito como encontrá-lo, mas sabia que você viria rápido. Na casa daquela mulher, esperando por você, tentava me lembrar da sua cara nas fotos que tirei de você. Eu também mudo... Um dia, explicarei a você. Nunca esquecerei o que você acabou de fazer por mim... Agora está tudo bem, sabe.

Uma enfermeira apareceu atrás de mim.

— Sim, deixe-a descansar. Ela tinha vários cortes, mas não é muito grave. Ser obrigada a passar por uma carnificina dessas! E para nada ainda por cima! Que miséria! Os que fazem as leis deveriam ter vergonha! Eles deveriam ver o que a gente vê aqui todos os dias.

Ela procura o pulso de Clara com delicadeza, fechando os olhos.

— Ela precisa descansar. Vou lhe dar uma injeção. Quanto ao resto, o médico decidirá. Amanhã de manhã, se ele tiver tempo, se ele aceitar. Você sabe o que isso representa?

Clara esboça um pequeno sinal com a mão.

— Paul, você foi ótimo, mas imploro que me deixe... Entre mim e você, é assim, você sabe.

Minha cabeça gira. Eu me retiro recuando. E deixo o Hôtel-Dieu a passos largos. É meu ventre que está cheio de arame farpado agora. No meu ateliê aberto aos quatro ventos, sei que *O ventre da besta* se contrai, ronca ou ri, sempre a postos! Clara precisava ressurgir precisamente nesse momento de minha vida? E quantas vezes, ao longo dos anos, ela surgirá de novo, vibrante e perturbadora, enquanto continuo me encarniçando dia após dia, batendo e talhando, como se quisesse petrificar a inquietação?

No dia seguinte de tarde, decido voltar ao Hôtel-Dieu. Quero saber o que aconteceu com Clara. Jeanne, a quem contei tudo, insiste em me acompanhar. Sei como é difícil para ela: o nome de Clara permanece associado a uma ferida antiga, a uma humilhação muda, sem falar dessa ligação perturbadora comigo, com a qual decidiu não sofrer. Mas Jeanne é Jeanne. Ela sente meu desassossego, assim como compreende a agonia dessa moça alemã.

Na recepção, assim como na emergência, somos informados de que Clara deixou o hospital. Ninguém sabe onde ela está.

— Vocês não são da família. Não há nada a dizer. Digam que nada aconteceu.

Dão-nos a entender que podemos facilmente ter aborrecimentos. Jeanne e eu andamos lado a lado até o Sena, sem dizer uma palavra. Sei perfeitamente o que ela sente. O que fazer com minhas mãos? Como impedir os malditos pensamentos de girar em círculos? As perguntas vociferam na minha cabeça: quem é o pai? Por que foi a mim que Clara pediu ajuda? Por que não queria essa criança? E por que ela a queria apesar de tudo? Há quanto tempo ela mora em Paris sem me dar sinal de vida?

A alguma distância de mim, Jeanne, muito sozinha também, com seus cabelos louros sob o grande guarda-chuva preto, se debruça sobre o Sena. Eu me deixo ensopar até os ossos. Precisaria agarrar com as duas mãos um objeto qualquer, torcê-lo, bater nele, triturá-lo devagar... Sei lá. Em vez disso, me aproximo lentamente de Jeanne. Abraço sua tristeza. Aperto muito forte seus ombros, sua cintura e pego seu rosto entre minhas palmas petrificadas, dizendo simplesmente:

— Vamos embora, Jeanne, vamos embora juntos. Para um outro lugar. Longe daqui. Você agora é minha mulher. Encontremos um outro espaço, um outro lugar. Tentemos, pelo menos.

Fissuras
(Trièves, primavera de 1982)

Com os pés descalços sobre o assoalho, sou tão discreto quanto o sorriso de um gato. Solidão, silêncio, café preto. Na grande cozinha da casa ainda fresca, espero que um brilho pálido tinja de rosa os azulejos embaçados, e depois um primeiro raio venha bater na parede vazia, revelando as fissuras. Acordei antes do amanhecer. Jeanne e as crianças ainda dormem.

Abro a porta e acabo minha xícara de café, de pé, encostado no batente, diante da paisagem esplêndida do Trièves. Um último pássaro noturno passa gritando e desaparece sobre as árvores negras.

Uma neblina leve plana sobre os prados inclinados e, no vale, as cidades ainda estão banhadas por um resto de azul noturno. Em breve, fará dez anos que moramos aqui, no último casarão no final do caminho, à beira dos bosques que cresceram nas encostas do monte Aiguille.

Há, portanto, dez anos que Jeanne e eu nos casamos e trocamos Paris pelo Trièves. Foi Philibert Dodds quem me fez descobrir essa região, sobre o planalto selvagem do Vercors, onde ele próprio mora até hoje.

Ele sabia que eu gostaria desse vale aprazível, preservado, discretamente abundante e bem fechado sobre si próprio pelo círculo de montanhas que não têm nada de ameaçadoras.

Quanto mais Jeanne e eu nos aproximávamos, no velho caminhão-guindaste que roncava e estourava enquanto Dodds cantava ao volante, mais ficávamos seduzidos pelo quadriculado de amarelos e verdes violentos, pelo ocre e marrom dos campos, o rosa pálido dos telhados, o cinza morno das pedras. Avistávamos várias cidades, a alguns quilômetros umas das outras, modestamente empoleiradas sobre pequenas colinas, bem unidas sobre si próprias, solidamente acomodadas na paciência.

Quando senti essa suavidade meridional do ar, associada a alguma coisa mais amarga, mais rude, quando experimentei essa qualidade particular de silêncio, essas amplas correntes de ar carregando barulhos ínfimos, vozes distantes, quando descobri a limpidez nervosa dos rios e riachos, disse a Dodds:

— É aqui!

— Sabe que foi aqui também — continuou Dodds — que encontrei Giono. Ele tinha escolhido esse vale por volta de 1935. Ou vice-versa... Jean vinha passar longas estadas, descrevendo essa paisagem com palavras surpreendentes nos seus romances. Quando o conheci, há vinte anos, ele só vinha de vez em quando. Eu descia para lhe fazer uma visitinha. Às vezes era ele quem subia para ver minhas pedras, minhas solteironas de pedra. Ele comparou esse vale a um claustro, engraçado, não é? Giono não se deixava enganar pela suavidade aparente, ele via também a crueldade e o gosto de sangue misturado à doçura. Você sabe bem disso...

Dodds parecia realmente contente de me mostrar tudo isso. Ele estava persuadido da atração que o estranho monte Aiguille exerceria sobre mim. Plantado ali, como se tivesse caído do céu, esse bloco montanhoso cinza-rosado, com seus paredões verticais impressionantes, ergue seus dois mil metros, como uma ilha sobre um mar evaporado. Uma soberania mineral se desprende desse gigantesco pedaço de calcário que um acidente geológico separou completamente do Vercors. Presença poderosa e enigmática, cujo cume imaginamos plano, deserto, quase inacessível, na proximidade única das nuvens.

Não foi somente porque Dodds vivia um pouco mais acima que eu quis me estabelecer nessa região. Foi o espírito do lugar que me reteve. E faz dez anos que moramos sobre esse vale bastante desconhecido do Trièves, à sombra desse monumento natural e absurdo. Falsamente protegidos pelo vigia cego.

E que sorte ter encontrado tão rápido esse casebre admiravelmente localizado! Conhecido em toda a região, Dodds soube convencer o proprietário a alugá-lo para nós. Disse a ele que eu talhava a pedra e que eu saberia arrumar o barraco, dando eventualmente uma mão nas cidades onde se apreciava reformar lavadouros, fornos de pão ou capelas. Depois Dodds subiu de novo para o Vercors.

Aqui, são as nuvens que fixam as diferentes velocidades para atravessar os dias. Instalei meu ateliê nas dependências dessa casa informe, mas não sem charme. As pedras talhadas provenientes de muros antigos se misturam aos blocos que fiz vir de pedreiras do Midi. Rostos com caretas, torsos torturados, estátuas estendidas inacabadas. A rocha entre a forma e o informe. Minhas esculturas parecem tirar proveito do espaço à sua volta. Elas estão bem, na proximidade das encostas e dos sedimentos da montanha. E é minha vez de explicar ao Dodds minhas intenções:

— Sabe, Phil, eu gostaria que as pessoas tivessem vontade de "tocar com os olhos" o que eu esculpo! Tanto você como eu, a gente labuta, apalpa, toca, tateia. A gente suporta golpes terríveis: abrimos, quebramos, mas também acariciamos, esfregamos, friccionamos. Quem vê a obra acabada não tem necessidade de tocá-la, eles... A escultura deve dar à luz um novo "olhar tátil", uma maneira de experimentar o vazio e o cheio, a matéria e o espaço, o grão das coisas e o fluxo que circula entre elas. E para tocar com os olhos é preciso um afastamento, um afastamento interior. É preciso também saber olhar se mexendo, você não acha? Inventar uma maneira de se mexer.

Mas muito blablablá teórico irrita Dodds. Ele enrola um cigarro, acende-o e exala a fumaça pelas narinas, com a cabeça para trás. Um ar de quem não está nem aí. De achar uma besteira tudo o que eu falo... Um dia, ele me disse:

— A escultura é o contrário da frescura!

Continuemos.

É nesse canto da França que eu trabalho encarniçadamente há dez anos. E foi aqui que nossos filhos nasceram, e que Jeanne tenta ainda, a cada dia, me converter à felicidade. À felicidade tal como ela a concebe, lisa e compacta. Sem palavra supérflua, sem fundo falso. Uma maneira de experimentar o milagre de nossa presença nas coisas, à luz do dia. As vozes das crianças, o corpo do outro, seu próprio corpo. Respiração, caminhada, gosto, odor e a cada dia o milagre de mais um dia. A cada noite, eu me confronto com uma solidão esmagadora, com a tristeza opaca de passar ao lado do que estou procurando, como se tivesse sido cegado por um nevoeiro espesso.

A cada noite, quando a calma e o charme do vale se dissolvem num silêncio obscuro, ouço distintamente o Horror que rosna e ronca. O Horror adormecido não muito profundo sob a terra. À noite, percebo também a crueldade sem rosto que Giono tentou escrever, o sangue sobre a neve, o silêncio branco, o crime, a banalidade do mal. Ali, bem perto. Pelos campos e pelas cidades. Perto das fontes. No mato e nas clareiras. Hoje como ontem. Não sou escritor, não sei escrever. Mas por mais que bata e trabalhe os materiais mais duros, subsiste um segredo que me ultrapassa.

Um dia, talvez, haverá uma forma, salva do desastre, que existirá tão forte que não precisará mais de mim nem de ninguém. Andará sozinha. Andarilha de pedra ou de bronze. E eu poderei desaparecer. O Tempo escorrerá à sua volta e se contentará em tocá-la com os olhos. Como está longe meu primeiro pequeno Golem! Enquanto espero, bato sem descanso, atento à maneira como cada variedade de rocha responde aos meus golpes. Gosto dos rochedos que desmoronam do monte Aiguille. E do granito de Ardèche e das madeiras exóticas. A lava, às vezes, o osso. No ateliê, na antiga granja, nos acessos da casa, rumina meu grande rebanho. Rei sem divertimento, salteador dos grandes caminhos, ataco e contemplo.

Quando Dodds vem me fazer uma visitinha, ouço, de muito longe, o motor de seu caminhão estourando nas curvas. O gancho da roldana balança na ponta do cabo. Ele se aproxima. Está chegando. Traz para mim, orgulhoso, os restos de uma rocha de que me falou.

— Você vai fazer alguma coisa com ela!

Depois pega duas garrafas de vinho debaixo do banco.

— Vamos ao que interessa!

Eu o convido para passar o dia comigo. Sei que ele gosta bastante de Jeanne e que os dois podem rivalizar com seus "Humm! Está bom demais!", diante de uma refeição bem regada a vinho.

— Não vou demorar — ele me diz —, tenho um trabalho monstro, e além disso estou morando com uma gatinha agora. Novinha, mas encantadora. Ela não gosta que eu a abandone no meio da pedraria.

Foi Dodds, evidentemente, quem me deu a oportunidade de expor algumas obras pela primeira vez. Em seguida, algumas galerias se interessaram por meus personagens de pedra e metal. Prefeituras me encomendaram monumentos. Empresas e fundações compraram minhas estátuas. Vendi estatuetas de madeira e de bronze.

Continuo imóvel na soleira da nossa casa. A xícara já não esquenta minhas mãos, mas tenho prazer em segurar esse recipiente de porcelana grossa. Esses poucos centímetros cúbicos de vazio cheiroso me comovem. Vazio circunscrito. Uma concavidade simples e branca que singulariza um pouco de extensão. Enfim, uma xícara...

Finalmente, o sol pula de uma só vez sobre a montanha e o cinza-azulado do vale se enche de tons dourados e de manchas claras que vão aumentando. Com um passo tranqüilo, vou passar em revista os blocos de rocha bruta e as formas já polidas que me esperam no ateliê. Digo a mim mesmo que eu poderia muito bem não fazer nada a manhã inteira, me sentar no meio dos estilhaços, na poeira, e chorar internamente, com os olhos secos, sem me mexer.

Na cozinha, ouço a voz de Jeanne, de Camille e de Eugène, o choque da louça, o rádio. Barulhos familiais e familiares que formam o invólucro externo de uma vida tranqüila. Luz e silêncio. A esposa e as crianças. Sei que depois de tomarem o café-da-manhã, as crianças não demorarão a aparecer no ateliê. Camille, minha filhinha de três anos, ainda sonolenta. Eugène, que fará cinco anos e que gosta de levantar minhas ferramentas, enfiar suas mãos nos meus baldes de terra tamisada ou brincar com pedaços de rocha. Ambos gostam de modelar a terra perto de mim. Seus homenzinhos marrons e cinza estão por toda parte.

Há às vezes, entre nós três, estranhos momentos de silêncio e de cumplicidade quando amassamos e modelamos a pasta úmida e mole. Nossos dedos se ativam, fazemos caretas de tanto nos aplicarmos. Sente-se como se gasta uma energia de infância, uma energia dos primeiros anos. Há o desejo de fazer nascer da argila pequenos humanos espantados. Monstros maravilhosos que vão endurecer ao sol, antes de enfrentar a existência. O paraíso, antes da Queda.

Uma manhã como as outras.

Eugène entrou na pequena escola da cidade e uma senhora se ocupa de Camille e a familiariza com a vida da fazenda, enquanto Jeanne está no trabalho.

Em dez anos, Jeanne mudou muito. Ou melhor, o que sempre foi desabrochou. Ela precisa de muito pouca coisa para ser ela mesma. Quando a conheci era enfermeira. Tornou-se parteira, mas deve percorrer, todos os dias, mais de trinta quilômetros de carro para chegar ao hospital onde trabalha. Conheço a exatidão de seus gestos, mas é com verdadeiro fervor que, a partir de agora, suas mãos colocam crianças no mundo, para acolherem as vidas novas, choronas e esplêndidas. Gostaria de ter inventado uma forma no granito para falar ao mesmo tempo do acolhimento e do milagre da chegada ao mundo. Mas o instante do nascimento não pode senão escapar à escultura. É preciso que lhe escape. E o velho batedor de rocha está fadado a permanecer sozinho com seus supliciados mais próximos do derradeiro buraco.

Em breve, observarei Jeanne e seus dois pequenos descerem rapidamente a encosta do prado. Visão já embaçada por uma forma compacta, à contraluz. Escultura do ser amado tricéfalo que vai embora, deixando-me sozinho, sem desconfiar que velhas sombras tomam conta da casa imediatamente.

Mulher e crianças tendo partido, abro a caixa secreta que uma Pandora de cabelos pretos me entregou já faz bastante tempo. Saem dela a preocupação, a incerteza, a inquietação, o mal-estar, a dúvida, o desgosto, o remorso, a incredulidade, a crueldade, enfim, um bando de porcarias que se insinuam na menor fenda, se instalam entre os maxilares das estátuas e fazem seu ninho nas órbitas. Empoleirado sobre um bloco de mármore branco, um caranguejo com cabeça de corvo ferido emite um rangido e evacua uma matéria esverdeada. Cabeças em miniatura de velhos, com patas de galinhas, correm em todos os sentidos e trincam a pedra como se fosse uma migalha de pão.

Assustado, cercado, em desvantagem numérica, só posso então bater, esburacar, desbastar e fazer rebentar grandes pedaços de matéria, pedindo ao mesmo tempo a ela que resista a mim o máximo de tempo possível. Pois não desejo nem vitória nem derrota. Os estilhaços batem nos meus óculos de proteção, esfolam minha testa. Os rins queimam. As omoplatas vão se quebrar, assim como o cotovelo e o maxilar. O polegar e o punho doem a ponto de me fazer berrar. Torno-me ao mesmo tempo a força e a rocha. Torno-me o ponto de impacto e o vazio gozador. Berro, mas enquanto bato, pelo menos, desapareço!

Quando a noite vem chegando e Jeanne e as crianças voltam para casa, toda essa fauna se precipita em direção à caixa, que permaneceu aberta. Exausto, bato vivamente a tampa e me acalmo. Poderei olhar a noite cair sentado no banco, ao lado de Jeanne. Ela me conta seu dia com entusiasmo. Sinto-a quente de cansaço. Deve ser o vigor dos bebês que ela pega no momento da expulsão, a beleza dessas vidas minúsculas e amassadas, que passa para sua carne, suas faces, sua voz. Anoitece. A presença de Jeanne me tranqüiliza. Nesse instante privilegiado, evito falar sobre meus combates contra o verme no ateliê. Algumas noites, no entanto, na hora inadequada, Jeanne sente um cheiro bestial. É meu suor. E a poeira que impregna meu pulôver. Nos meus olhos, ela distingue o vestígio de uma ameaça-medusa. No entanto, somente eu poderei ser petrificado!

Jeanne se contenta em me dizer que estou com olheiras. Ela deplora que eu possa emagrecer assim, de repente. Acha minha pele cinza e seca. Então aconchega seu cansaço no meu. Seu cansaço vivificante na minha exaustão de talhador de vazio. Completamente esvaziado.

Espero o momento em que poderei, mais uma vez — por quanto tempo? —, apoiar minha nuca sobre suas coxas e sentir como minha testa se encaixa perfeitamente em sua palma fresca.

Também me acontece de perceber, depois de algum tempo, a exasperação ciumenta de Jeanne. Ela detesta essas perguntas que me corroem! Ela se cala, protegendo-se dessa Alemanha envenenada que vem nos rondar até aqui. A Alemanha bem turva que flutua, a alguma distância da casa, no mato, nos buracos da montanha, no silêncio das sendas, no matagal pedregoso e desolado no cume do monte Aiguille, lá em cima, por trás das nuvens pesadas que se penduram nele. Jeanne luta então contra o que posso chamar de seu "ódio da escultura" e que se junta com meu próprio "ódio da escultura". Sua exasperação e meu cansaço se misturam e formam uma bola fria que aumenta à medida que a rolamos sobre a camada espessa do não-dito.

Volto a trabalhar num grupo monumental de três personagens indistintos que intitulei *O riso do ogro*. Na rocha estriada como uma casca ou a pele de um paquiderme, adivinha-se o corpo acocorado de um ser poderoso, atarracado, que parece apertar contra seu ventre duas formas infantis com rostos lisos, sem olhar e sem grito. É como se a pedra estriada engolisse e abolisse a pedra polida. E dentro do crânio deformado e granulado que domina as pequenas cabeças, estou abrindo a fenda de um riso louco. A falha ainda não está escavada o bastante, larga e profunda o bastante. Enfio minhas ferramentas nas profundezas minerais. Nas profundezas mentais e intestinas. O monstro deve rir tão forte, tão longe, por tanto tempo, que a pedra corre o risco de rebentar!

É sobre esse riso do ogro que me encarniço, sobre essa avidez e essa crueldade. Quanto mais eu talho, mais ele ri! Quanto mais eu agrido, mais ele zomba das feridas que lhe inflijo. Estou fracassando magistralmente com essa escultura. É ela que me devora e me estrangula...

Entocada na sombra, no fundo do ateliê, o fantasma de Clara olha como eu me extenuo. Espectro inexpressivo, que tenta se fazer passar por uma escultura inacabada. Pois esse *O riso do ogro* é um conto muito antigo, aterrorizante, que não sei mais se foi Clara quem me contou em Kehlstein, ou se fui eu quem sonhou essa história de monstro adormecido, de crianças asfixiadas e de uma jovem muito bela que, sentada à beira de uma fonte, começa a envelhecer horrivelmente por olhar o segredo das vidas através de seu cristal.

O fantasma de Clara me observa, mas não esboça o menor sorriso enquanto bato na pedra que reclama.

Percebo bem uma estranha sonoridade oca, um barulho muito agudo que não me diz nada que valha. Compreendo que a pedra está se fissurando, que as rachaduras se ramificam, que ela está se dirigindo para a fratura, para a ruptura. Mas há nas minhas mãos uma vontade furiosa de acabar. Aumento e aprofundo ainda a garganta aberta da estupidez. Sou o mais cruel possível, pois essa estupidez é a minha.

O RISO DO OGRO

A fonte petrificada à beira da qual o fantasma de Clara está sentado deixa correr um pequeno fio de tempo, um fio de pó de gesso. Desisto!

Era sem dúvida inevitável que Clara surgisse novamente um dia, depois de dez anos sem dar notícias. Minha última visão dela: um animalzinho que perde sangue num dia de medo e de chuva. Depois, no Hôtel-Dieu, um rosto apaziguado, uma ferida curada, e esse desejo brutal de solidão. E no dia seguinte seu desaparecimento, seu sumiço. Alguns dias mais tarde, eu recebera uma longa carta muito serena, que se pretendia uma carta de adeus, mas na qual a palavra "enigma" retornava várias vezes. Clara incluíra uma fotografia que tirara em Paris: duas crianças deitadas de barriga para baixo sobre uma vala, os rostos contra a calçada, os braços desesperadamente enfiados numa boca de esgoto preta e escancarada, como para recuperar uma bola ou bolinhas de gude. Dez anos mais tarde, foi de novo com fotos que Clara se manifestou. Fotos que descobri, por acaso, na casa de Dodds, por um efeito de magia. Ou de humor negro!

Numa tarde, impossibilitado de trabalhar por causa da chuva e da falta de luz, decido lhe fazer uma visitinha. Portas batendo, a mesa coberta de louça, restos de refeições, garrafas, o fogo apagado. Sua casa parece deserta. Do lado de fora, uma cortina de chuva e uma neblina grudenta e estagnante. Chamo. Faço tilintar o vidro das garrafas batendo nelas com uma faca. Uma moça com cara de sono, desgrenhada, aparece no topo da escada. Muito jovem, maldormida. Deve ser a "gatinha" do momento. Com os pés descalços, as coxas à vista, vestida com um velho pulôver de Dodds, ela me dá a entender que ele deve estar lá fora, não muito longe.

Efetivamente o encontro sob a chuva torrencial, num imenso prado onde ele instala suas obras. Completamente ensopado, muito agitado, o gorro deslizando como um polvo por sua testa, ele masca a pasta de tabaco de sua guimba amarela. Percorre a passos largos o espaço que separa vários blocos talhados recentemente e toma as medidas com um metro de agrimensor. Amaldiçoa e resmunga. Pula. Pára de repente.

— Procuro a distância ideal! É um grupo de pedra! Dez centímetros a mais, é a dispersão. Dez centímetros a menos, parece um complô sórdido! É preciso encontrar o afastamento certo, em função do seu tamanho, da sua curvatura, do seu maldito monólogo interior, das suas segundas intenções. Complicado, Paul! Muito complicado!

Prefiro deixá-lo fumando e esbravejando sob as trombas-d'água. Vou acender o fogo, nem que seja para esquentar a moça que adormeceu de novo no sofá.

Quando o fogo pega bem e as chamas sobem bem alto estalando, afundo no outro sofá à espera de Dodds.

É então que, folheando distraidamente algumas revistas abandonadas no chão, descubro o rosto de Clara! Uma pequena foto em preto-e-branco num número recente da *Paris-Match*. Uma rubrica do gênero: "O jogo da vida" ou " A vida das pessoas".

Não consigo tirar os olhos dessa cabeça morena, maligna e grave. O fantasma do meu ateliê não me larga mesmo! Ele me seguiu nos ziguezagues do Vercors, invisível. Como a foto é minúscula e ruim, os olhos muito claros de Clara parecem vazios, ausentes. Leio o artigo:

"Uma jovem fotógrafa francesa, Clara Lafontaine, acabou de ganhar as honras da revista americana *Newsweek*, depois de expor em Nova York seus impressionantes negativos de ex-combatentes do Vietnam. Trata-se de séries de rostos em primeiro plano. A fotógrafa pediu a esses homens, que guardam soterradas as lembranças do sofrimento, da morte e da derrota, que fechassem bem forte os olhos ou que os arregalassem. A sucessão de negativos equivale a um filme assustador e entrecortado. É como se o terror ou o horror viessem se inscrever na superfície da pele, nas dobras, nos poros, nas rugas, nas cicatrizes. Através da carne tornada transparente, percebe-se confusamente a verdade dessa guerra, o pesadelo que esses homens viveram e que não conseguem contar."

Quatro fotos ilustram o artigo. A carne desses rostos ainda jovens transborda da moldura. Moles e dobradas, as pálpebras fechadas parecem conter em vão uma explosão de visões dolorosas. Sobre a foto seguinte, o mesmo garoto abre desmesuradamente os olhos, com as pupilas dilatadas, os vasos estourados. Os olhos fechados, os olhos abertos. Forças cruéis passam uma e outra vez por esses olhares, raspando-os até o osso, esvaziando-os, transformando as órbitas nas janelas poeirentas de um helicóptero perdido numa selva onde tudo arde.

Atrás da polpa úmida dos lábios, adivinham-se dentes que batem. Adivinham-se armadilhas, estacas afiadas, torturas. Em primeiro plano, a carne febril de antigos soldados. É certo que Clara Lafontaine, que a *Paris-Match* apresenta curiosamente como uma francesa, conseguiu captar um terror que, sete anos depois do fim da guerra, ainda está lá, intacto. Nada acabou para esses caras jovens que a garota de preto de Kehlstein foi acossar em cantos recônditos da América.

Permaneço um momento sob choque. Como considerar racionalmente o fato de que, entre as centenas de artigos sobre o chão, eu tenha ido direto para esse? Eu tinha escolha, no entanto. Ao abrigo da fortaleza do Vercors, longe das batalhas, eu tinha liberdade para atravessar a toda velocidade um bom número de reportagens: corpos mutilados de crianças, de mulheres, de velhos palestinos massacrados por milícias cristãs em dois campos de refugiados, no Líbano... Centenas de grevistas poloneses presos, feridos, assassinados pelo exército que acabou de decretar o "Estado de guerra"... E o belo rosto de Romy Schneider que perdeu a guerra invisível que empreendia sozinha contra o desespero, munida de álcool e de barbitúricos (e no artigo anunciando sua morte, lerei em seguida que sua mãe se chamava Magda!)

Quando Dodds aparece ensopado na sala, está excitado demais para perceber meu ar estranho.

— Está vendo, meu chapa —, ele grita torcendo seu gorro sobre as chamas —, a distância certa entre os seres é tão difícil de encontrar quanto o momento certo para fazer alguma coisa. O momento certo! Você sabia que nossos colegas gregos tinham uma palavra para isso?

— Você já me disse isso vinte vezes. Mas essa palavra grega é um pouco chique demais para você! Eu prefiro quando você diz "na mosca"!

— Vá se foder — responde Dodds, que se sacode na frente do fogo como um cachorro.

Depois ele se aproxima da garota e a sacode afetuosamente.

— E você, vá colocar uma calcinha antes que eu belisque sua bunda.

Não estou mais com vontade nenhuma de passar a noite em companhia deles. Vou andar na neblina e na chuva, na estrada deserta. Esperar o instante em que o preto e o úmido se misturarão à desolação do lugar para formar uma substância ácida que, arrepio após arrepio, morde sua carne e raspa sua carcaça. Vou ultrapassar Virieu. Pela porta de vidro do café, em frente ao cemitério, verei os bons de copo e de papo flutuando nas águas amareladas desse aquário suspenso na escuridão. Os corpos do monumento amontoados uns sobre os outros não farão barulho algum.

O RISO DO OGRO {237}

Nem os mortos do cemitério, nem os velhos espectros, de pé diante dos muros das granjas. Por mais que ande rápido, o fantasma que me segue obstinadamente, faz algum tempo, trota atrás de mim, fiel e arisco. Sei que o artigo sobre Clara é um sinal que anuncia outras aparições. Estou a postos.

Na soleira, Dodds me pergunta se eu estaria preparado para uma exposição que ele está organizando no parque de um pequeno castelo no subúrbio parisiense. Essa oportunidade de instalar e apresentar várias estátuas minha deveria me alegrar. Mas me enche de inquietação. Normalmente, algumas horas passadas andando a passos largos, talhando, polindo, lixando ou serrando um material que resiste a mim bastam para derreter na minha garganta e no meu peito a bola opressiva como um grande bombom. Dessa vez, por mais que ande, ela não derrete.

A exposição acontece. A inquietação continua lá. Outros artistas estão presentes. Dodds me acompanha. Ele me ajudou a encontrar o que chama de distância certa entre os blocos esculpidos expostos numa vasta pradaria, perto do pequeno solar rosa. O contraste é surpreendente entre o cenário de opereta e as formas minerais que desembarcam do Vercors como extraterrestres. Na primeira noite, quando o sol se põe antes que os passeantes do dia seguinte descubram que o parque foi invadido por todos esses personagens, sinto-me esmagado, superado por minhas próprias criaturas, das quais, no entanto, conheço cada curvatura, cada falha. Lá em baixo, ao pé do monte Aiguille, elas não eram tão grandes. Mas percebo nelas uma violência da qual não me sinto mais o autor. Mudas, atormentadas, compreendo que me queiram mal mais do que a qualquer pessoa! Estranhas! Duras e geladas.

Para essa exposição, enviei uma nova versão do *Ventre da besta*, com seus quilos de arame farpado apertados no útero.

Há a *Execução sumária*, um grupo de dois supliciados talhados num granito mal desbastado. Um deles está quase desabando, enquanto o outro dá a impressão de ter os joelhos dobrados, de estar desabando sobre si próprio, de se reincorporar à rocha, ela própria confundida com a terra. Em torno dos braços magros, braceletes de ferro e anéis muito pesados cingem a pedra.

Há também *O cansaço de Atlas*, esse ser exausto, envelhecido, quase deformado, que não agüenta mais carregar o mundo nas costas e se abate levemente sobre uma carga que na verdade é sua própria cabeça, um bloco de rocha escavada, cheia de rebarbas de bronze.

Pode-se ver ainda uma das minhas múltiplas *Solidões*, cabeça baixa, mãos friorentamente enfiadas em seus bolsos que se encontram perto dos seus tornozelos.

E meu *São Sebastião*, ou melhor, seu torso. Seu corpo não está crivado de flechas: são as flechas de aço que brotam de seu busto, de seu ventre, ameaçando-nos, flechas que dão a impressão de arrancar pedaços de matéria, carne e tripas.

Por fim, a primeira versão do *Riso do ogro*, num calcário duro que embranquece com a idade. Vemos luzir as duas pequenas cabeças lisas entre os braços ou as dobras da pança desse monstro de corpo estriado como a casca de uma velha árvore.

Passo lentamente por essas massas enraivecidas. O castelo rosa se tornou cinza. Suas janelas estão iluminadas. Espero os sortilégios.

No dia em que os visitantes são mais numerosos, ando, com as mãos no bolso, a cabeça baixa, entre minhas estátuas que mil olhares anônimos acabam recobrindo de uma camada de insignificância. Finalmente, alegra-me ver crianças suspendendo-se nas pernas de Atlas, mãos de mulher acariciando as rugosidades de um torso, braços se enfiando nas fendas cheias de pontas e de ferrugem.

Dodds foi encontrar uns amigos no café mais próximo.

O RISO DO OGRO

De repente, uma mão firme se abate sobre meu ombro. Levo algum tempo para me virar.

— Marleau? Faz muito tempo, não é?...

Max Kunz! Há dezoito anos que o vi pela última vez, mas como não reconhecê-lo? Sempre com a cabeça rapada e abaulada. Os olhos ardentes. A mão poderosa que se torcia no vazio quando falava de filosofia e que agora ele me estende. Ele me parabeniza. Lembra-se de que me chamava "o desenhista". Diz que deparou por acaso com o anúncio dessa exposição e que veio especialmente para me encontrar.

Max Kunz! Como pode ser que tenha mudado tão pouco? Sua idade é bem legível: passou dos cinqüenta há alguns anos. Mas sua voz, sua corpulência, seu jeito de vestir são os mesmos. Enquanto ele faz questão de comentar minhas esculturas, acredito ouvi-lo proferir suas antigas palavras, do fundo de sua velha poltrona de couro: "Sim, cada homem não passa de uma velha pergunta impossível de encontrar em torno da qual gira toda a sua vida: um enigma... Aliás, sem enigma, não há amor!"

É estranho: sua vinda realmente me agrada. Ele traz uma centelha de passado nesse lugar paradoxal, e sei também que é através dele que chega a continuação da história! Pois, desde a noite antiga em que Maxime e eu levamos Clara à sua casa, desconfio do laço que une a garota da câmera e o enigmático Senhor K. Desde os primeiros minutos, eu pressentira o que ia acontecer entre esses dois seres. As duas golas rulês pretas...

Kunz é, portanto, um segundo sinal que anuncia, mais clara e insistentemente, alguma coisa que ignoro, mas que evidentemente diz respeito a Clara.

Sentamos um do lado do outro, sob *O riso do ogro*. Esse combatente-filósofo, esse eremita do subúrbio sul, esse antimestre é um homem discreto.

— Você foi embora há muito tempo — me diz Kunz. — Você se casou, eu acho, e tem filhos... Suas obras começam a ser comentadas aqui e acolá. Eu as conheço. Elas têm uma força. Um estilo. Um charme um pouco assustador. O que conta não é exatamente o que elas mostram, mas as potências invisíveis que elas designam, os fluxos que revelam, na extensão, na ausência. Estou feliz de vê-las reunidas.

— Quando as olho neste parque — digo eu —, já não sinto relação nenhuma com elas.

— Entendo. É a promessa de outras obras! Estas aqui deixaram suas mãos para que nossos olhares se apoderem delas. Nós dois nunca nos encontramos a sós, não é? Imagino que você tenha muita vontade de falar de Clara.

Eu estava esperando uma ofensiva frontal, mas durante alguns segundos fico sem ar. Sem esperar minha resposta, Kunz prossegue:

— Eu mesmo só tenho notícias dela de maneira muito irregular. Ela viaja muito. Não sossega no lugar. Você sem dúvida sabe que suas fotos são muito apreciadas. Foram publicadas em revistas. E uma agência inglesa financia mais ou menos essas reportagens muito particulares que ela faz com toda independência.

— Por que "muito particulares"?

— Desde a publicação desses primeiros planos de veteranos do Vietnam, essas fotos famosas que mostram melhor a guerra do que muitas outras, Clara só faz retratos de soldados, de combatentes, mas em plena ação. Ela vai ao campo de batalha. Lá onde se mata, onde se morre. Na nossa época, ela tem a dificuldade da escolha!

— Clara se coloca com freqüência em perigo?

— É o mínimo que a gente pode dizer. Ela corre riscos. Sob a carne e a pele dos rostos, ela espreita sinais de pavor, sinais de crueldade. Ela persegue o absurdo. A careta visível do Mal. Ela aponta sua objetiva — que termo estranho, pensando bem... — sobre a cara dos que vão matar ou ser mortos. Ela busca. Ela vê. Mas no fundo acho que não vê absolutamente nada!

— Faz dez anos que não vejo Clara. A última vez foi em circunstâncias dolorosas. Onde ela está neste momento?

— Não tenho a menor idéia, meu caro Marleau!

Sinto o ombro de Kunz contra o meu. Viro-me em sua direção. Na superfície de seu rosto de durão, que suaviza habitualmente o brilho da inteligência, vejo se espalhar uma espuma cinzenta, crescer a onda de uma grande tristeza. Kunz se enrijece furiosamente para represá-la. Ele se torna feio. Assustador. Seus dedos estalam com um barulho sinistro. Mas não podem fazer nada contra a tristeza desses músculos e maxilares.

— Quando ela volta e vem até nós, é porque já não agüenta mais, você sabe. Ela volta porque seus rolinhos de filme pesam como pedras que a arrastam para um fundo pantanoso. Até agora, por sorte, ela conseguiu se virar. Não pense que ela nos conta o que quer que seja. Mas o simples fato de nos rever a tranqüiliza um pouco, eu acho...

— "Nos" rever?

— Sou o pai da filha dela. Você não sabia, Marleau? Ariadne mora comigo. Quando sua mãe não está, falamos de Clara olhando suas cartas, debruçados sobre o atlas... Acreditamos seguir sua trajetória.

Minha nuca roça as dobras e recantos rugosos do calcário. O braço do *Ogro* me sufoca. Firmes e francas, as palavras do Senhor K. me metamorfoseiam em barata. Agito minhas patas negras enquanto à nossa volta, no parque em que os visitantes escasseiam, minhas estátuas parecem crescer na sombra.

Durante duas horas, Kunz me confia fragmentos da vida de Clara. Dez anos que chego a imaginar pela minha vez...

É como se tivesse sido ontem. Revejo essa corrida catastrófica em direção ao Hôtel-Dieu. A chuva torrencial. As toalhas sujas de sangue. Clara sabia que seu aborto na aborteira dera errado. E os médicos e enfermeiras da emergência haviam acrescentado a seus cuidados uma boa dose de humilhação. Era assim, na época. No dia seguinte, sem esperar um eventual curativo, Clara fugiu, abrigando-se num quarto de hotel lamentável perto da Gare du Nord, de onde não saíra por três dias seguidos. Com o ventre dolorido, machucado, permanecia deitada, com as mãos entre as coxas, sem saber sequer se ainda levava uma vida dentro dela. Exilada entre corpo e cenário, num desgosto de seus próprios órgãos.

No terceiro dia, reuniu suas forças e foi até Kunz. Anunciou-lhe simplesmente que esperava um filho dele, que fizera tudo o que podia para não... enfim para... que tinha se virado sozinha... Kunz se sentou perto dela. Deslizou sua mão sob o xale que a cobria e acariciou o ventre enigmático com uma doçura infinita. Depois deixou sua mão adormecer nessa tepidez, fixando Clara direto nos olhos, mergulhando no azul, sem que ela pudesse saber o que ele pensava. Por fim, ele sorriu. Um sorriso formidável, viril, que parecia crescer para além do rosto, atravessando a janela, até as nuvens. Quando se ergueu, Clara entreviu o homem determinado e rápido que ele podia ser. Deu ordens a Diotima e chamou imediatamente um amigo médico. Ele estava transformado.

Até esse momento, Clara era uma companheira muito jovem cujos impulsos e liberdade ele respeitava, uma garota que não parava de ir e vir, de se ausentar de repente para dar uma volta em Kehlstein ou em outro lugar e depois se instalar novamente em sua casa. Mas, a partir do momento em que ela anunciou sua gravidez, Kunz exerceu uma autoridade impiedosa à qual Clara, milagrosamente, se dobrou. Ele se tornou extremamente precatado e disponível, mas no que dizia respeito à saúde, ao conforto e à estabilidade de Clara, sempre intransigente.

Clara comia os pratos preparados por Diotima: receitas de seu país, para que as mulheres, depois do parto, tivessem leite. Como os bêbados inveterados que se convencem por algum tempo de só gostar da água pura ou os loucos pelo xadrez que imaginam um momento poderem ficar sem jogar, Clara tentava amargamente renunciar a essa inquietação e a essa liberdade que a habitavam. Ela ia passear, freqüentemente em companhia de Diotima, fotografava detalhes anódinos, voltava cedo para casa, devorava ao acaso os livros de Kunz, e esperava. Kunz convidava mais raramente seus alunos e passava mais tempo com ela.

Nasceu uma menina. Kunz a reconheceu, deu-lhe seu nome e foi ele quem propôs de chamá-la Ariadne. Clara aceitou.

— Gosto e acho que meu pai também gostaria...

Kunz sentiu que ela teria aceitado qualquer nome. Então, Ariadne!

Durante quase dois anos, Clara desempenhou o papel de jovem mamãe. Diotima, com o canto do olho, acreditava até surpreender nela alguns impulsos maternais cheios de uma alegria sincera.

Uma manhã, enquanto a pequena Ariadne pulava sobre os joelhos de Diotima, que a mimava como um anjo, e Kunz, taciturno, estava concentrado na leitura do jornal, Clara se levantara bruscamente na cozinha estreita. Um reflexo de animal que um estalido ameaçador acabara de colocar em alerta. Muito pálida, magra e vestida de preto, apoiada na geladeira que ronronava no silêncio, declarou com uma bela voz clara:

— Preciso partir. Vou embora. Vocês estão bem juntos. Eu estou sufocando. Diotima toma conta de Ariadne melhor do que eu. Preciso sair daqui, preciso me desprender de tudo isso. Vocês entendem? Você entende? Partir...

Kunz abaixara lentamente seu jornal para encará-la, os olhos semicerrados, a boca fina. Diotima pegara a criança no colo.

— Max, você sabe, você me conhece — retomou Clara. — Por momentos, esse jardim selvagem me aprisiona mais solidamente do que o maciço de rosas enclausurava minha mãe.

Havia meses que Clara não voltava à Alemanha, mas ela sabia que a saúde mental de sua mãe estava se deteriorando e que seu pai ia cada vez mais raramente à cabeceira de seus doentes.

Clara disse a Kunz que sua bagagem estava pronta há vários dias. Um pouco de roupa, os dois primeiros livros que Kunz lhe dera de presente, duas máquinas fotográficas e retratos de Ariadne bebê. Nem um traço do rosto de Kunz tremera.

Ele se aproximou de Clara e pegou sua cintura entre as mãos.

— Parta rápido, Clara, não se demore mais agora. Você sabe que estou aqui para cuidar de Ariadne. Não se esqueça disso. Falaremos muito de você. Volte quando quiser. Você foi muito corajosa. Eu já venho me preparando há muito tempo para sua partida. Estava esperando este instante. Ele chegou. É só! Imagino que você já sabe para onde pretende ir. Me dê um beijo. Dê um beijo em Ariadne. Beije-nos e vá embora rápido.

Depois da partida de Clara, Kunz ficou paralisado na cozinha, com os olhos perdidos no emaranhado da folhagem que deixava passar uma luz glauca.

— Confesso a você — confiou-me Max Kunz — que eu supus mais ou menos que ela iria se encontrar com você, Marleau. Mas não me interessava. Parei de pensar nisso.

Na realidade, Clara não sabia muito bem aonde iria. Quando Ariadne nasceu, seu pai lhe enviara uma importante soma de dinheiro. Ela viajara primeiro um pouco ao acaso pela Europa. Depois retornou à Alemanha para se entregar a algumas verificações. Cidades e povoados. Cenários pintados como novos. Um pouco de América estampado sobre o folclórico e uma competição permanente pela eficácia, a conformidade, o esquecimento.

O RISO DO OGRO

Passou algum tempo na Holanda, depois, sem pensar, passando na frente de uma agência de viagens, comprou um vôo em promoção para os Estados Unidos.

Em Nova York, encontrou Wayne. Ora ele ficava completamente mudo, ora vomitava longas tiradas incoerentes e violentas, assombradas pelo Vietnam, onde passara três anos. Extraviado, desbaratado, dopado, suava a guerra por todos os poros. Em geral sentado ou deitado, seus músculos de soldado tinham se transformado em gordura. Ele tinha pesadelos e acordava berrando como um porco que vai ser degolado.

Clara ficara com ele por causa de seus gritos noturnos e suas visões terríveis. Ela não fazia nada para acalmá-lo, para apoiá-lo. Pelo contrário. Não esboçava sequer um gesto quando, sentado à beira da janela, entupido de drogas, Wayne olhava o vazio e ria quando passava uma ambulância ou um carro de polícia. Ela também fumava maconha, mas no apartamento deteriorado que compartilhavam, ela esperava o momento em que Wayne, arruinado pela droga, sonado pelo mau uísque e cansado de não fazer nada, adormecesse completamente. Então Clara aproximava sua câmera. Espreitava o primeiro pesadelo, que não demorava, depois o seguinte. O rapaz berrava. Ela não entendia nada. Montava sobre ele. Ele estava fraco demais para tirá-la de cima dele. Ela, por sua vez, o metralhava. Caretas de derrota. Olhos exorbitados. Olhos fechados. Clara apontava seu aparelho para o soldado perdido. Negativo após negativo. Tornava-se o inimigo fantasma, o comando surgido da vegetação exuberante. Captava o ricto de medo, os olhos enlouquecidos. E seu coração batia, de madrugada, quando suas imagens flutuavam no revelador. Tremor de pura decepção.

Graças a Wayne, Clara encontrou outros soldados derrotados: "Vencidos, não" — protestavam eles. — "Ninguém nos venceu e ninguém nos vencerá! São esses putos políticos e esses pacifistas de merda que perdem as guerras, sabe, não os que fazem a puta guerra, sabe..." Mas eles obedeciam como bebês grandes quando Clara lhes dava secamente a ordem de fechar os olhos ou arregalá-los. Eles cumpriam, deitados como cachorros ou de pé apoiados em muros de tijolos. Mas acabados, completamente acabados, mortos por alguma coisa mais apurada do que a morte.

Foi assim que a pequena alemã de Kehlstein, que fotografava há tanto tempo, publicou imagens de guerra mais assustadoras que as de numerosos fotógrafos americanos. Ela estava determinada. Ninguém a intimidava, mas ela impressionava. Deslizava por toda parte como uma sombra. Tinha um dom para línguas. Soube apresentar suas fotos, vendê-las, publicá-las, fazer-se conhecer.

Antes de empreender outras viagens, voltou várias vezes à França, para perto de Ariadne e de Kunz, que não lhe pediam nada.

Quando nos levantamos, Kunz e eu estamos completamente ancilosados. Mecanicamente, passo minha palma pela superfície da pedra talhada, da pedra polida. Ficamos calados. Damos alguns passos entre as esculturas.

Bruscamente, Kunz pára para me encarar. Ele me estende uma mão fresca.

— Você sabe onde me encontrar, Marleau! Isso não mudou. Eu cuido da menina. Escrevi alguns livros. Os alunos mudam, eu também. A filosofia me permite avaliar mais ou menos as mudanças. Até logo!

Vejo-o se afastar rapidamente e se reunir, perto do pequeno castelo, a uma senhora acompanhada de uma menina que deve ter dez anos. Está tudo muito borrado e estou cego pela última luz, mas vejo a criança correr em direção a Kunz, que fica de joelhos, a segura no ar e se afasta segurando-a um momento nos braços.

Atrás de mim, o *Ogro* não está mais rindo, ele pasta na relva e rumina em silêncio.

A raposa (Trièves, verão de 1987)

Nas manhãs em que não trabalha, Jeanne entra no meu ateliê, em torno das dez horas, com café, a correspondência e os jornais, que coloca na bancada. Estendo o pescoço para beijá-la. Estou modelando a maquete de um combate mortal entre dois grupos de mãos cortadas, umas ossudas, as outras musculosas.

Sacudo a poeira de minhas mangas, deixo o limatão, tiro as luvas de couro e bebemos juntos batendo papo. De brincadeira, Jeanne mistura suas mãos com as mãos de gesso.

O sol já está alto, mas minha caverna permanece bastante fresca. Dou uma olhada nos convites e nas cartas. Freqüentemente sou solicitado para exposições ou encomendas, obrigado a viajar. Há algum tempo, recebemos cartões-postais eufóricos de minha mãe, do México, do Egito, em suma, ela percorre o mundo em companhia do homem com o qual refez sua vida há quase vinte anos.

De uns tempos para cá, passei a gozar de uma certa notoriedade. Duas galerias me sustentam. Obtive várias vezes, por ocasião das exposições, prêmios de bienais. Colecionadores começam a comprar minhas esculturas. E num círculo restrito, alguns são capazes de dizer: "É um Marleau!" Mas não há para mim nenhuma medida comum entre essa adesão do público e a pena solitária, os fracassos ou o desânimo, no fundo do ateliê, no fundo do poço.

Sinto, no entanto, reconhecimento por aqueles que apreciam minhas pesadas criações de pedra talhada, enquanto tantos artistas contemporâneos fazem um trabalho quem sabe mais apaixonante com materiais mais leves, efêmeros. Papelão, matéria plástica, vidro, alumínio. Colagem e soldadura. Instalações fugazes, perecíveis. A dos meus blocos é uma pobreza mais radical do que a pobreza, primitiva, mas em suma arrogante. Pedra e bronze. Mármore bruto e ferro-velho. Continuo escavando a massa, tirando volume, escorrendo metal. Digamos que ou vai ou racha. Os arrependimentos são impossíveis.

Essa notoriedade ínfima chegou com os anos. Depois de quase vinte anos de trabalho, sempre a mesma energia, os mesmos estilhaços. No entanto, não consigo mais sentir aquela corrente de ar muito pura que, nos primórdios, acompanhava meus gestos agressivos ou minhas carícias sobre a rocha. Será a quarentena? Estar "de quarentena"? Uma idade em que é preciso suportar um isolamento muito particular, mas do qual não se pode falar com ninguém. Estranha reclusão no meio do caminho. Estamos em plena possessão de nossas forças, mas nos encontramos brutalmente à margem da juventude, à qual nunca mais teremos acesso, e ainda longe da velhice. E, nessa solidão insuspeitável, nos vemos forçados a participar com animação das coisas desse mundo, condenados a sermos sérios e eficazes, embarcados com mulher e filhos para a sobrevida.

Ora, mas é precisamente nessa idade medíocre que a dúvida se insinua. É nessa idade que uma inconfessável ausência de convicção se instala primeiro no olhar, nos gestos, depois nas decisões. Muitos homens enclausurados por algum tempo nessa "quarentena" saem se fazendo de espertos. Sobrepujança e fanfarrice.

Mas há também consideráveis dilaceramentos. A maioria interiores e silenciosos.

O trabalho da pedra teve a vantagem de me colocar muito cedo em relação com a "sem-idade", o Imemorial. É por isso que minhas realizações minúsculas quase não têm importância. A inquietação persiste. A incerteza.

Os anos, no entanto, passaram. Nossos filhos ainda são novos, mas vejo que a infância acelera o ritmo de seu apagamento. Jeanne já colocou tantos bebês no mundo que às vezes ela acorda, de noite, contando-me um pesadelo em que não consegue extirpar de um tubo gigantesco um recém-nascido infinitamente esticado e mole como uma pasta de dente rosa. Temo ficar grudado também. Sonho com rochas que retornam a seu estado viscoso. Desconfio da rotina criadora. Não faço concessões, mas obedeço cada vez mais a uma espécie de comando automático interior. Depois de um certo tempo, a habilidade se esteriliza. Sentimos falta dos tateamentos dos iniciantes e autodidatas. A talha direta é física! E o corpo começa a trazer você severamente de volta para si, em plena ação. Entorses. Tendinite latente. E a pedra, claro, sempre impassível e triunfante. Por que preciso estar sempre por um fio, entre a felicidade e o mal-estar? Entre abandono e inquietação? Entre clareira e bosques escuros?

Toco o corpo terno de Jeanne. Ele tem o esplendor da maturidade. Carne viçosa. Aptidão à beleza.

Quando a vejo vigorosamente em ação pela casa, com o robe de algodão, as botas de borracha vermelha, a cabeleira despenteada que ela joga para trás com um gesto charmoso do antebraço, meus olhos se enchem de lágrimas. Lágrimas de reconhecimento. Vejo-a falar com as crianças que brincam ao sol. Não ouço o que ela diz. Estou do outro lado de um vidro, em companhia de monstros de pedra e de gesso. Petrificado, eu também. Pedra, a contragosto!

Segurando sua xícara, Jeanne se apóia em mim. Luz. Parêntese sossegado. Mas nessa manhã, na correspondência, há uma carta de Clara. Há quinze anos que ela não me escreve, mas reconheço imediatamente sua letra com garras, a tinta preta. Sua maneira singular de fazer o *P* de Paul. O envelope, de um amarelo desbotado, não tem um formato comum. O selo é jordaniano. Estou persuadido de que foi Max Kunz quem, depois de nosso breve encontro no parque das estátuas, lhe deu meu endereço atual. Mas que importa! Clara esperou mais cinco anos antes de dar sinal.

Aliás, eu não fazia particular questão de receber notícias dela. Mesmo se me aconteceu de pensar nela ao ver algumas de suas fotografias. Várias vezes ouvi falar dela, mas sem interpretar a inscrição de seu nome ou a aparição de seu rosto como sinais do que quer que seja. E bem que algumas de suas fotos me perturbaram.

Esse envelope espesso não me diz nada que valha. Adio o momento de abri-lo com uma tesourada brutal. Prefiro folhear os jornais. Jeanne percebe, mas se cala. As notícias, tal como chegam a nós em pleno verão, têm algo de absurdo. Leio que nesse 10 de julho o quinto bilionésimo habitante do planeta acabou de nascer! E essa história horrível que faz Jeanne e eu rirmos: na Argentina, ladrões abriram o túmulo do ex-presidente Perón cujo corpo está embalsamado. Cortaram-lhe as mãos, exigindo um resgate!

Depois Jeanne e eu nos calamos. Estamos pensando na mesma coisa. No ateliê, sob o odor do café, da terra, da rocha, do gesso, há mãos ocupadas que voam sem cessar em torno de nossas cabeças. Elas pousam alguns instantes sobre a carta de Clara, esfregam os dedos como as grandes moscas fazem com suas patas, depois voam ainda um pouco. Jeanne se levanta e me deixa sozinho.

Sem abri-la, coloco a carta entre essas mãos de gesso que se matam entre si furiosamente, e saio também. Eu a lerei mais tarde. Preciso andar nos bosques, subir a estreita senda situada atrás da casa, que conduz até o planalto. É o caminho que leva até a casa de Dodds, mas não quero vê-lo. Por momentos, sua vitalidade, sua coerência artística e mesmo sua ironia me exasperam! Ele atravessa as idades, robusto, magro. Ele sabe o que quer e não duvida de nada, enquanto eu olho para minhas próprias mãos como as de um impostor.

Contento-me em me enfiar na espessura dos bosques. Nesse caos de rochas desmoronadas onde nada mais cresce. Numa garganta profunda, num barranco. As falhas dessa montanha me atraem. Rachaduras do mundo. Eu poderia ser engolido por um desses grandes lagartos, como um inseto insignificante. Sorvido pela escuridão. Upa! Mas eu ando nessa senda onde as raízes estão no húmus de grossas veias nodosas. Retorno sempre a esse lugar muito estranho da floresta onde os troncos, mais espaçados, dão lugar a um emaranhado de arvoredos baixos e rochedos acidentados.

Fico de cócoras entre as rochas e, se ficar tempo suficiente sem dar um pio, com certeza verei surgir uma pequena raposa. Surpreendi-a várias vezes nesse lugar. Nada se mexe. O silêncio é total. De repente, ela está ali, ruiva e branca. Ela dá três passos, fica paralisada, aspira o ar à sua volta com pequena focinhadas, dá ainda alguns passos leves e precavidos e fica a postos sobre uma rocha, entre sombra e luz.

Não sei se ela detecta minha presença. Terei eu mesmo me tornado um animal? Uma pedra? A jovem raposa pára a alguns metros de mim. Fica à espreita. Gosto de ver seus olhos franzindo-se no claro-escuro. Gosto das presas luzindo quando ela boceja. Então, petrificado, espero que um estalido intempestivo ou o odor de um outro bicho a façam fugir. Ela pula de seu poleiro e os bosques negros absorvem o ruivo e o branco de sua pelagem.

Desço a passos rápidos até a casa. Recuperei as forças necessárias para ler finalmente a carta de Clara, da qual receio que se desprenda um vapor deletério, antigas visões do lago Negro. Pego o envelope disputado pelas mãos de gesso, rasgo, decifro. Clara me escreve do Oriente Médio às vésperas de um retorno à França. Ela me explica que passou muito tempo nessa região do mundo. Vê nela ao mesmo tempo um caldeirão maléfico e uma terra atraente, um pequeno pedaço de planeta onde a violência, a morte, o desespero, a esperança, a inumanidade e a humanidade andam de braços dados. O sentimento de não compreender mais nada, como a impressão de que as imagens não atingem o essencial. Ela viu demais, escreve. Está exausta. Não sabe mais. Não sabe mais nada, escreve. Lamenta que não nos falemos há tanto tempo. Mas Clara escreve para me informar que passará um bom tempo na França e por fim descansará na casa de um amigo, que ela situa "bem próxima do lugar onde você parece ter se instalado". Necessidade de paz, de silêncio, e o desejo de passar um tempo com sua filha Ariadne, que viu tão pouco, ela escreve. Ela me convida sobretudo a ir vê-la "se achar bom", mesmo de imprevisto. "Fica tão perto da sua casa, é uma oportunidade, é o acaso..."

Localizo o lugar num velho mapa rodoviário jogado no meu ateliê e descubro que se trata de uma aldeia da região do monte Ventoux, a duas horas da minha casa. Percebo também que a carta demorou um tempo danado para chegar até mim e que Clara já deve estar ali. Alguns dias mais tarde, depois de propor a Jeanne que me acompanhasse, sabendo perfeitamente que ela recusaria, e depois de ter colado de volta vários dedos das mãos combatentes, pego sozinho a estrada do monte Ventoux.

Dirijo a baixa velocidade. Com os vidros abertos. Insetos e odores penetram no carro. O volante está queimando. O rádio em surdina. Não tenho certeza de querer esse reencontro. Desacelero ainda mais, mas não mudo de rumo.

Ao chegar ao minúsculo vilarejo de Sariane, pergunto várias vezes o caminho do tal lugar. Acabo encontrando a propriedade de grandes dimensões, cujo nome está gravado num cartaz de madeira. Longe da estrada, percebo uma bela casa amarela, cercada de vinhas em três lados e encostada num bosque de pinheiros. Deixo o carro perto de uma mureta de pedra seca, decidido a percorrer os últimos metros a pé. As cigarras fazem um barulho ensurdecedor. Há tantos insetos em torno das pedras escaldantes que agito em vão as mãos num zumbido de Erínias. Preciso avançar pelas vinhas, como um larápio, um vagabundo.

No fundo, ignoro o que vou fazer. Ver antes de ser visto? Ter uma idéia primeiro das mudanças que o tempo e as viagens fizeram o corpo dela sofrer? Da maneira como a luz violenta esmaga as lembranças?

Os torrões de terra seca se pulverizam sob meus passos. A folhagem da vinha é opulenta. Seu verde cru tem estranhas vibrações na luz.

Muito rapidamente, em função da ondulação do terreno, perco de vista a bela morada onde Clara deveria estar descansando. Impossível continuar nessa direção, pois as filas de vinhedos me forçam a avançar como num corredor.

Várias vezes, eu me esgueiro entre as paredes verdes a fim de mudar de fileira, mas só faço me afastar do objetivo. Da estrada, eu percebera as grandes árvores que protegiam a casa. Essas sombras benéficas desapareceram de meu campo de visão. Não vejo mais nem mesmo o bosque de pinheiros. Estou cego, desnorteado, perdido no meio das vinhas. Mas avanço mesmo assim no ar tórrido. Minha cabeça gira.

Por que vim me extraviar neste labirinto? Não há Alemanha nesta estridência, mas a Grécia! Não há enigma úmido, mas uma realidade rugosa e muito sem sentido! Vacilo ligeiramente e, como acabei de descobrir uma mureta, à beira de um fosso, fico de cócoras na sombra para me refazer e recuperar minha razão. É então que um barulho metálico chega até mim. Uma porta que range e se fecha de novo. Levanto. A aléia principal fica ali, bem próxima. A casa amarela se encontra um pouco mais acima. Avisto a escada, o patamar e a sombra das grandes árvores, perto da fachada. Alguém desce a escada, passa pelo caramanchão e de repente o corpo de uma mulher vestida de branco surge na luz. Esse jeito leve de andar? Essa finura? Essa segurança tranqüila do passo? É ela? Não. Mas sim, é mesmo Clara! Ela tem quinze anos! É a menina de Kehlstein! Ela acabou de sair da sombra, avançando no sol. O cabelo preto e muito curto. Uma blusa deslumbrante. Calça branca. Uma bolsa a tiracolo. Estou sonhando! Estou sentado à margem do lago Branco completamente seco. Não há mais água em lugar algum. Não há mais mato escuro. Com um passo alerta, a garota de branco desce pela aléia até o portão. Sem ar, fico numa tal imobilidade, à sombra da fossa, que ela não percebe minha presença. Ela passa. Com um sorriso imperceptível nos lábios, dá um pequeno salto de alegria, indiferente à canícula. Chego a ver o azul-claro de seus olhos. Mas ela passa por mim. Ela se afasta, atravessa o portão, desaparece. Os insetos e as cigarras perfuram meus tímpanos.

Tomo consciência de que durante o interminável minuto minhas mãos se crisparam sobre uma pedra cortante. Elas estão tão curtidas que não sangro. Mas recuperei meus sentidos. Sei que foi Ariadne quem acabei de ver passar. Lentamente, subo a aléia. Deslizo sob o caramanchão, subo a escada, empurro a pesada porta da casa incrivelmente fresca e obscura. Meus passos não fazem barulho algum sobre os ladrilhos.

Continuo sendo o larápio. Mas essa intromissão me permite acreditar que ainda é possível, a qualquer momento, fugir correndo. Depois de ter atravessado vários cômodos desertos, encontro-me sob a soleira de uma pequena sala cujas janelas da sacada estão abertas sobre o bosque de pinheiros. Em meio à corrente de ar que faz tremer as cortinas, sobre um estreito divã, Clara dorme profundamente.

Reconheço-a e observo-a sem a menor emoção. Como se tivéssemos nos visto há alguns dias. Seu corpo está abandonado. Seu braço pende à beira do divã. Ela respira muito forte, com a boca aberta, e emite um ronco imperceptível. É mesmo a Clara que estou revendo após quinze longos anos. Ou melhor, contemplo uma mulher bastante bonita, cujos traços correspondem mais ou menos à minha lembrança, mas com essa coisa a mais, uma substância estranha e sutil que impregnou, como um mata-borrão, a imagem que eu guardava de Clara, engrossando as carnes, dilatando os poros, escavando as pequenas rugas. Sob o olho fechado, a pinta continua ali. Quinze anos correram sobre esse corpo de mulher como sobre as visões de minha juventude. Digamos que a substância penetrante se chama o Tempo. Eu me aproximo mais desse rosto bronzeado com os olhos fechados. Uma gravidade espetacular. O contraste com a leveza do anjo que apareceu na aléia é chocante: a mãe e a filha! A plenitude da duração e a fragilidade do instante. Dois corpos, duas histórias.

Dormindo, Clara mexe de leve o pé descalço que emerge do jeans e seu peito estremece no decote da camisa azul desbotado. Triunfo de uma feminilidade comovente à qual assisto como *voyeur*. Entrevejo a relação entre esse corpo feminino e a rocha bruta ou a terra. Essa sensualidade perturbadora não é separável de um acúmulo de dores, de medos, de gozos, ao longo dos anos. Sob essas pálpebras e nesse ventre, há paisagens atravessadas e provas padecidas. Muita vida correu nessas veias.

Por mais que me canse de olhá-la, só vejo uma desconhecida sobre o divã. Num outro mundo possível, contemplo uma estranha, cortada de minha própria história. A antiga Clara, aquela que eu pensava encontrar, está ausente. É preciso juntar os pedaços de um passado morto com essa presença feminina sonolenta? Só penso em fugir. Ouço vozes, barulhos, em outros cantos da casa. Sem esperar, disparo em direção à saída e corro até o fim da aléia.

Só mais tarde, depois de ter me refeito, me apresento no portão da propriedade. Magro e elegante, um velho imponente me acolhe calorosamente, nada surpreso com minha visita. Clara aparece também na soleira, descalça ainda, mas bem acordada. Sua tez bronzeada torna mais intenso o azul de seus olhos. Ela me abre os braços, dizendo-se realmente feliz com minha visita.

Seus gestos têm ainda aquela vivacidade surpreendente e seus traços uma grande mobilidade. Aonde foi parar a mulher afogada em seu próprio cansaço, cuja intimidade violei há pouco?

Ela diz:

— Depois de tanto tempo! Eu já tinha perdido as esperanças. Você então recebeu minha carta. Mas é culpa minha, Paul! Tantas vezes pensei em dar sinal. Era complicado! Se você soubesse...

Esse velho elegante é o proprietário da casa. Ele é vinhateiro e pai de um amigo de Clara, um jornalista que também não demorou em aparecer, com uma camisa branca aberta, o peito peludo à mostra, a pele ainda mais queimada. O velho vinhateiro coloca perto de nós dois copos e uma garrafa de seu vinho, depois se retira com o jornalista para nos deixar a sós.

O que são quinze anos? E o que dois seres podem ter a se dizer quando duas vidas tão diferentes os separam? Mesmo se um laço enigmático e poderoso os uniu um dia, há um vazio que as palavras, as precauções, a melhor das intenções não podem transpor. Sorrisos e lembranças caem nesse vazio, e descobre-se bem rápido que não é impossível atingir sequer um pouco da realidade sensível do outro.

Estamos sentados diante da janela da sacada aberta sobre os fundos da casa. Bebemos e tentamos nos dar um monte de informações joviais em alguns minutos. Mas a corrente de evidência elétrica não passa mais entre nós. Clara sabe perfeitamente que as circunstâncias de suas reportagens e principalmente suas imagens insustentáveis me são estranhas. Compreendo também muito rápido que a violência de meus golpes na rocha não lhe interessam nem um pouco. Contudo, fingimos ter mil coisas para contar um ao outro, bebendo um pouco desse "vinhozinho de proprietário".

Só penso logo em partir novamente, rodar ao acaso pelas estradas, mascando uma bola de amargura. Incapaz de voltar para casa. A noite está excepcionalmente clara e quente. Clara fez questão de me levar até a vasta cozinha para que comêssemos alguma coisa e bebêssemos um pouco mais. Depois, como para diferir o momento de separar-nos, vamos andar nas vinhas, sob uma grande lua laranja. Com a testa franzida, Clara coloca sua mão sobre meu braço.

— Sabe, Paul, quis ver muitas coisas. Vi demais. Fixei tudo o que pude na película. Achei que fosse alcançar um tipo de segredo...

— Mas que segredo? Do que você está falando?

— Você sabe muito bem do que estou falando. Em todo caso, você sabia melhor do que ninguém que...

— Acho que para você como para mim, quando éramos muito jovens, houve coisas muito duras. Isso nos moía o coração. Mas talvez não haja nada a entender... Nada a fazer.

— O que eu tento entender é como os seres conseguem fazer o mal, não individualmente — isso é fácil! —, mas produzir, juntos, uma quantidade tão grande de mal que, a partir de um certo momento, ninguém pode parar mais nada, e os horrores proliferam, como uma espuma negra.

— Tive a oportunidade de ver suas fotos, Clara. Elas conseguem não ser belas, apenas assustadoras.

— Estive em guerras. Vi as vítimas, os assassinos. Mas é possível dizer que não vi absolutamente nada! Não é assim que se entra na insensatez! Você compreende isso, espero. O pior não aparece impresso em nenhuma película.

Clara cuspiu tudo isso muito rápido, num só alento, de pé no meio das vinhas. Há muito tempo não via esse tom nela. Mas sei também que esse furor súbito pode se transformar num escárnio surpreendente. Espero então que Clara solte uma grande e nítida gargalhada que reduzirá a migalhas a gravidade de suas palavras. Espero o gesto vivo de sua mão que varrerá a inquietação. Espero que Clara dê seu charmoso sorriso de desculpa e comece a falar de outra coisa. Em vez disso, ela me pergunta:

— E do seu pai, Paul, você soube de alguma coisa? Você sabe agora o que aconteceu? Você se lembra, eu disse que a verdade acabaria vindo à tona, que...

— Para quê? Deixei Paris há muito tempo. Tomei um outro caminho. É a idéia de ficar amarrado ao passado como a uma estaca que me desespera. O rosto de um assassino colado na memória! Em que isso mudaria o fato de que meu pai morreu quando eu tinha doze anos? Mas, sabe, a ignorância também pesa em mim, e às vezes bato na pedra só para não pensar mais. No fundo, o segredo não me interessa. Ele dormita. Espera... É assim.

— Eu pensei que você sabia...

— Você sabe alguma coisa?

— As coisas acontecem apesar de você. Pensei muito na sua história. Em Paris, procurei. Primeiro sem acreditar muito. E depois entrei no jogo. Descobrir ao menos isso! Eu me perguntava acima de tudo por que seu pai e o meu puderam ter existências tão diferentes...

Estamos de cócoras agora, diretamente sobre a terra, no grande silêncio perfumado. Como pude crer por um só instante que, indo até Clara, eu retornaria ileso?

Primeiro procurei me tornar invisível. Achei que poderia me aproximar dela, examiná-la e partir. Vi passar um espectro muito jovem cheio de charme que saltitava na luz.

Achei que, entre mim e Clara, uma espessa parede podia impedir os antigos projéteis de passarem. Balas de inquietação — atiradas de muito perto. Balas explosivas. Explosões com "efeito retardado".

Clara me explica como ela soube procurar antes de mim, ou mais exatamente no meu lugar, certas informações importantes a respeito de meu pai e suas relações com meu tio Édouard. Estou aturdido.

Isso faz vários anos, ela me revela, a cada dia indo e vindo em Paris, retornando com freqüência ao Luxemburgo, ao lugar do crime. Lugar onde nada fala. Nem a areia. Nem a balaustrada. Nem a rainha Bathilde.

Para entrar em contato comigo, cancelar um encontro, propor-me outro, ela passava sempre por Léon, o recepcionista do hotel, e acabou mantendo curtas conversas com ele. Pouco a pouco, conseguiu fazê-lo falar.

— Esse homem me fascinou — diz Clara. — Freqüentemente, quando não durmo, vejo de novo sua cara, seu olhar fugidio. Encontrei muitos homens, sabe, homens cruéis, completamente pirados, mas nunca encontrei em alguém uma mistura como essa de banalidade e abjeção.

Clara me diz então que esse Léon do Trois-Lions, encerrado durante tantos anos no balcão da recepção, no meio de notas e registros, tinha-lhe (é a expressão que Clara escolhe usar em seu admirável francês) "revirado as tripas" com propostas "babonas" (o termo também é de Clara) continuadas, com ressentimento e arrogância em relação a tudo.

Percebo que sempre me contentei com os intercâmbios rápidos com esse recepcionista, com os "bom-dia-boa-noite", com os "Senhor Paul, uma carta para o senhor...", os "Senhor Paul, correspondência para sua mãe...", como para evitar qualquer alusão a épocas anteriores, e sabendo perfeitamente que Léon já trabalhava para o meu tio bem antes da guerra, bem antes da Ocupação, mais submisso do que um cachorro a seu dono. Freqüentemente pesquei fragmentos de afirmações peremptórias que o homem pronunciava para impressionar as arrumadeiras, observações que ele fazia pelas costas dos clientes. Seus comentários eram uma proclamação da baixeza humana. Aqueles que passavam diante de seu lamentável tribunal eram suspeitos de intenções inconfessáveis, de projetos perturbadores e finalmente criminosos — enfim, no sentido em que ele ouvia. Para Léon, a riqueza era sempre prova da desonestidade, a elegância, máscara da perversão, a gentileza, um ardil, a generosidade, uma tentativa de subornar. Era sua concepção do mundo, encravada como suas unhas sujas na carne cinza. Em sua boca, as injúrias supremas: "pederasta!", "judeu!" e, para as mulheres, absolutamente todas as mulheres, sem exceção: "vadia!"... Eu me esforçava para não prestar a mínima atenção, para não reagir, em suma, para passar diante dele o mais discretamente possível.

É por isso que as palavras de Clara, sobre "a banalidade e a abjeção", despertam imediatamente em mim uma inquietação aterrorizante. O retorno do sempre sabido-sempre soterrado.

Então, Léon? Meu tio Édouard? O que Clara sabe exatamente? Clara, a reveladora...

Enquanto eu môo, entre meus dedos, os tufos friáveis de onde emergem os pés de vinha, Clara, com raiva, crueldade, mas também com um sofrimento íntimo, começa a me contar o que desde sempre eu suspeitava, evidentemente...

Ao voltar para o meu carro no portão da propriedade, depois de ter deixado Clara, no meio dessa noite iluminada demais, curta demais, ao longo da qual o ar não teve tempo de refrescar, ouço ainda suas últimas palavras: "Para compreender o pior, é preciso talvez tê-lo cometido..." Vejo sua sombra sobre o chão esbranquiçado e as silhuetas distantes dos grandes pinheiros.

Algumas semanas mais tarde, sem muita dificuldade, encontro Léon. Preciso ouvi-lo repetir do seu jeito tudo o que Clara já me contou. Estamos sentados em torno da mesa que atravanca um de seus dois cômodos, no fundo de um pátio, a dois passos do Trois-Lions, onde não trabalha mais há um ano. Um aposentado feliz, mas ainda enraivecido.

— Os socialistas nos trouxeram pelo menos isso, senhor Paul, a aposentadoria aos sessenta anos! Para mim, que trabalho desde os quatorze, cai bem, mas admita, ainda assim é uma lei para os boas-vidas, não é?

Coloquei a garrafa de uísque sobre a toalha plastificada. Léon pegou dois copos que sem dúvida roubou no hotel e nos serviu uma copiosa dose. Preciso esperar. Escutar. Sobre o aparador, reina um enorme carrilhão dourado, um pêndulo trabalhado e sobrecarregado de ornamentos barrocos, sob uma redoma de vidro. Ele toca duas vezes sete badaladas... Léon fecha os olhos, religiosamente, até a última vibração cristalina.

Vamos ao que interessa:

— O que quer, senhor Paul, eu, agora, posso muito bem dizer tudo. São águas passadas. E o Sr. Édouard, enfim, seu tio, o que ele tem a perder? Está velho! Nasceu em 1912! Eu em 1922! Estamos acabados. Estamos protegidos...

Como Léon já esvaziou seu copo de uísque, eu lhe sirvo de novo, generosamente.

— O que se pode dizer é que, antes da guerra, o Sr. Édouard conhecia alguns judeus! Gente fina, pode crer! Ele era recebido. Era habilidoso. Os negócios já eram sua especialidade. Eu era um pobre coitado. Ele tinha me levado com ele quando eu ainda era garoto. Eu achava o Sr. Édouard tão elegante que eu queria que todo mundo soubesse que eu era seu "pau para toda obra", como se diz. Ele podia me pedir qualquer coisa. Então, quando as coisas aconteceram do jeito que aconteceram, o Sr. Édouard imediatamente percebeu que podia tirar proveito da situação. Os judeus, ricos, hein, famílias conhecidas, ele tinha todos os endereços, e sabia quase de cor a lista das coisas belas que possuíam! Mas era mais esperto do que eles! Tinha amigos na polícia, relações nos ministérios, e até mesmo os chefes alemães, ele não demorou a botar todo mundo no bolso! Sempre bonito, sempre elegante, sempre com jovens bonitinhas, não preciso dizer mais nada! Então, algumas manhãs, eu estava avisado, os dois íamos bem cedo ficar espiando escondidos embaixo do apartamento dos judeus cheios da grana. O Sr. Édouard sabia que seus amigos da polícia não demorariam. Ficávamos quietos. Esperávamos que tivessem embarcado a família inteira e depois subíamos. Estava combinado. O Sr. Édouard sabia que tinham deixado a porta aberta. Não tínhamos muito tempo. Eu o seguia no apartamento vazio. O café ainda estava quente, eu bebia uma xícara.

O RISO DO OGRO

O Sr. Édouard não precisava nem falar. Ele batia com sua luva sobre tudo o que queria que eu levasse: quadros, bibelôs, prataria. Antes das nove da manhã, eu já tinha amontoado tudo no carro. Ah! Era um esperto, seu tio, senhor Paul! E todos esses judeus que se achavam protegidos pelas novas leis, a polícia vinha buscá-los. Lá aonde eram levados, não corriam o risco de precisar de todas essas quinquilharias!

Está vendo esse carrilhão, senhor Paul? Foi a única coisa que seu tio me deixou pegar. Está vendo ali, o esqueleto dourado, gostei dele imediatamente. Nas doze primeiras badaladas da meia-noite, ele vira a foice para a direita, e nas doze seguintes, para a esquerda! Eu me lembro do dia em que o Sr. Édouard me disse: "Se você gosta tanto desse pêndulo, meu pequeno Léon, ele é seu. Mas eu guardo para você. É mais prudente. Darei a você quando você for embora"... E como você vê, quando me aposentei, ele o pegou de novo para mim. Impecável! Que nem novo! Meus olhos se encheram de lágrimas. Seu tio é assim: um grande homem! Um grandíssimo homem!

— Um crápula! Sim, um criminoso!

Eu percorro de um lado ao outro a sala de jantar de Léon, batendo com a palma da mão no baú, na toalha plastificada, para me convencer de que não estou sonhando. Léon levanta a cabeça, mas seus olhos injetados de Puro Malte têm dificuldade em me seguir. Ele enche de novo seu copo, reclamando com uma voz pastosa:

— Como assim? Um crápula, o Sr. Édouard? Você está indo longe demais, meu pobre rapaz... Sem ele, você nem estaria no mundo! Não teria nascido, senhor Paul! Pois seu pai, para fazer você com sua mãe, precisou estar vivo, não é? E portanto precisou sobreviver a todas as besteiras deles, à Resistência, à Gestapo e todo o bafafá... So... bre...vi..ver... Não é verdade?

— Você sabe muito bem que ele foi preso na *Gráfica moderna*, com meu avô e todos os outros, mas que conseguiu escapar antes que...

— Sim, antes que o liquidassem ou o expedissem para lá e ninguém nunca mais os visse!

— Meu pai era jovem. Ele se arriscou. Ele passou entre as garras deles...

— Então... meu... pobre senhor Paul! Você... engoliu... essa bela história de fuga. O famoso Pierre Marleau, o grande resistente, é também um campeão da fuga! Mara...vilha! De tirar o cha...péu!

Sentei-me de novo à mesa com esse aposentado "abjeto e banal" que, para esse triunfo tardio, endireita as costas, coloca os punhos sobre a toalha plastificada e adota esse tom sentencioso e às vezes altivo dos alcoólicos, para destilar lentamente o que sabe.

— Em suma, você nunca se fez algumas perguntas? Seu pai realmente foi preso, como os outros. Eles os juntaram na Escola de Saúde militar de Lyon! Quanto à saúde, os alemães da Gestapo tinham um bom programa para ficar em forma, com banheiras e tudo o que a gente sabe... Mas é uma escola da qual nunca ninguém escapou! Você entende? Ninguém! E eis que todos esses senhores da polícia alemã deixaram seu pai sozinho, sem mais nem menos, sem prendê-lo, no térreo! E você acha que foi por acaso?!

Depois desse trecho inspirado, Léon estende de novo a mão na direção da garrafa de uísque. Detenho seu gesto e comprimo com força seu punho. Dói, mas ele prefere zombar de mim.

— Esse tipo de... acaso, de... milagre, nessa espécie de lugar, supõe um homem que tenha muita influência, influência suficiente para liberar um terrorista. E esse homem, que sempre adorou sua irmã Mathilde, é o Sr. Édouard! Sua mãe era louca pelo seu pai. O amor, meu rapazinho! Ela ligou para o seu tio. Em Paris, ele almoçava com os chefes alemães, com os quais tinha negócios. Os alemães de Lyon já estavam com o seu avô. Eles o torturavam todos os dias. Seu pai lhes interessava muito menos. Um garoto que eles pensavam encostar na parede bastante rápido. Mas não ficou por isso mesmo. Houve ordens secretas vindas de Paris. Seu tio foi formidável. Ele falava com os alemães quase de igual para igual. Um grande homem! Ver a irmã dele tão infeliz, prestes a morrer também, cortava o coração do Sr. Édouard. Ele fez o que devia ser feito. Os pombinhos se reencontraram! Você é um filho do amor, meu rapazinho! Da paz e do amor!

Léon desaba uma primeira vez, a face contra a toalha plastificada. Eu o reanimo. Ele não sente sequer o tapa que lhe dou.

Através de fragmentos, palavras confusas ou frases feitas, Léon me faz mais algumas revelações. Mas meu desejo de saber está moribundo. Se continuo a escutá-lo é para me machucar ainda mais, como se aperta um copo até ele estourar na mão.

— O que você quer, senhor Paul, seu pai, depois da guerra, depois da… Libertação, como eles dizem, precisou pagar um pouco sua dívida. Ele sabia muito bem que se estava vivo, depois de tudo o que havia feito, era ainda assim graças a seu cunhado! Então, quando começaram a expurgar, a fuzilar, a expedir os processos dos que chamavam colaboradores, a explorar umas pobres garotas que fizeram a farra, fuzilando mais ainda, chegou a hora do seu pai dar uma mãozinha. Desta vez, com sua medalha e todas essas coisas, a história dos jornais clandestinos e seu próprio pai morto sob tortura, faziam salamaleques a seu pai! Agora era ele quem tinha amigos bem posicionados! Primeiro ele se recusou. Eu bem vi que ajudar o Sr. Édouard o deixava doente, mas ele também, por sua Mathilde, faria qualquer coisa! Sua mãe suplicou. Enfim, ele se virou para que seu tio se livrasse da expurgação deles. É preciso dizer que o Sr. Édouard ainda tinha uma quantidade extraordinária de objetos, hein, de coisas bonitas, não é, que os proprietários não podiam vir reclamar, não é verdade? Quando soube que não lhe aconteceria nada, graças a seu pai, ele se apressou para escoar tudo. Eu, Léon, lhe dei de novo uma mãozinha... Seu pai sabia de tudo. Ele não suportou isso. Houve cenas terríveis entre eles. Durante anos. Acho que no final seu pai se tornou ameaçador... Então... mas é realmente uma história antiga... Foi necessário... Eu pessoalmente não queria mal ao Sr. Pierre... Eu...

É tarde. Nada do que acabei de ouvir me parece real. Não é nebuloso como um sonho ruim, mas muito nítido, como as imagens de um filme, os capítulos de um romance cujos personagens são meus pais. A cabeça de assassino de Léon balança de leve. Seu corpo hesita entre o torpor e as últimas tremulações nervosas, mas ele poderia falar ainda durante horas. Eu gostaria de fechar de novo esse romance ruim... Desde meus primeiros passos no Luxemburgo, no "local do crime", sinto que a idéia mesma de vingança não encontra eco algum em mim, mas, até essa noite, eu me achava habitado por um desejo de verdade. Desejo que também se apagou. Quero apenas uma coisa: que Léon se cale! No momento em que ele se prepara para entabular uma de suas tiradas sujas, eu contorno a mesa, me coloco atrás de sua cadeira, pego seus cabelos encanecidos e começo a bater sua testa contra a toalha plastificada. Uma vez, duas vezes... para que ele finalmente adormeça. Ele não resiste, como um pano impregnado de álcool. Puxo-o para trás, depois amasso mais uma vez o seu rosto. Três vezes! Violentamente. Quatro vezes! Atrás de mim, o carrilhão soa a meia-noite. Doze vezes doze golpes que eu pontuo também com o crânio de Léon. Sob a redoma de vidro do pêndulo, o pequeno esqueleto dourado mexe sua foice para a direita e depois para a esquerda. Oito! Nove! A têmpora de Léon, ao se abater, quebra o copo cheio até metade de álcool e se rasga sobre os cacos do cristal. Dez! Onze! Doze! Abandono enfim sua cabeça imersa num mar de sangue e de uísque. E, como antigamente, vou andar por Paris até a madrugada.

Não haverá jamais expiação nem reparação. Jamais tive a esse ponto o sentimento de estar triturado entre as mandíbulas de uma guerra invisível, separado de tudo e de todos. É-me impossível admitir que, em algum lugar no mundo, numa paisagem magnífica, uma mulher e filhos me esperam, que exerço uma atividade que me agrada, que existem países em paz e que a felicidade reside talvez ali, discreta mas luminosa. Quando saio, todas as calçadas de Paris estão escuras, úmidas e vazias. Nesse deserto noturno, a tolice e a crueldade, caminhando de mãos dadas, me fazem um sinalzinho de conivência. Estou, por minha vez, impregnado de um ódio sumarento e ácido que me dá nojo de mim mesmo também.

Muito rápido, para acabar com isso, decido visitar minha mãe no dia seguinte, e rever uma última vez o rosto e o corpo do meu tio Édouard. Estou tão cansado e tão cheio de amargura que se trata apenas de uma verificação. Uma tentativa de conclusão. Não tocar, mas ver. Nem bater, nem matar, mas simplesmente enfrentar um espécime de "humana inumanidade". Bater é tão fácil! E eu só sei fazer isso.

É o companheiro de minha mãe que abre a porta. Cabelos prateados, cortados muito rente, testa ampla, olhar franco, uma mão firme. Minha mãe parece radiante. Ela estacionou com serenidade no começo da velhice, mas há nela alguma coisa de mais jovem e de mais aberta do que nunca. Ambos estão sentados na minha frente no sofá. O homem tem atenções tocantes com minha mãe e uma gentileza sincera comigo. Observo esse casal idoso, mas tão despreocupado, cheio de cumplicidade. Escuto-os falar de seus projetos de viagens, das notícias que eles acompanham sensatamente na televisão. Digo a mim mesmo: "É minha mãe." Penso em nossa vida no Trois-Lions como numa Idade Média imprecisa e em minha infância em Lyon como uma pré-história da qual não resta quase nenhum vestígio.

Num recanto gelado da memória de minha mãe, dormitam segredos que desbotam, arrependimentos que se desfiam, vergonhas e tristezas que acabam se dissolvendo. Num recanto da memória desse homem que ela ama como amou meu pai, há outros segredos. Sei que foi um combatente do Vercors, que foi testemunha e ator de coisas terríveis. Hoje, ele fala em comprar passagens de avião para ir à Grécia e de me mostrar diapositivos de outras viagens em companhia de minha mãe.

Não falo com eles sobre minha visita a Léon, mas peço a minha mãe o novo endereço de Édouard. Evocamos rapidamente minhas atividades artísticas. Notei que minha mãe conseguiu uma revista que fala de minhas esculturas. Separamo-nos em excelentes termos, felizes de nos revermos. As distâncias que nos separam são espantosas.

Resta a última prova. Meu tio mora agora num elegante edifício perto de Saint-Cloud. Não tenho outra intenção além de ver de perto um canalha. Isso é tudo.

Ele tem setenta e cinco anos, mas continua aprumado, sem ser rígido, musculoso, vigoroso. Há alguns anos, minha tia se apagou baixinho sobre as grades de suas palavras cruzadas.

Édouard vive no meio de troféus e signos de opulência. Ele me apresenta sua nova companheira, loura, mais de vinte anos mais nova do que ele, e mostra orgulhosamente sua sala de musculação. Alguns minutos foram suficientes para recuperar sua ascendência sobre mim.

Jubila-se ao me revelar que fez a aquisição de várias esculturas minhas numa galeria.

— As obras de meu sobrinho, afinal de contas!

Ele parece compreender com uma finura diabólica o que eu quis inscrever na pedra. Ele é cortês, falsamente caloroso, irônico, provocador. Enquanto o escuto, repito para mim mesmo com uma calma estranha que estou diante de um autêntico lixo. Para entabular as hostilidades, evoco esse quadro do vestíbulo que me agradava tanto, esses três personagens numa barca com uma vela branca, no pôr-do-sol.

— De quem era? Vuillard? Bonnard? E a quem pertencia antes? Você sempre conseguiu obter belas coisas... A qualquer preço!

Édouard sorri. Seus dentes permanecem sãos, como uma ameaça. Mas estou lidando com um animal que pode sobreviver muito tempo na coração da "selva", como ele diz. No coração das trevas. Diante do perigo, ele dá meia-volta, escolhe seu terreno e contra-ataca:

— Você não veio até aqui para me falar dessa velha tela, não é? Meu pobre Paul... Puxa vida, você deixou o Léon num estado terrível na outra noite. Você fez um estrago! Reconheço que sua fisionomia inspira certa brutalidade. Quando ele não passava de um garoto, eu já tinha vontade de maltratá-lo! Sim, eu estava esperando por você. Há muito tempo que o estou esperando. Eu só me perguntava se você viria à minha casa como filho sedento de vingança e cego de ódio ou como artista que procura um modelo interessante. E eis que você está aqui, meu pobre Paul... O que você pensa fazer? Você é ingênuo o suficiente para só ver em mim um ser cínico e sem escrúpulos, um bloco bem duro e compacto. Um verdadeiro malvado, então! O que aliás não é totalmente falso! Mas se você acha que um homem como eu não tem consciência do mal, você morde o próprio rabo. Sei exatamente por onde passa a linha. E sei exatamente de que lado estou! Ou melhor, de que lado freqüentemente estive... Hoje em dia, não passo de um velho que vive confortavelmente no meio dos belos objetos que me restam. O passado não está longe, ele é irreal! Mas isso não me impede de pensar de vez em quando no criminoso que fui. Eu me lembro claramente dos momentos em que foi necessário decidir, resolver: enganar antes de ser enganado, pegar o que havia para pegar, denunciar os que me incomodavam, mandar liquidar os outros, nunca se sabe! Nenhum amigo, apenas relações de força, uma potência que é preciso aproveitar enquanto está na nossa mão... Pois há uma satisfação extrema da qual pessoas como você não têm a menor idéia. Só os mais fortes ou os mais astutos conseguem sobreviver. Todos contra todos! É isso, meu pobre Paul, vivo com todas as minhas lembranças, você está ouvindo? Todas! E fique sabendo também que eu gostava do seu pai. Não somente porque ele sabia lutar, mas porque ele me detestava. Está vendo, para você, é complicado. O canalha que eu fui nunca impede o velho que você está vendo na sua frente de dormir. Tenho um sono excelente. Um sono de canalha! O fato de ter realizado o que você considera crimes não me impede absolutamente de apreciar as coisas belas, de degustar um bom vinho ou um bom charuto, de contemplar um quadro como aquele que você evocava ainda agora. Sim, era um Bonnard, se você quer saber! E não impede também que um velho como eu goze um pouco ainda de seu corpo, com a condição de cuidar dele, é claro! E fique sabendo finalmente, meu pobre Paul, que existem pessoas boas que me consideram um benfeitor. Sim, me aconteceu de prestar serviços desinteressados. Por um sorriso de reconhecimento. Eu ajudei. Dei. Salvei. Há sempre rachaduras de bem num bloco de mal. Ou o inverso! Enfim, os dois se equivalem!... Então, agora, decida! Estamos sozinhos. Sem testemunhas. Olhe ali, na parede, minha coleção de punhais. Escolha! E faça o que você veio fazer. Bater, perfurar, isso você sabe fazer, não é? Nunca tive medo da morte. E eu até a espero, eu a provoco. Digamos que eu só me defenderia um pouquinho... Por formalidade.

Viro então as costas para o meu tio, atravesso lentamente uma fileira de peças ensolaradas. Nenhum grão de poeira sobre os móveis de época, a prataria, o cristal, o veludo das tapeçarias. Eu desapareço na grande gargalhada dos espelhos. De maneira incongruente, penso de novo no subterrâneo de Kehlstein, em sua tepidez. Eu precisaria de um ventre de cadela onde me enfiar. Mas só sei andar e esculpir.

Volto logo para o Trièves, onde Jeanne e as crianças me contam o que aconteceu durante minha ausência, na escola, na maternidade. Muitas coisas que só dizem respeito ao presente e ao futuro.

— No domingo — me dizem os dois pequenos —, o dia vai estar muito bonito. A gente vai fazer um piquenique. Mamãe convidou suas colegas do hospital. Vamos sair de manhã. Vamos subir até lá em cima. Tem um prado bem plano. Dá para ver bem longe. Você vem papai, hein? Você vem?

E é assim que, num belo dia de verão, Jeanne e suas amigas enfermeiras, as crianças e eu fazemos uma excursão até a garganta dos Arcanes. É preciso andar pouco mais de duas horas pelas sendas. Desde meu retorno, não tive coragem de empurrar a porta de meu ateliê, de reencontrar toda essa poeira. Ao ver essas enfermeiras e parteiras que chegaram muito cedo de manhã, sinto uma estranha euforia, próxima da embriaguez em que nos mergulha o ar das montanhas, quando muito puro, muito vivificante. Elas riem muito e falam todas ao mesmo tempo. São louras, morenas.

Algumas têm um rostinho quase infantil, outras, traços marcados pela experiência mais do que pelo tempo. Emana desse pequeno bando uma energia singular. Normalmente, elas usam jalecos brancos e circulam por espaços brancos. Colocam suas mãos sobre corpos que sofrem, corpos que vêm ao mundo.

Essa manhã, com roupa de montanha, elas enchem alegremente seus cestos de víveres. O sol ainda não está muito alto. Na sombra, vêem-se brilhar pérolas de orvalho. Quando todos estão prontos, começamos a ascensão sem dificuldade. Pelo caminho, formamos uma longa fila barulhenta. As mulheres se interpelam. As mais conversadoras têm um delicioso sotaque meridional. O eco repercute suas palavras.

Logo atingimos a floresta. As crianças me pedem que corte galhos para fazerem bastões de caminhada, dardos ou fuzis, que mais tarde abandonarão. Enquanto fabricamos armas, as mulheres tomam a dianteira. Escolho galhos bem retos e sólidos que despojo de sua casca raspando com meu canivete dobrável. Acima de nós, na subida, apesar do matagal, ouvimos ainda o rumor das enfermeiras. Enquanto caminhamos, conto uma longa história às crianças que agitam seus bastões e escrutinam o mato como se temessem ver nele um ogro à espreita. Sei que não será aqui que reencontrarei minha raposa.

Subimos lentamente. Quando o terreno rochoso se torna mais inclinado, eu as seguro pela mão e as ajudo erguendo-as um pouco. Perto do fim do passeio, começam a sentir o cansaço, mas não se queixam.

— Vamos, mais setecentos e quarenta e três passos e a gente chega lá! A gente vai fazer um piquenique na grama. Vamos olhar o mapa e buscar o nome de todos os cumes. Vamos!

Quando só faltam algumas centenas de metros para atingir a garganta dos Arcanes, que é na realidade um vasto gramado, que do lado oeste dá para o interior da montanha-fortaleza e do lado leste para as cadeias alpinas que se perfilam ao longe, azul sobre azul, podemos terminar a ascensão ficando na floresta ou cortando através dos prados.

No emaranhado dos galhos baixos, constato que as mulheres escolheram passar pelos prados e distingo essas pequenas manchas coloridas na subida, em pleno sol. As primeiras a chegar à garganta fazem grandes acenos para as que as seguem e se juntam a elas.

Na sombra dos bosques que as crianças não quiseram deixar, ando mais lentamente. Os dois pequenos reclamam um pouco de cansaço, depois se calam. Seguro suas mãos, firmemente, reajustando de tempos em tempos minha mochila com um movimento de ombros.

Progredimos sem parar nesse claro-escuro e nesse silêncio, enquanto lá embaixo, para além dos últimos troncos, das últimas ramagens, há esse imenso espaço azulado, essa claridade deslumbrante e esses corpos de mulheres que ocupam apenas um pequeno canto da paisagem. As crianças gostariam de descansar, se sentar, sobre um toco, ao pé de um tronco. Eu recuso. Tomo cuidado para não apertar muito forte as pequenas mãos encolhidas nas minhas. Levo-as suavemente.

Na clareira da floresta, o sol penetra cada vez mais forte entre os galhos. O musgo é mais verde, as rochas, mais prateadas. À beira da campina, cheia de zumbidos, largo finalmente a mão das crianças, dou-lhes um tapa de leve sobre os ombros e, sabendo a que ponto a simples visão do objetivo pode apagar magicamente todo cansaço, eu lhes digo:

— Vamos, sigam em frente. Olhem lá, as mulheres chegaram antes de nós. Elas estão nos esperando para comer. Corram rápido!

Totalmente imóvel, apoiado no último abeto, olho meus dois filhos se afastarem às pressas, duas pequenas vidas palpitantes, dois duendes famintos que agitam seus bastões. Estou deslumbrado. O instante está aberto como um fruto. Lá em cima, com a mão como viseira, Jeanne olha nossos filhos correrem em sua direção enquanto em torno de suas pequenas panturrilhas saltam milhares de gafanhotos.

Tarde demais! (Rodes, verão de 1999)

Os anos passam, os anos crescem como a grama, mas eu continuo esculpindo a pedra, por hábito, e mesmo com uma facilidade surpreendente, não perdendo encomendas nem idéias. As grandes almofadas de um sucesso muito relativo abafam ao mesmo tempo a antiga inquietação e o antigo entusiasmo.

Jeanne também trabalha muito. Ela tem responsabilidades pesadas no novo hospital, e poderíamos acreditar, ao ouvi-la, que o nascimento de seres humanos se tornou um acontecimento menos evidente. Mil problemas zumbem ao redor da vinda ao mundo. É preciso interromper gravidezes, manter vivas pequenas larvas que pesam apenas alguns gramas, deixar partir bebês recém-nascidos nos braços de jovens mães perdidas que ignoram aonde irão e até mesmo o nome do pai de seu filho. Jeanne freqüentemente está apreensiva, preocupada. Em sua cabeleira sempre abundante, os fios prateados se multiplicam e triunfam sobre o ouro brilhante. Um dia, será o chumbo que triunfará sobre a prata, depois a neve sobre o chumbo.

Jeanne e eu acabamos adquirindo hábitos doces: passeio na montanha, conversas regadas a vinho sobre as crianças ou o destino do planeta, respeito pela solidão do outro. As almofadas da ternura e do não-dito abafam dia após dia a melancolia e a resignação.

Quando me lembro de nossa vida passada, nessa casa, nesse vale, nessa sombra profunda do monte Aiguille, ouço principalmente as vozes infantis de Camille e Eugène. Atualmente eles partiram para estudar, longe de casa, e só retornam raramente. Digo a mim mesmo que não soube me maravilhar a tempo, nem suficientemente, com a presença das crianças na minha vida, das crianças bem quentes, irrequietas, conversadoras e joviais. Não soube saborear intensamente o bastante os bons momentos do retorno da escola. Ouvir suas perguntas e seus risos, à mesa, no jardim, nos passeios. Enriquecer meu olhar com seu olhar sobre as coisas.

A infância é um enigma familiar demais. Achamos que vai ficar por muito tempo, que nada urge, mas de uma só vez sua ausência se torna um vazio negro, a falta dilacerante de um órgão amputado sem anestesia.

Lembro-me daquele dia de verão, perto da garganta dos Arcanes, em que empurrei meus dois pequenos na minha frente, em direção à luz, em direção às mães sentadas em círculo, em direção ao céu azul, ao futuro, enquanto eu ficava sozinho, durante longos minutos, na sombra do bosque.

O que eu esperava? O que eu aguardava ainda? Tenho o sentimento de ter passado ao lado do essencial. Tarde demais! Às vezes me pergunto se não considerei todas as coisas através da lente tingida e resignada do "tarde demais", quando talvez ainda houvesse tempo.

Freqüentemente tenho um pesadelo horrível, mas muito simples. Acabei de completar quarenta anos e nas circunstâncias oníricas em que me agito, esse acúmulo de anos me parece desanimador em relação às poucas coisas que realizei. Nesse sonho ruim, já estou bem velho. Velho demais. Malposicionado. Acabado. É o pesadelo do tempo encolhido e das oportunidades perdidas. De repente, a angústia me acorda e na realidade cinzenta em que me encontro, coberto de suor, não tenho quarenta anos, mas doze anos a mais!

Tarde demais! Felizmente, Jeanne está aqui e ela vai me contar seu dia, suas preocupações. Felizmente, desconhecidos me escrevem, me telefonam, me solicitam. Felizmente, no ateliê não falta trabalho. Magníficos blocos de mármore verde só esperam meu golpe de cinzel para liberar formas em potência.

E além disso faço numerosas viagens. Uma oportunidade de introduzir um pouco de vazio nos meus dias obstruídos por matéria demais. Uma oportunidade de encontros e de esquecimento.

Muito longe da minha casa, compreendo perfeitamente esse permanente desejo de leveza e de movimento que anima, desde sempre, Clara Lafontaine. Seu gosto pelo instantâneo. Clara, cujo caminho ainda se cruzou várias vezes com o meu.

Enquanto amasso uma bola de argila ou enquanto varro o assoalho do ateliê, penso nela. Lembro-me sobretudo de nosso encontro mais recente. Bastante estranhamente, foi em Rodes.

Eu já passara várias estadas na ilha do colosso porque haviam me encomendado um monumento de pedra ao qual eu atribuía a mais alta importância. Tratava-se de comemorar acontecimentos terríveis. Com efeito, na velha cidade fortificada de Rodes, enquanto os exércitos nazistas se espalhavam pelo Mediterrâneo, em algumas horas a totalidade da população judia havia sido presa. Um bairro inteiro evacuado numa manhã. Casas esvaziadas. Homens, mulheres, crianças, velhos reunidos numa praça e depois embarcados em cargueiros em mau estado que serviriam para encaminhá-los até os campos de extermínio da Polônia.

Perguntaram-me se eu podia comemorar esse crime na pedra. Deixar um rastro para o século seguinte. Um homem velho, um dos raros sobreviventes, responsável hoje em dia pela antiga sinagoga de Rodes, me contara todos os detalhes dessa deportação, enquanto perambulávamos pelas ruelas estreitas, sob os eucaliptos, as oliveiras e os plátanos, entre as muralhas dos castelos dos Cavaleiros. O velho falava um francês ruim misturado com um inglês ruim, mas eu acreditava ver toda a abominação que ele evocava. Brilho de sol sobre a abominação. Fazia calor. Eu o escutava. Havia muita gente nos terraços dos cafés. As pessoas tiravam fotos. Um outro tipo de lembrança transbordava das lojas. O velho sobrevivente me contava como, em alguns dias, seres humanos sossegados, vivendo e trabalhando numa ilha sossegada, longe das batalhas, haviam passado daquele bairro povoado, colorido mas tranqüilo, ao universo dos campos de concentração.

Eis por que, tendo conseguido, depois de anos sem vê-la, restabelecer contato com Clara, eu lhe propus que se encontrasse comigo nessa ilha, sabendo que nesse momento ela estava passando um tempo nessa região do mundo.

Eu havia acabado de enviar a meus patrocinadores uma imponente maquete em "Fibrocimento", que o homem da sinagoga havia exposto no antigo bairro judeu. Eu me propunha a mostrar meu projeto a Clara. Minha escultura devia consistir num grupo de formas vagamente humanas, de diferentes tamanhos, reunidas no centro de uma praça, depois verticalmente enterradas, intervaladas, em direção ao porto. Todas essas estátuas estariam ligadas entre elas, de maneira invisível, por uma rede de fios de ferro passando sob a terra, chegando até as ondas e se perdendo na imensidão. Só se veriam os olhos, a testa e depois o topo do crânio daquelas que, emergindo apenas do chão, se encontrariam perto da margem...

Uma vez mais, eu não tinha certeza se Clara viria ao meu encontro. Eu sabia que ela devia ter quarenta e quatro anos, e essa cifra me parecia uma incongruência. Saindo do sol forte, eu revistava as trevas desse bar da cidade antiga. Clara estava lá.

Digo que era Clara porque nossa faculdade de reconhecer os seres é suscetível de ajustes extraordinários. Ela? Clara Lafontaine? Essa mulher um pouco maciça com os cabelos grisalhos, os traços marcados, o rosto burilado, o pescoço mais espesso, os braços descobertos que devem ter sido musculosos, mas parecem apenas carnudos.

Um reflexo fugaz a ilumina. Seus belos olhos continuam quase iguais, intensos, translúcidos, mas ínfimas veiazinhas tingiram de vermelho a parte branca, e a pinta, antes tão preta e inquietante, foi absorvida por olheiras espessas. Sei que nunca se poupou, que ela quis viver "sem moleza", fazer seriamente um trabalho muito particular de fotógrafa de guerra.

Nesse bar de Rodes, Clara chegou antes de mim. Constato que já bebeu muito. Quando me avista, tenta se levantar, mas vacila e cai pesadamente sobre seu assento. Devo me debruçar sobre ela e nos abraçamos com uma afeição vinda de muito longe, que surpreende a nós mesmos e nos deixa um momento sem voz.

É a última vez na minha vida que estou, por algumas horas, com a garota da câmera de Kehlstein, que ainda hoje tantos jornalistas se lembram também de ter encontrado em diversos lugares do mundo em que a guerra irrompe.

Retomamos o fio de uma relação estranha, interrompida regularmente por anos de silêncio e ignorância.

Bebo também. Ela começara com uísque, continuamos com ouzo. Quando anoitece, a cidade se torna mais fresca e andamos a passos lentos. Clara tropeça nas lajes irregulares e se pendura no meu braço. Percebo ainda muita energia nesse corpo de mulher. Algo de animal que permanece.

Grupos de turistas barulhentos nos empurram. Falamos muito pouco de nossas respectivas vidas, mas conversamos de maneira desalinhavada como se tivéssemos nos separado algumas semanas antes, com uma leveza inspirada pela suavidade mediterrânea e por esse quê da Grécia que atravessou os séculos e vem acariciar democraticamente todos os rostos.

Compreendo que esses minutos são preciosos, pois só existem por eles mesmos, sossegados, como se estivessem suspensos no Tempo. Dessa vez, não temo que Clara me faça alguma revelação perturbadora ou que me obrigue a ver algo que eu não queria ver. Aliás, o que resta para ver? Ela está aqui. Seu braço pesa sobre o meu e para segurá-la a pego pela cintura. Ela se aconchega contra mim e andamos na escuridão, entre as muralhas de Rodes, até o porto. Tenho a intuição de que algo está acabado, completamente acabado, morto e enterrado.

Sinto-me aliviado, quase apaziguado. Gostaria de sentir o sabor dessa noite de Rodes e demoro a levar Clara ao antigo bairro judeu para lhe mostrar a maquete do meu futuro monumento, exposta sob a lua.

Temo que a evocação das atrocidades que aconteceram nessa ilha desperte a antiga Clara. Temo um retorno da inquietação, um velho retorno de angústia e de tensão. Gostaria de esquecer a pedra, o peso, a massa e que subsistissem apenas essas correntes de ar com cheiro de jasmim, entre as coisas, entre os corpos.

Quando chegamos, o clarão da lua basta para que eu perceba que alguém veio quebrar a marteladas as formas que eu havia criado e que várias suásticas pretas e borradas foram traçadas na superfície do projeto de obra. Vemos isso, mas nem Clara nem eu pronunciamos uma só palavra. Passamos diante da massa obscura da sinagoga e nos afastamos rapidamente, separados um do outro, lado a lado. Clara está sóbria, meu coração bate forte, minhas mandíbulas se comprimem, meus punhos se fecham.

Sei que Clara vai partir amanhã. Ela diz "pular num avião". Sei que não esculpirei jamais esse monumento para o aniversário da grande deportação de judeus de Rodes.

As ruas estão desertas nesse instante amargo em que a noite está mais noturna do que nunca. Há um olho da noite assim como há um olho dos ciclones. Os olhos que ao amanhecer se diz "não ter pregado"!

Clara e eu não precisamos dizer nada. Pensamos exatamente na mesma coisa. Monumentos de gesso. Monumentos de neve. Comemoração vã. Lembranças natimortas. E a memória como um vapor passageiro que se dissipa. A busca ansiosa e minuciosa do que foi acaba diante de um muro intransponível coberto de grafites obscenos. O enigma é uma ilusão triste. A atividade criadora, a elaboração das formas e das imagens, uma ocupação como qualquer outra, rapidamente sufocada sob as camadas de feltro de uma paz sempre artificial.

Mais tarde, nossa noite de Rodes acaba sobre a areia ainda morna de uma praia, à beira das ondas escuras sob os quais se encontre talvez o imenso colosso desmoronado. Estátua sonhada, corroída, inencontrável. Blocos brancos de um mito que não exige nenhuma verificação.

Comparados ao colosso, Clara e eu somos apenas dois minúsculos corpos de carne envelhecendo, pesados de impressões acumuladas no curso de uma já longa existência. Nada de colossal!

Sabemos, no entanto, que continuaremos apesar de tudo, cada um do seu lado. Ela, viagem, fotos. Eu, pedra e poeira. Aproveitando o impulso. Um hábito que se tornou profissionalismo. Uma habilidade. Nossas reservas de energia estão longe de terem se esgotado totalmente.

Mas como esquecer essa imensa amargura da madrugada grega? Como esquecer esse último face a face, esse último corpo a corpo, à beira do velho mar, à beira do velho mundo recortado com espuma sussurrante?

A última batalha
(Vercors, verão de 2037)

Com o tempo, também o espaço se reduz. Qualquer coisa, por menor que seja, parece ao mesmo tempo esmagadora e frágil. Com o tempo, não ousamos mais nos mexermos de forma brusca demais por medo a fazer desmoronar a frágil cabana com paredes de papelão que agora habitamos e que se chama: "o tempo que resta". Tomamos precauções. Devemos nos acostumar com a falta de espaço!

Com a idade, o corpo murcha, se amarrota, perde pedaços, perde funções. Perdi não poucos dentes. Podres. Friáveis. A mandíbula cheia de buracos. E os cabelos, brancos há muito tempo, perdidos também. As unhas como garras, como vidro. Perdi muita massa muscular. Seria totalmente incapaz de levantar por muito tempo uma massa e de bater várias vezes seguidas sobre um cinzel aplicado com precisão sobre a rocha.

Minhas mãos ainda não tremem muito, mas hesitam como lagartos que aspiram apenas a pôr-se sobre uma pedra aquecida pelo sol e gozar da imobilidade.

Evidentemente, perdi o sono. Deitado à noite, fico de olhos abertos. É então que tudo retorna, mas numa confusão total.

Minha memória como estilhaços de pedra que cobrem o assoalho quando o bloco de que foram arrancados desapareceu. Disponho de dias inteiros para enfrentar a lentidão. Mas me acontece também de adormecer, em qualquer lugar, em pleno dia, como um velho bebê, como uma larva enterrada numa dobra dessa paisagem desolada do Vercors, onde o vento sopra. São meus roncos que me acordam sobressaltado.

Tenho dificuldade de me levantar, mas uma vez de pé, tudo bem. Eu encaro. Faço como se buscasse o lugar do combate.

Quando anuncio minha idade, as pessoas se surpreendem. Proclamam evidentemente que estou "em plena forma ainda". Parabenizam-me, mas percebo perfeitamente essa expressão de temor e de desgosto que inspira hoje a longevidade. Quero dizer a longevidade natural, pois sei que existe todo tipo de tratamentos caros para apagar tecnicamente a velhice. Os que os pagam compram também o direito de anunciar oficialmente uma idade bem inferior. Acontece de morrerem, como uma bolha que estoura. Mudemos de assunto.

Quando ando, não importa por quanto tempo, preciso de um sólido bastão. Quase todo dia, atravesso os prados perto da minha casa, quer dizer, da antiga casa de Philibert Dodds, até o que resta do vilarejo. Cachorros acodem. Semi-selvagens. Começam a me seguir. Alguns andam uns metros à minha frente. Há dois grandes pretos com dentes enormes e vários pequenos amarelos com a língua de fora.

Já faz vários anos que herdei a casa de Dodds, quando ele morreu naquele acidente estúpido. Ele me tornara seu herdeiro universal. Um presente ambíguo, mas deixemos para lá.

Ele bebera muito. Seu caminhão estava carregado demais. Encontraram na ravina chapas retorcidas em torno de um bloco de mármore e o corpo esmagado do escultor. A pedra, a carne e o metal. Uma derradeira obra.

Com o tempo, tudo mudou, nada mudou. Sobrevivi a quase todos os meus amigos, a todos os achegados a mim. Os que não morreram antes de mim, perdi de vista.

Sobrevivi a quase todos os meus, quero dizer todos os que, de maneira perturbadora e às vezes sem nem desconfiar, incidiram de maneira decisiva na minha existência. Todos os que me presentearam com um pequeno fragmento de sensibilidade, de inteligibilidade. Todos aqueles que amei, admirei, imitei. Todos os que me amaram.

Um dia, a Grande Foice se desprendeu da parede e começou a ceifar às cegas.

Foi necessário que Jeanne, tão viva e vivificante, fosse precocemente corroída pela doença mais repugnante. Que seu combate feliz levasse à derrota mais amarga. Jeanne exausta, faces fundas, pele amarelada. Por muito tempo fiquei convencido de que sua carne abundante era mais resistente que o granito, que sua suavidade desafiava o mármore. No fim, seu corpo quase não fazia volume sob o lençol.

— Está vendo — ela me dizia com uma voz sem fôlego —, agora é minha vez de receber cuidados. Aqui todo mundo me conhece. Ocupam-se muito bem de mim, me mimam. É gentileza sua vir, mas pense no seu trabalho. As crianças também vieram.

Sua mão gelada na minha. O sofrimento que eu gostaria de ter suportado mil vezes no lugar dela.

— Parta, você pode me deixar, estou em boas mãos. Parta logo. Hoje está tudo bem. Me sinto melhor.

Alguns seres, no momento em que mais precisam de sua presença, pedem com grande doçura que você parta, os deixe, para provavelmente não infligir em você os preparativos de sua própria partida, definitiva. Sua morte é uma de minhas mortes.

Minha mãe também morreu depois de ter perdido o companheiro muito querido da segunda metade de sua vida. Muito só, sua resistência um dia se quebrou. Sua cabeça de repente em outro lugar, sua memória à deriva. Seus cabelos brancos flutuando entre outras cabeleiras brancas nesse asilo onde, sentada na beira de uma velha poltrona de napa, perto da janela, esperava que seu pequeno Paul voltasse da escola. Cem vezes por dia, prestava ouvido, debruçando-se em direção ao vidro onde a chuva escorria, atenta a passos que só ela ouvia.

— Ele não vai demorar... — dizia à enfermeira. — Não gosto muito que ele se demore com seus colegas quando a noite cai.

Quando eu ia, muito raramente, visitá-la, não conseguia ser seu pequeno Paul voltando finalmente da escola, eu era um senhor, não um estranho, mas um vago conhecido a quem ela explicava mais uma vez:

— Ele não vai demorar. Vou esquentar o leite para seu chocolate.

Sua morte como mais uma de minhas mortes.

Um ser querido que cai no centro da batalha invisível.

Meus filhos, Eugène e Camille, vão muito bem. É o que aparentam. É o que gritam bem alto para mim quando nos falamos, sem entrar em detalhes. Cada um num canto diferente do mundo. América, Ásia. A terra se tornou bem pequena. Os dois estão muito ocupados.

Para falar a verdade, não sei nada da vida deles. Tenho dificuldade de pensar neles com seus rostos atuais, mesmo se, de tempos em tempos, sobre a tela luminosa, reconheço seus traços de adultos exaustos. Eles não querem saber muito sobre meus estados de alma e de corpo, mas a telecomunicação os torna muito gentis. No

O RISO DO OGRO

Ano-Novo, nos aniversários, o do meu nascimento ou o da morte de sua mãe, nunca deixam de se manifestar. Suas vozes distantes são excessivamente joviais para me repetir a que ponto, com eles, está tudo bem. Tudo vai muito bem.

— E depois, é como se estivéssemos juntos — me dizem eles —, já que a gente pode se ver, se falar!

Numa época, várias noites seguidas, o aparelho começou a piscar, a vibrar, sem que ninguém aparecesse na tela. Pensei que aquilo vinha de longe. Houve uma pequena fungada no silêncio e eu disse:

— Camille, é você? Você está chorando? Está tudo bem?

A ligação caiu.

No dia seguinte, liguei para Camille. A tela continuava vazia, mas ela tinha a voz rouca de alguém que chorou muito. Alegou que estava com um baita resfriado e me disse que estava tudo "realmente muito bem". Eu insisti. Ela repetiu:

— Sim, de verdade, eu juro! A única coisa que me chateia é essa câmera quebrada. Mas você está com uma cara boa!

Falamos desse tipo de banalidades separadas por milhares de quilômetros, e voltamos a ficar cada um do seu lado do oceano, presos em nossas vidas apaixonantes.

Com meus filhos, nossos filhos, foi o contato que perdi. Nunca mais conseguirei encontrar as crianças que eles foram. Nunca mais ousarei evocar as histórias estranhas que lia para eles quando vinham me visitar no ateliê. Os grandes olhos de Camille me fitavam. Eugène me interrompia e não conseguia evitar continuar a história no meu lugar. Jeanne se reunia a nós. Escutava e nos olhava. Sei o que ela pensava.

Eu fazia vozes assustadoras ou engraçadas. Dava nomes novos a velhos monstros. Fazia surgir personagens com um pouco de argila. Digo "antigamente", mas sei perfeitamente que uma história antiga como essa não existe em lugar algum.

Com o tempo, é um pouco como se nada tivesse acontecido. Os jogos, as histórias, os momentos simples e luminosos. No que me diz respeito, a impressão tardia de não ter sido capaz de me abandonar à felicidade quando ela estava aqui. Um pouco como alguém que só conseguisse gostar das flores, da chuva branca das pétalas no fim da primavera, numa paisagem coberta de neve, sob um céu de chumbo.

Os pequenos clarões de passado que vacilam na minha memória única se apagarão comigo.

Com o tempo, nos tornamos campeões da perda. Aliás, eu mesmo em grande parte me perdi. Não consigo explicar a mim mesmo como pude gastar tanta energia, tantas horas entusiastas, meses, anos, criando seres disformes no papel, na terra e depois na pedra.

Com o tempo, a eletricidade divina se retira dos gestos, das fibras nervosas e musculares. Estranhamente, a diminuição de entusiasmo dissipa também a inquietação. Desde então, em certas tardes sonolentas, acredito compreender que minha atração ansiosa pelo enigma do mundo e dos seres era inseparável de uma espécie de impulso fisiológico em direção ao que vinha depois.

O enigma? Que enigma? Imaginar que cada rosto está diante de nós como uma pergunta singular e informulável e pensar ainda na possibilidade de uma resposta. Mesmo os caçadores de enigma acabam constatando a extinção da espécie das esfinges.

Max Kunz, depois de ter parado de ensinar filosofia e de ter visto se romper o fio de Ariadne, acabou dando um tiro na própria cabeça. Clara, nômade até o fim.

Perdi o rastro de quase todas as minhas esculturas. Mesmo as mais pesadas, as mais volumosas. As modificações autoritárias e permanentes do espaço são feitas para que não nos encontremos mais nele. Esse é o objetivo! Não existe mais lugar algum onde o controle não se exerça de maneira minuciosa, absurda. Aonde foram parar minhas primeiras *Solidão*, de madeira, de bronze, e *O ventre da besta* e *O riso do ogro* e todos os meus *Torso de Sebastião* e minhas *Execuções sumárias* e *O cansaço de Atlas*?

Mas perdi a vontade de lutar. Perdi uma boa parte do apego que eu tinha por cada bossa, cada buraco, cada ângulo de cada uma dessas pedras. Com a idade, descobrimos em nós mesmos uma tendência ao abandono, todo tipo de pusilanimidades e ansiedades mesquinhas, mas sobretudo muita indulgência pelas fraquezas novas.

É possível também que eu tenha perdido um pouco a cabeça, mas não sou o mais bem posicionado para julgar. São simples suspeitas.

Refletir demais me chateia, e a lembrança é uma prova dolorosa. Alguns dias, bem no meio de um prado, durante minhas caminhadas a pé pelo planalto, seguido pelos cachorros selvagens que correm atrás de mim de longe assim que me vêem, um tropel desordenado de lembranças se atira sobre mim fazendo tremer o chão.

As lembranças vão me esmagar, a mim e aos cachorros. Melhor assim! Elas atiram, atacam. Velhos cheiros de gesso, de pedra, de tinta de gráfica, de tricloroetano. Uma rainha da França flutuando no espaço sobre um cubo branco. Uma raposa que boceja sob um raio de sol. Reflexos prateados de um lago negro. Rosas vermelhas num vaso de porcelana. Uma pinta sob um olho azul. Mãos frescas, coxas quentes e a pesada cortina de cabelos dourados em torno do meu rosto. Uma melodia de piano. Uma clareira. A crina de leões esculpidos no bronze. Crianças que se afastam na luz ofuscante de um dia de verão. Vozes. Gritos. As rochas mais diversas. Um esqueleto dourado segurando uma foice dourada, sob a redoma de vidro de um antigo carrilhão que começa a tocar.

Ouço o estrondo das lembranças. Vejo a poeira de feno que elas levantam nos prados enquanto se aproximam galopando. Às vezes, no meio do grande tropel mnemônico, revejo Clara. Ouço relatos a seu respeito. Lembro-me de algumas de suas fotos. E numa alucinação desolada acredito ver as circunstâncias distantes de sua morte.

Devo essas imagens a um correspondente de guerra que encontrei completamente por acaso muitos anos depois e que me contou como Clara havia sido ferida mortalmente no campo de batalha. Sob o fogo. Exatamente quatro anos depois de nosso encontro de Rodes.

Nessa outra noite de um outro bar, via o rosto amassado desse cara no espelho diante de nós. De pé lado a lado, no balcão, falávamos apenas com nossos reflexos que apareciam entre os gargalos das garrafas de álcool. Ao ficar sabendo que ele estivera em todos os conflitos, do Líbano à Chechênia, passando pelo Irã, por Angola, pela Palestina, enfim, todas as guerras sem nome, com a câmera ou a máquina fotográfica na mão, pronunciei esse nome: Clara Lafontaine.

— Claro que conheço! Ela era doida! Só sendo doido para fazer o que a gente faz. Não é uma profissão, é uma obsessão. Mas Clara era outra história... Veja, Clara era assim. Sabíamos que ela não procurava a mesma coisa que nós. Ela não estava nem aí para o enquadramento, para a atualidade das imagens! No fundo, Clara era uma retratista de guerra: o que ela queria era a cara dos sujeitos na guerra e fixar alguma coisa escondida atrás dessa cara, no momento em que eles matam, no momento em que eles já nem pensam que estão prestes a morrer. Sacou o tipo?

O RISO DO OGRO

Depois me contou calmamente a colisão, o tiroteio, como são evocados entre repórteres de guerra.

— Uma besteira! Uma coisa que pode acontecer a cada segundo desde a primeira vez que você começou a "disparar" quando vêm as explosões sem que você saiba de onde...

Sim, vejo desfilar fotos, negativos. Nesse dia, Clara está sob uma chuva de pedras jogadas por crianças palestinas sobre militares israelitas. A tensão é extrema. No corpo das crianças, sente-se uma raiva eufórica, um ódio que mamaram como leite. O chão está coberto de pedras. Algumas bem grandes, bem pesadas. Clara está eqüidistante dos militares armados e dos que os apedrejam. Está usando um capacete, mas não um colete antibala. Várias pedras quicaram a alguns centímetros dela, mas ela parece não se preocupar, ocupada fotografando os rostos. Com a teleobjetiva. Em primeiríssimo plano.

Clara morreu da maneira mais idiota possível. Como os militares estão submersos, eles tentam se liberar atirando, primeiro para cima, depois com tiro direto. Os garotos saem correndo. Alguns desafiam o fogo. Balas de fuzil rasgam as paredes. Uma criança é acertada. Uma bala ricocheteia sobre uma porta de ferro e Clara é atingida em pleno pulmão. Transportada de urgência ao hospital, ela respira com dificuldade durante vários dias e não sobrevive ao ferimento. Isso é tudo.

O rosto do repórter desapareceu do espelho numa nuvem de fumaça. A morte de Clara é mais uma de minhas mortes.

A barulheira do grande tropel se afasta no planalto. Sempre seguido por cães semi-selvagens, com o bastão na mão, não parei de andar e estou me aproximando do vilarejo, e portanto do cemitério diante do qual, hoje em dia, o monumento de Dodds é um bloco completamente usado, corroído, recoberto pela hera.

As pessoas daqui não me consideram um escultor, elas não têm nem idéia do que seja um escultor. Consideram-me apenas um velho que não faz nada, que vive de nada, num casebre caindo aos pedaços. Um sobrevivente. Quem se lembra das estátuas de Dodds? Das minhas?

Há trinta anos, seus antepassados gostavam que eu lhes contasse histórias. Na época em que me interessava por Milo de Crotona, eu ganhara fama contando-lhes, como se fosse inventada, a historia desse grande atleta, que muito velho e talvez assolado pela amargura e a dúvida, quisera provar a si mesmo que ainda era muito forte. Então, enfiando-se num bosque selvagem e tendo atingido uma clareira, encontrara um toco que lavradores haviam começado a fender com cunhas de ferro. Ele se achou capaz ainda de separar os pedaços de madeira usando apenas as mãos e de acabar de partir a árvore. Colocando seus dedos na fenda, começou a puxar com toda sua força, os músculos retesados, o rosto carmesim. Os dois pedaços do toco se afastaram um pouco, mas isso fez cair as cunhas de ferro e a fenda se fechou de novo como uma mandíbula raivosa sobre esse que queria ignorar que era um velho. Preso na armadilha! Ele puxou até dilacerar os pulsos, mas não conseguiu liberar suas mãos. Estava sozinho. Longe de tudo. As trevas o envolviam.

Lobos não demoraram a se aproximar. Eles haviam sentido de longe o cheiro da carne humana. Eles se esfregaram furtivamente contra as pernas do prisioneiro do bosque. Focinhos úmidos contra a pele gelada. Mordiscando primeiro, depois mordendo violentamente, devoraram inteiramente sua presa impotente.

De manhã, os lavradores descobriram um esqueleto cujas mãos, embutidas na madeira, estavam estranhamente preservadas.

Eis o que eu contava há trinta anos.

— E isso aconteceu por aqui? — perguntavam-me

O RISO DO OGRO {293}

— Digamos que isso aconteceu em bastantes lugares — eu respondia.

Não esclarecia que essa história inspirara célebres escritores da Antigüidade, e menos ainda que um escultor francês clássico tentará, ao representar esse Milo de Crotona com grandes golpes de buril num bloco de mármore, como outros cinzelam narrativas no bloco da língua, exprimir toda a idiotice derrisória da última batalha. Esse escultor se chamava Pierre Puget. Ele ofereceu sua obra a um grande rei que, perplexo, balançou a cabeça.

Com a idade, parei também de contar histórias. Retomo o caminho de minha casa vazia. Atravesso os prados, a imensa extensão desolada, os amontoados de rochas partidas. O vento está tão forte que a chuva bate horizontalmente em plena testa, em pleno peito.

Com sua pelagem completamente ensopada, os cães selvagens estão no meu encalço. Os dois grandes pretos se tornam ameaçadores. Vejo suas gengivas escarlates, suas presas. Os pequenos amarelos trotam contra minhas pernas. Rosnam ou ralham. Mordiscam meus calcanhares. Não é de modo algum um jogo. Vejo perfeitamente que eles preparam alguma coisa. Bato neles sem convicção com meu bastão, mas logo, indiferente a suas mordidas como à mordida do frio, não intervenho.

De qualquer maneira, ninguém está à minha espera.

EPÍLOGO

As crianças haviam passado a noite numa árvore oca, encolhidas uma contra a outra. Quando o dia amanheceu, o mato continuava escuro. Os galhos rangiam à sua volta. O irmão e a irmã esfregaram os olhos e escolheram uma direção ao acaso. Tendo saído da floresta, descobriram uma planície onde se desenrolava uma batalha. Tudo eram clarões e clamores. Degolava-se, estripava-se.

Foi então que as duas crianças, de mãos dadas, empreenderam a travessia do campo de batalha, minúsculas no meio de todos esses titãs cujos dez mil braços armados agitavam-se em torno dos capacetes e dos crânios. Por que milagre conseguiam evitar os golpes? Pois andavam reto sem que os molinetes mortais as atingissem, sem que a metralhada as ceifasse. Pareciam invisíveis ou feitas do mesmo estofo que os sonhos, enquanto passavam por cima dos corpos, contornavam montes de cadáveres.

Chegaram, assim, sãs e salvas, ao outro lado da planície, mas toda essa carnificina fizera nascer nelas inconfessáveis tentações. O menino se apoderara de um sabre que caíra no chão, o agitara com um ar fanfarrão e dera golpes desajeitados nos agonizantes que se encontravam em seu caminho. Ele soltara a mão de sua irmãzinha que se debruçava sobre os cadáveres para saqueá-los. Logo estavam carregados de jóias e de punhais. No entanto, quando se afastaram do campo de batalha, foi com um belo descuido que jogaram no mato o ouro e o aço que haviam juntado.

Eles voltaram para a calma profunda do bosque. Em seguida, veio um matagal e pradarias cobertas de flores. Eles ladearam um riacho onde puderam beber e lavar a crosta de lama ensangüentada que cobria seus calcanhares. A guerra parecia ter se afastado. Os pássaros cantavam e os insetos zumbiam. Eles perceberam que andavam no meio de campos, de hortas e de jardins perfeitamente cultivados.

Chegaram a um vilarejo com casas elegantes, incrivelmente poupadas pela guerra. As pessoas estavam ocupadas em ceifar, colher frutas, apanhar legumes ou simplesmente em conversar e rir.

Esse vilarejo se estendia ao pé de uma montanha coberta de abetos, mas sendas escarpadas permitiam escalar as encostas em volta. Quando se aproximavam da praça do vilarejo, os habitantes faziam pequenos sinais amigáveis ou afetuosos. Todo mundo parecia conhecê-los muito bem e, de repente, eles mesmos tiveram a impressão de reconhecer tudo!

Cada janela com suas cortinas brancas, cada banco sob as tílias, e as vozes, os rostos, tudo lhes parecia familiar. Claro, pois era seu vilarejo! No ar doce em que se espalhavam os aromas dos assados e das sopas, ouviram que os chamavam pelo nome. Ninguém tinha se inquietado com a ausência deles. Ninguém parecia perturbado com a proximidade dos combates. Ninguém os considerava como duas crianças desaparecidas e talvez mortas. Prestavam neles apenas uma atenção distraída, como se nunca tivessem abandonado a região. E ali, perto do tanque, era mesmo sua mãe que, com o batedor levantado, sorria para eles antes de retomar sua tarefa.

O sol estava se pondo. Enquanto as crianças, retomadas pelo hábito, penetravam no pátio da casa, reconheceram a silhueta do pai que, com uma foice no ombro, se recortava sobre o céu vermelho.

O RISO DO OGRO {299}

Essa sombra familiar se esticava no crepúsculo. As mãos ossudas agarravam o cabo interminável onde o triângulo cortante estava fixado como uma bandeirola congelada. Mas era mesmo seu pai, o rosto marcado, que voltava de uma jornada de trabalho nos campos.

Seu vilarejo não havia sido queimado? Sua família não havia sido massacrada? Eles não haviam então rodado em círculos na noite? Nem encontrado o ogro, a bruxa, o cavaleiro acompanhado do Diabo e da Morte? E quanto à guerra, eles a haviam sonhado ou apenas projetado sobre o tédio fantasioso de um fim de tarde?

Na cozinha, a sopa cozinhava tranqüilamente em fogo brando, desprendendo um odor de cerefólio e carne de porco. O cachorro veio se esfregar contra as pernas deles e em seguida voltou para dormir perto da lareira. Cansado, o pai pendurou sua foice no longo prego de ferro na parede e depois brincou com o cachorro. Pouco depois, a família toda se reuniu em torno da mesa. A sopa estava deliciosa.

— Amanhã, crianças — diz então o pai torcendo o bigode —, vocês sabem que é dia de festa! Subiremos até a margem do lago Negro. Faremos um piquenique perto da fonte, na clareira. Amanhã, o dia estará lindo!

A mãe, secando as mãos no avental, alegrando-se ao contemplar a família reunida, a panela esvaziada até a última gota, a luminosidade da lareira e a noite no retângulo da janela. Com prazer, ela já se imaginava andando no caminho escuro da floresta, no momento em que desemboca na clareira ensolarada. Levaria uma cesta cheia de víveres. Um pouco mais atrás, seu querido esposo a seguiria levando em cada uma das mãos rugosas a mãozinha do menino e a mãozinha da menina. Amanhã. Mais um dia de paz. Mais um dia feliz.

Em seguida, todos foram dormir. Adormeceram. Dormiam profundamente.

No entanto, no meio da noite, um barulho assustador os acordou sobressaltados: a foice que seu pai pendurara no prego, contra a parede de pedra, acabara de cair com grande estrondo. Ela jazia sobre o assoalho frio, a lâmina ligeiramente erguida, ameaçadora.

Com um ar aborrecido, o pai foi colocá-la de volta no gancho. Todos foram dormir. Mas uma hora depois, a foice caiu de novo, com um barulho metálico de gelar o sangue. O pai demorou a se levantar, mas depois, com cara preocupada, voltou para pendurar a foice, assegurando-se, desta vez, que ela não corria o risco de cair. Todos adormeceram de novo, mas com um sono mais agitado. Uma hora depois, a foice caiu mais uma vez e a lâmina vibrou longamente no contato com o chão, num miado sinistro.

— Deixe-a ali mesmo! — disse a mãe.

Mas ninguém conseguia dormir e o pai foi colocá-la de volta pela terceira vez. Agora, no escuro, todos espreitavam. Todos esperavam, retendo a respiração.

Uma hora passou. A foice caiu. Ninguém mais ousava sair da cama. Ninguém conseguia esquecer essa foice atravessada na cozinha, cuja lâmina vibrava mais uma vez na noite escura.

O pai encontrou coragem de se levantar uma última vez. Ele se abaixou para apanhar a foice, mas suas mãos tremiam. Pendurou-a o melhor possível, mas sabia que era em vão. A foice caiu de novo, fazendo um grande estrondo.

A escuridão era total. O amanhecer, distante. Os corpos, petrificados.

Sozinha, a grande foice parecia viva e cada um ouvia sua lâmina maligna que murmurava no escuro.

Seja um Leitor Preferencial Record
e receba informações sobre nossos lançamentos.
Escreva para
RP Record
Caixa Postal 23.052
Rio de Janeiro, RJ – CEP 20922-970
dando seu nome e endereço
e tenha acesso a nossas ofertas especiais.

Válido somente no Brasil.

Ou visite a nossa *home page*:
http://www.record.com.br